宙《そら》わたる教室

Shin Iyohara

伊与原 新

文藝春秋

宙わたる教室　目次

初出　オール讀物

「夜八時の青空教室」　　二〇二二年二月号
「雲と火山のレシピ」　　二〇二二年五月号
「オポチュニティの轍」　二〇二二年八月号
「金の卵の衝突実験」　　二〇二二年十二月号

「コンピュータ室の火星」「恐竜少年の仮説」「教室は宇宙をわたる」は書き下ろしです。

宙《そら》わたる教室

装画　飯田研人
装丁　野中深雪

第一章　夜八時の青空教室

牛丼屋を出ると、ホストクラブの宣伝トラックが目の前を通り過ぎた。耳障りな音楽を大音量で垂れ流しながら、新宿駅のほうへ走り去っていく。

柳田岳人《やなぎだたけと》は、唾と一緒に爪楊枝を吐き捨て、腕時計に目をやる。夜七時半。もう三限目が始まっているが、そんなことよりまず食後の一服だ。

すぐ隣のコンビニで、さっき切らしてしまったたばこを買った。店先で封を切り、ゆっくり二口ほど味わってから、大久保通りを歩き出す。すれ違うのは、ほとんどが自分と同世代の若者たちだ。これから新大久保のコリアンタウンへ遊びに行くのだろう。

岳人はくわえたばこのまま、あえて歩道の真ん中を進んだ。薄汚れた作業着にぼさぼさの金髪。左右の耳にはシルバーのピアスが合わせて十個光っている。無遠慮に煙を吐き出しても、咎《とが》めるような目を向けてくる者はいない。

地下鉄東新宿駅の入り口がある交差点を越えたあたりで、街の雰囲気が変わる。人通りはぐっと減り、飲食店に代わって目立ち始めるのは住宅やマンションだ。

ゆるやかな坂の途中にある校門のそばまで来ると、中から聞き覚えのあるけたたましいバイクの排気音が響いてきた。岳人は短く息をつき、都立東新宿高校の薄暗い構内へ入っていく。この時間、ブレザーの制服を着た全日制の生徒たちはもういない。

二本並んだ葉桜のわきを通り、渡り廊下の下をくぐってグラウンドへ出ると、思ったとおりだった。三浦《みうら》が朴《パク》を後ろに乗せて、マフラーに穴の開いたオンボロの原付で走り回っている。もちろん二人ともノーヘルだ。

右手の校舎の三階から、誰かが「うっせえぞクソが！」と叫んだ。明かりがついているのはその階だけ。定時制が使っている四つの教室だ。

岳人が三浦たちのほうへ近づいていこうとしたとき、どこからともなく現れた人影が原付の前に立ちはだかった。どうにか届く外灯の光に、ジャケットに包まれた貧相な体が浮かび上がる。

腕組みをして首をわずかにかたむけたあの立ち姿は、担任の藤竹《ふじたけ》だ。なまっちろい顔もなで肩もいかにも頼りなげなのに、態度だけは妙にでかい。以前、クラスの誰かに訊かれて、歳は三十四だと言っていた。

バイクを停めた三浦に、藤竹が何か言っている。怒鳴るでもにらみつけるでもなく、いつものむかつくほど淡々とした様子でだ。藤竹の言葉は聞き取れなかったが、三浦の甲高い声は届いた。

「勉強の邪魔ってよ」三浦はへらへら笑いながら食ってかかる。「こんなとこに、まともに勉強してるやつなんているかよ」

「いますよ、もちろん」今度は藤竹が答えるのも聞こえた。

「どこにだよ」三浦が挑発するように校舎のほうへあごをしゃくる。

三階の四つの教室の窓から、大勢の生徒たちが顔を突き出してこっちを見ていた。「タイマンはれよ！」などとヤジを飛ばす男子もいる。

「ここにもいます」藤竹は眼鏡に手をやり、平然と言い放った。「私は勉強中でした」

「ああ？　何言ってんだお前」

三浦は細く剃った眉をひそめ、アクセルを吹かして藤竹のまわりをぐるぐる回り始める。

それを見て岳人は、暗がりから「おい」と声をかけた。こちらの姿に気づいた三浦が、ブレーキを軋《きし》らせる。

「おっせえよ、ガッくん」三浦はおどけて言った。「遅刻ばっかしてると、退学だよ」

「仕事が長引いたんだって」半分は本当だが、半分は嘘だった。仕事帰りにゲームセンターに寄っていたのだ。二本目のたばこに火をつけながら、彼らのそばまで行く。

「なあガッくん、この人誰？」坊主頭を赤く染めた朴が、藤竹を指差して訊《たず》ねる。

「うちの担任」先月この掃き溜めに赴任してきた、運の悪い男だ。

「え、佐藤ちゃんは？」佐藤というのは、昨年度——岳人たちが一年生のときの担任だった。ここの定時制では原則、担任は四年間の持ち上がり制になっている。

「病気だってよ」噂では、メンタルの不調で休職したらしい。「お前らのせいだな」

「いやいや、そりゃないっしょ」三浦がにやける。「俺ら、おとなしくしてたっしょ」

二人とも確かに暴れたりはしていないが、まともに授業を受けていたわけでもない。仲間と連れ立って校舎をぶらついたり、中庭でほうきをバットに野球をしたりしていただけだ。

「君たちは、ここの生徒だったんですか」藤竹が三浦たちに言う。

「そ。だから部外者じゃねーの。ＯＢだよ、ＯＢ」

「バーカ。ＯＢってのは、ちゃんと卒業したやつのことをいうんだよ」岳人は鼻息を漏らし、二人の顔を交互に見る。「で、何？　俺に用なんだろ？」

「何、じゃねーって。こないだの話だよ」

三浦はポケットから小さく折り畳んだ紙切れを取り出し、岳人の手に握らせてくる。

「ああ──」もちろん最初からわかっていたが、曖昧に応じた。

「だいたいこんな感じになってっから。よろしく」

さすがに藤竹の前で開くわけにはいかないので、そのまま作業着の胸ポケットにねじ込む。それを承諾のしるしと受け取ったのか、三浦が親指を立てた。

ハンドルを握った三浦は、「また電話するわ」と言い残し、原付を発進させる。去り際に朴がこちらを振り返り、「アンニョン」と右手を上げた。

二人が校門のほうへ消えるのを見届けて、岳人も踵《きびす》を返した。後ろから藤竹が「教室に行くんじゃないんですか」と言ってきたが、無視して中庭に向かう。四限目が始まるまで、そこで時間をつぶすつもりだった。

中庭の隅に一本だけ立っている外灯のまわりには、いつものように吸い殻が散乱していた。

構内は当然禁煙なので、岳人のように成人した生徒が喫煙するのも校則違反だ。しかし、たとえ未成年の生徒がたばこを吸っていても、教師たちはそこまで目くじらを立てない。現場を目撃すればさすがに注意はするが、停学などの処分は簡単には下されない。他に問題が多過ぎてそこまで手が回らないというのが、本当のところだろう。

定時制の生徒は年齢もタイプも様々だが、構内にいくつかある喫煙者たちのたまり場には似たような目つきの連中が集まってくる。三浦や朴ともこの中庭で親しくなった。だが、一服しながら悪さ自慢に興じていた同級生たちは、三浦たち同様、大半がすでに学校を去った。

東新宿高校定時制は一学年一クラスで、定員は三十人。とはいえ例年定員割れで、入ってきた一年生も二年生になるまでに六、七割、ひどい年には半分以下に減る。進級できないのではない。学校に馴染めなかったり、嫌気がさしたりして退学するのだ。

授業は週五日、五時四十五分に一限目が始まり、九時ちょうどに四限目が終わる。一日四限しかないので、卒業するのに四年かかる。

岳人は一年生の間、仕事の都合で遅刻することはあっても、学校を休んだことは一日もなかった。一年間何とか踏ん張れば、今度こそ投げ出さずにいれば、少しはよくなるのではないかと思っていた。だがそれはやはり甘かった。毎日きちんと授業を受け、教科書を開き続けてきたというのに、状況は何一つ変わらない。

二年生にはなったものの、もう糸は半分切れている。実際、五月に入ってから一限目の授業に出た日は数えるほどしかないし、登校しても気が乗らなければこうして中庭で過ごしている。

辞めどきか——。作業着の胸ポケットからたばことさっきの紙切れをつまみ出した。一本くわえて火をつけてから、紙切れを開く。下手くそな字だったが、片仮名と数字だけだったのでどうにか読み取れた。〈ヤサイ七五〇〇　リキッド一八〇〇〇〉。大麻の価格表だ。

三浦と朴は中退後、大麻の売人のようなことを始めている。客はネットで引っかけた常用者や、歌舞伎町にたむろしている若者たち。仕入れ先までは聞いていないが、やくざの息のかかった人間か、新大久保あたりの不良外国人だろう。

三浦に頼まれていたのは、この定時制の生徒やその周辺に販売ルートを作ってほしいということだった。新規の客がつかまれば、売り上げの何パーセントかをマージンとしてこちらに渡すという。

やばい話だともおいしい話だとも思わなかった。今さら真面目ぶるつもりはない。大麻なら岳人自身、十五、六のときに何度か試したことがある。体がふわふわするようなあの感覚が好きになれず、はまらなかっただけだ。たぶん、常にシラフでいたい質《たち》なのだろう。酒もほとんど飲まない。

三浦にはっきり返事をしていない理由は二つ。一つは単に、面倒だから。そしてもう一つは、また同じ轍《てつ》を踏むのはうんざりだったからだ。売人の片棒をかつぐようになれば、そのうち仕事や学校に行くのもばからしくなるだろう。定時制に入ろうと一念発起したときの自分より、もっと落ちぶれることになる。

一段上がろうと挑戦して失敗し、逆に一段落ちる。岳人の二十一年の人生は、その繰り返しだった。このまま負のスパイラルから抜け出せないでいると、数年後には新宿の裏通りで野たれ死にだ。

だからといって、これ以上ここに通い続ける意味があるとも思えない。

学校なんてものに期待した自分がばかだったのか。それとも、不良品がいくらあがいたところで、無駄なのか——。

岳人は紙切れを四つに破り、たばこと一緒に地面に捨てた。

＊

プリントの方程式をじっと見て、答えの数字だけを書き殴る。二問目の文章題は、ひと目見てあきらめた。シャーペンを置くと、つい右手が作業着の胸ポケットにいき、たばこを取り出してしまう。通学し始めて一年経つというのに、この癖がまだ抜けない。

教卓の藤竹とまた目が合った。腕組みをして、こちらをじっと見つめてくる。吸わねーよボケ。心の中で毒づきながら、小さく舌打ちをした。

今日は二限目に間に合うように登校した。この「数学Ⅰ」の授業があるからだ。教科の中で、学んでいるという感覚が多少なりとも得られるのは、数学だけだった。だがそれも、二年生になってからはすっかり調子が狂ってしまっている。

藤竹のせいだ。この新しい担任とはなぜか、やたらに目が合う。ふと気づけば、眼鏡越しに観察されている。気があるのでなければ、文句があるのだろう。いずれにせよ、何を考えているのかよくわからないあの眼差しを向けられると、背筋に悪寒が走るのだ。

藤竹の本業は、数学ではなく理科だ。この二年A組では「物理基礎」と「地学基礎」を受け持っている。数学を担当していたのは休職した前の担任、佐藤なのだが、補充の非常勤講師が決まるまでの間、藤竹が数学も教えることになった。少数の教員でやりくりしている定時制ではよくあることらしい。

頬づえをつき、たばこの箱を机で転がす。窓際の一番後ろに座っているので、教室中が見渡せる。クラスに在籍しているのは確か十八人だが、今日来ているのは十四、五人というところか。全員が出席していることはまずないので、まあ平常通りだ。プリントの問題に取り組んでいるやつもいれば、手もつけずにスマホをいじっているやつもいる。

最前列に陣取っているのは、三人の年配組。最年長は七十代くらいのやせこけた男――通称「長老」で、出来はともかく誰より勉強熱心だ。授業中、度々手を挙げて要領を得ない質問を繰り返す。こちらが珍しく集中して授業を聞いているときなどは、後ろから蹴りを入れたくなる。

あとの二人は四、五十代の女。一人はいつも黙々とノートを取っている。もう一人は小太りの東南アジア系で、とにかくよくしゃべる。誰かが「フィリピンパブのママとかじゃね？」と冗談で言い出して、「ママ」というあだ名がついた。

東新宿という場所柄もあってか、外国にルーツを持つ生徒は他にも数名いる。何人かは来日してまだ日が浅いようで、日本語が不自由だ。ママはそんな彼らを気遣い、頼まれもしないのによく世話を焼いている。

岳人と同じく最後列を指定席にしているのは、素行不良で全日制の高校をつまみ出された生徒たちだ。カラフルな髪色にごついアクセサリーなど、見た目は派手だが授業中は意外とおとなしい。漫画や動画を見ているか、そうでなければ机に突っ伏して眠っているからだ。立ち歩いて授業を妨害していた連中はだんだん学校に来なくなり、知らないうちに辞めていった。

数は決して少なくないのに、教室にいるのかいないのかわからないような生徒たちが、元不登校組。岳人などにはまず近づかず、服装も地味で、年齢より幼く見える。小中学校でいじめに遭ったり、集団生活に馴染めなかったりした者がほとんどらしい。オタクが多いのか、二、三人でかたまってアニメの話をよくしている。

　そんな調子だから、クラスとしてのまとまりはまったくない。岳人を含めほとんどの生徒が、自分のことで精いっぱい、あるいは、自分と世界の違う者たちとは関わりたくないという空気を発している。

　岳人の隣でスマホをにらみ、長いネイルの指を猛スピードで動かしていた麻衣《まい》が、突然それを耳に当てた。

「あ、マサオちゃん?」当たり前のように電話に出ると、甘えた声とヒールの音を響かせながら廊下に出ていく。「ライン見てくれた? うん、そう。そろそろ会いたいなーと思って」

　麻衣は現役のキャバクラ嬢だ。この時間帯は、彼女が昼間に送った営業メッセージを見て、仕事終わりの客がよく電話をかけてくる。この様子だと、今夜も三限目以降はパスして歌舞伎町の店に出るつもりだろう。

　藤竹は、何事もなかったかのように生徒たちを見回し、「そろそろいいですか」と言った。プリントを集め、その場で答案の出来をざっと確認してから、問題の解説を始める。それが藤竹の授業のやり方だった。

　今日の内容は、連立方程式。本来は中学二年で習うことらしい。「数学I」とは名ばかりで、実際はほとんどの時間が中学校の数学の復習に費やされる。それでも、分数や小数の計算さえ怪しい一部の生徒たちにとっては相当ハードルが高い。

「前回の問題とほとんど同じはずなんですが」藤竹がプリントの束を教卓に置く。「苦戦しているようですね」

「難しいヨ」ママが言った。「式一つでも大変なのに、二つもある。わからないヨ」

藤竹はママにうなずきかけ、正面に向き直る。

「自動的にはわからない」

「どういう意味？」ママが訊いた。

「授業をただ聞いていればわかるとか、教科書をただ読んでいればわかるとかいうものではないってことです。数学や物理はとくに」

「じゃあ、どうすりゃいいんです？」長老が不満げに言う。

「手を動かすんです。何度も何度も書く。やみくもにでも式をいじくり回す。いろんな図をしつこく描いてみる。そうしているうちに、わかった、という瞬間が来ます。必ず」

バカかこいつ。岳人は鼻で笑った。十五、六の頃なら、この席からたばこの箱を投げつけているところだ。そんなふうに勉強ができるくらいなら、定時制なんかにいやしない。

まわりを見ても、若い生徒たちは皆しらけた顔をしている。それを気にする様子もなく、藤竹は真顔で続けた。

「私は天才ではありません。たぶん、あなたたちも。だから結局、方法はそれしかないんです。もし本当にわかりたいのなら」

四限目が終わるのを待って職員室を訪ねたが、そこに担任の姿はなかった。国語の教師が「物理準備室だと思うよ」と言うので、そちらへ行ってみる。

二階から渡り廊下を通って隣の校舎に入り、L字になった建物の角を曲がった先だ。

部屋の扉は開いていて、中に藤竹がいるのが見えた。窓際の机に向かって何か読んでいる。

「ちょっといいすか」

廊下から声をかけると、藤竹は振り向かずに「どうぞ」と応じた。ビーカーなどが収められた棚と実験台の間をとおり、奥へと進む。足を踏み入れたのは初めてだ。

その机は藤竹専用なのか、私物らしき本や辞典が並んでいた。その横には、リアルな恐竜のフィギュアが二つと、木の板でできた骨格模型が一つ飾られている。

藤竹が机で開いていたのは、英語で書かれた分厚い本。グラフや図が見えるので、科学の教科書か何かだろう。ふと、昨夜藤竹が三浦に返した言葉がよぎる。

私は勉強中でした——。

「仕事、忙しいんですか」

「え?」虚をつかれた。

「最近、一限目の欠席が多いから」藤竹はこちらに椅子を回した。「勤め先は確か、リサイクル関係でしたよね」

「ただのごみ収集すよ、俺がやってんのは」

岳人が去年から働いているのは、ビン、空き缶、ペットボトルなどの廃棄物の回収と、リサイクルのための中間処理を行う会社だ。あてがわれている仕事は、事業系資源ごみの収集で、毎日朝早くから収集車に乗り込み、委託を受けた会社やビルのごみ庫を回っている。

「柳田君の一年のときの出席状況を確認したんですが、ほとんど毎日一限目から出てましたよね。仕事のシフトが変わったんですか。もしそうなら、一度職場と相談して——」

「いいんすよ」いらついてさえぎった。「たぶん、もう辞めるんで」

「辞めるって、学校を?」藤竹があごを上げ、眼鏡に手をやる。

「だから、やり方聞いとこうと思って。退学届とか」

藤竹はまたあの観察するような目で数秒こちらを凝視すると、腕時計をちらりと見た。

「少し、時間ありますか」

「あ?　ああ——」

「ちょっと、歩きながら話しましょう」

今週は藤竹が「モク拾い」の当番だという。教師たちが毎晩放課後、ごみバサミを手に構内の吸い殻を掃除して回る業務のことだ。定時制高校ならどこでもおこなわれていることで、怠《おこた》ると全日制の教員から苦情が出るらしい。

喫煙者のたまり場は外階段の踊り場や男子トイレなどいくつかあるが、藤竹はまず中庭に出た。

定時制の放課後は、わずかな人の気配と明かりも徐々に消え、校舎が暗闇に包まれるのを待つだけの時間だ。中庭にも人影はなく、遠くで救急車のサイレンの音だけが聞こえる。

外灯のまわりに固まって捨てられている吸い殻の半分は、三、四限目の間ここで時間をつぶしていた岳人のものだった。藤竹はそれを一つずつごみバサミでつまみ、ポリ袋に入れていく。それを突っ立って見ていた岳人は、校舎の壁際にコーヒーの空き缶が一つ転がっていることに気づいた。拾い上げて振ってみると、案の定かさかさと音がする。

「こういうのがマジ最低なんだよ」岳人は舌打ちをして言った。空き缶を藤竹のポリ袋の口へ持っていき、飲み口から中の吸い殻をふるい落とす。「集める側のことを、何も考えてねえ」

出された資源ごみの中に灰皿代わりに使われた空き缶が混ざっていると、リサイクルの前処理にひどく手間がかかるのだ。

「では、ここに吸い殻を捨てている君たちは、我々教師のことを考えているんですか」藤竹が淡々とした調子で言った。

もちろんぐうの音《ね》も出ない。唇を歪めたまま黙っていると、藤竹は急に話題を変えた。

「学校を辞めて、どうするんです？」

「どうもしねーよ。だいたい、そういうのは普通の高校に行ってるやつに言う台詞《せりふ》だろ」

「じゃあ、昼間は働いて、夜は大麻の売人ですか」

「え――」思わずうわずった声が漏れた。慌てて平静を装う。「何だよ、それ」

「昨日の夜、ここでメモを拾ったんです」

藤竹はごみバサミをかちゃかちゃと鳴らし、ポケットからそれを取り出した。四つに破ったはずの紙切れが、ご丁寧にテープで張り合わされている。

「君が、昨日のバイクの彼から受け取っていたものではないですか」

迂闊《うかつ》だったと思うと同時に、また背筋が寒くなった。大麻の件がばれたからではない。その異常なほどの几帳面さに、執念深さのようなものを感じたからだ。

「だったらどうだっつうんだよ」虚勢を張るしかなかった。

「どうもしません。〈ヤサイ〉というのが大麻の隠語だということは、ネットで調べてすぐわかりました。でも、君がその売買に関わろうとしているのではないかというのは、私の想像にすぎない。ところで――」

　藤竹はメモの文字をちらりと見て、それを手の中に隠した。

「乾燥大麻を三グラム。大麻リキッドを四本ほしい。全部でいくらですか」

「何言ってんだ、あんた」

「いいから」藤竹は真顔だった。「合計いくらです？　単価を言いましょうか。乾燥大麻は一グラム七千五百円、リキッドは――」

「九万四千五百円だよ、全部で」もうどうでもよくなって、投げやりに答えた。

「ご名答」藤竹が初めて口もとをほころばせる。「やはり計算能力が高いですね。子どもの頃、そろばんでもやってましたか」

「やってるかよ、そんなもん」

　藤竹はごみバサミを握ったまま、腕組みをした。

「柳田君は、とても興味深い生徒ですよ。数Ⅰの授業で毎回やってもらっているプリントの解答も、注目に値します」

「んなわけねーだろ。いつも半分は白紙だよ」

「連立方程式や二次方程式の解は、難なく求める。かなり複雑な平方根の計算問題なんかも、間違うことはまずない。しかも、途中の計算は一切書かずに、答えだけをぽんと書いている。全部頭の中で計算しているんですか」

「ごちゃごちゃ書くのが面倒なんだよ」

「もっと不思議なのは、問題がいわゆる文章題になると、まったく手をつけないということです。小学生でも解けるような問題にも、答えようとしない」

それは本当のことだったが、教師に指摘されたのは初めてだった。岳人は小さく息をつき、吐き出すように言った。

「文章を読むのが嫌いなんだよ、昔っから。真面目に教科書なんか読もうとした日にゃ、気が狂いそうになる。吐き気がしてくる。何も頭に入ってこねえ。不良品なんだよ」

「不良品？」

「バカなんだよ。頭がわりぃの。おまけに辛抱も足りねえんだと」言っているうちに、感情がたかぶってくる。「でもどうしようもねーんだ。不良品に教科書なんて、豚に真珠なんだよ。中学の教科書なんか、もらったその日にごみ箱にぶち込んでやった」

「それで高校へは進学しなかったわけですか」

「中学にもろくに行ってねーよ」

「それでも二十歳になって、この高校へ来た。勉強するのが嫌というわけではないんじゃないですか」

「あんたさ」鼻で笑った。「やっぱ定時制の教師なんか向いてないんじゃね？　こんなところへ来るやつらは、お利口に勉強しに来てるんじゃねんだよ。高卒の学歴ぐらいなきゃやべえってことがわかって、仕方なく四年間椅子に座りに来てるだけなんだよ」

「君もそうなんですか」

「俺は——」なんでこいつに話す必要がある。つい藤竹のペースに乗せられていたことに気づき、いらだちが増した。「あんたには関係ねえ。それに、もう辞めるって言ってんだろ」

藤竹はまた観察するような目を向けてきた。やがて組んでいた腕をほどき、「わかりました」と淡白に告げる。「退学の手続きについては、明日にでも確認してみます」

＊

仕事を終えて休憩室に戻り、奥に並んだロッカーに向かう。

続いて入ってきた三人の同僚は、疲れた疲れたと口々に言いながら、真ん中のテーブルを囲んでパイプ椅子に腰を下ろした。

会社があるのは北区の新河岸川べり。収集車の駐車場と廃棄物の保管庫、中間処理の工場などがあるので、立地はこういう場所になる。働き始めたばかりの頃は、敷地に漂う饐《す》えた臭いに辟易《へきえき》したが、もうすっかり慣れて何も感じなくなった。

ここを五時に出て赤羽駅からＪＲに乗れば、五時四十五分から始まる一限目にぎりぎり間に合う。終業時刻は四時五十分なので、以前は荷物だけ引っつかんで飛び出ていた。

今はもう急ぐつもりもないが、同僚たちとここで無駄話をしていく気もなかった。こいつらはすぐに勘違いをする。どこの職場でもそうだった。たまたま同じところで働いているというだけなのに、気の合う仲間だと思い込むのだ。

そして、大して親しくもなっていないうちに、ずかずかと土足で踏み込んでくる。生まれはどこだ？　家族の構成は？　学校はどこを出た？　こっちは友だちを作りに来てるんじゃない。金さえもらえりゃそれでいいんだ。

　岳人は一人無言でロッカーからリュックを取り出し、荒っぽく扉を閉めた。作業着で通勤しているので、私服に着替えたりはしない。収集作業中にひどく汚れたときだけ、ここに置いてある替えの作業着を着て帰る。

「お先っす」と言い捨ててテーブルのわきを通り過ぎようとしたとき、椅子にふんぞり返っていた同僚に「おい」と呼び止められた。四月に工場から収集班に移ってきた角刈りの中年男だ。名前も聞いたはずだが、忘れてしまった。

「お前、名前何《なん》やったかいの」太い指にたばこをはさんだ角刈りが、関西弁で訊いてくる。人の名前を覚える気がないのは向こうも同じらしい。名字を告げると、「せやせや」とわざとらしくうなずいた。

「わしらこれから駅前で一杯やるんやけど、お前もどうや。ＯＫ横丁にええ店あんねん」

「いや、俺はちょっと」素っ気なく言った。

「柳田は、これから学校なんすよ」岳人とペアを組んでいるドライバーの武井が言った。

「学校？　何の学校や」

　岳人は顔をしかめてみせたが、武井は気づかずのんきな声で答える。

「高校ですよ、定時制」

「定時制？」角刈りは口の端を歪めた。「それは感心と言いたいところやが、今の定時制はひどいらしいのう。健気《けなげ》な勤労学生が通うてたのは昔の話で、最近は高校を中退した悪ガキと、不登校やったような連中ばっかりやいうやんけ」

「あ?」定時制を悪く言われて、自分でも驚くほどの怒りがこみ上げてきた。大した仲間意識もないはずの、クラスメイトたちの顔が浮かぶ。

「お前も中退したクチか。ええ?」角刈りが、岳人のピアスを揶揄《やゆ》するように自分の耳たぶをちょんちょんと弾《はじ》く。「そんなにグレとったんか」

「あんたには関係ねえだろ」

怒りが爆発する前に部屋を出て行こうとすると、「待てや」と角刈りに右腕をつかまれた。

「中卒は、口のきき方も知らんのか」

腕を強く振って角刈りの手をほどいた拍子に、右肩に引っ掛けていたリュックがすべり落ちた。ふたのバックルを留めていなかったので、中身が床に飛び出る。表紙の擦り切れた運転教本を慌ててつかみ上げ、隠すようにリュックに押し込んだ。ひざまずいて筆記具を拾い集めていると、頭の上で角刈りが「何のノートや」と言った。

「〈させつするとき〉」いつの間に拾ったのか、勝手に開いて読み上げる。「〈させつしようとするちてんの三〇メートルてまえであいずをだします〉。ミミズがのたくったような字やのう」

血が沸騰するような感覚とともに、全身の毛穴が開く。「おい!」と怒鳴りながら、飛びかかるようにしてノートを奪い取った。

「何してんだオラ!」角刈りの胸ぐらをつかみ、ねじり上げる。「殺すぞてめえ!」

「しかも、全部ひらがなやないか」角刈りは嘲《あざけ》るように言った。「定時制行く前に、小学校からやり直しちゃうか」

目の前が一瞬真っ白になった。無意識のうちに右腕がのび、拳が角刈りの顔面にめり込む感触だけが伝わってきた。

リュックを畳に放り投げ、明かりもつけずにパイプベッドに身を投げ出した。

アパートは百人町の路地の奥なので、コリアンタウンの喧騒《けんそう》は届かない。カーテン代わりに窓にはりつけた布の隙間から、黄色とピンクの点滅する光が漏れ入ってくる。斜め向かいにある汚いラブホテルの看板だ。

拳の痛み具合からして、二、三発は入れたのだろう。武井たちに二人がかりで引きはがされて、やっと我に返った。すぐに上司が飛んできて事情を訊かれたのだが、ただ悪態をつき続けていた覚えしかない。今日はとにかく帰れと言われて、会社を出たようだ。新大久保駅からアパートまで歩いている間に、やっと頭が冷えてきた。

これでまたクビか。いったい何度目だろう。

十五歳のときから転々としてきたアルバイトも、十八で初めて契約社員になった食品会社も、ほとんど同じ理由で辞めている。

読み書きに難があることは、どの職場でもふとしたきっかけで知られてしまった。露骨にばかにされたときはもちろん、冗談半分にからかわれただけで、今回のように手が出た。目の前で笑う者がいなくても、陰で何か言われているような気がして、些細《ささい》なことで周囲に突っかかった。そんな人間が、職場に長く留まれるわけがない。

決して粗野な環境で育ったわけではない。父親は大手電機メーカーに勤める会社員で、母親は専業主婦。調布市のごく普通の家庭に一人息子として生まれた。「岳人」と名付けたのは、若い頃登山に熱中していた父親だと聞いている。人生という山を一歩一歩着実に登っていってほしい、ということだったらしい。

　母親によれば、岳人はむしろおとなしい子どもだったそうだ。確かに幼稚園の頃は、公園にいるやんちゃな子どもたちと遊ぶのが嫌で、いつも家で一人図鑑や絵本を眺めていた記憶がある。写真や絵を見ているだけでも楽しいけれど、字が読めるようになればもっと楽しいはず。そう思って一年生になれるのを心待ちにしていた。

　ところが、小学校に入学するといきなりつまずいた。ひらがなはどうにか覚えたものの、教科書の文章がうまく読めない。目で追っている文字が、消える、飛ぶ、重なる。どこを読んでいるのか、すぐにわからなくなるのだ。教師に指されて音読をさせられると、二つ目の単語でつまってしまい、いつも笑い者になった。

　書くのも苦手で、文字がノートの罫線の間になかなかおさまらない。宿題のワークやドリルは何度もやり直しをさせられた。少し複雑な漢字を習うようになると、なぞって書くことさえできなかった。

　だからその分、授業は一生懸命聞いて、教師の話をできるだけ記憶しようとした。数字と〈＋〉や〈＝〉の記号は比較的読みやすかったので、算数の授業はとくに頑張った。九九はもちろん、二桁の数同士のかけ算もかなり暗記した。だが、たとえ学んだ内容を理解していても、テストでは問題文がうまく読めないのだから、解答しようがない。テストの点数は毎回ひどいものだった。

父親はいつも多忙で、岳人の勉強を見るどころか、休日に一緒に遊んでくれることもほとんどなかった。そのくせ通知表を見るたびに、「お前が悪いんじゃないのか」と母親をなじった。岳人は教科書を読むのが辛《つら》いようだと母親が訴えても、「辛抱が足りないんだ。怠けたいだけの言い訳だよ」と面倒くさそうに繰り返すだけだった。

そこそこ名の知れた大学を卒業した父親と違って、母親はどうにか高校だけは出たという人だった。そこにどれほどの引け目があったのかは知らないが、ときに高圧的な態度に出る父親に、決して口答えをしなかった。息子が勉強ができないのも、育て方のせいではなく、自分の血を受け継いだからだと感じていたのかもしれない。

確か、三年生くらいの頃だったと思う。母親がディスカウントショップで買ってきたキッチンタイマーが、一度使っただけで動かなくなった。父親は、「わけのわからんメーカーのものを買ってくるお前が悪いんだ。不良品だよ」と言って、それをその場でごみ箱に捨ててしまった。その様子を見ていた岳人は、胸が締めつけられるような痛みを感じた。自分がそう言われたような気がした。

中学に上がる頃には、まともに授業に出ることはなくなっていた。努力などとっくにばからしくなっていたし、読み書きのことで晒《さら》し者《もの》にならずにいるためにはそうする他なかったというのもある。先輩の不良グループがたむろする公園に出入りして、パシリのような真似を始めた。岳人のことを「ガク」や「ガッくん」と呼び始めたのは、その先輩たちだ。岳人自身、むしろそっちが本当の名だと感じるようになった。

そこまで来ると、転落ははやい。たばこや深夜徘徊で度々補導され、鑑別所行きは免れたものの、万引きや無免許運転でも捕まった。こんな出来損ないが自分の息子であるはずがないという態度の父親と、ただおろおろするばかりの母親。自宅にはだんだん帰らなくなり、仲間の家を泊まり歩くうちに、当たり前のように新宿の夜の街に飲み込まれていった――。

枕もとのスマホの振動で目が覚めた。いつの間にか眠ってしまっていたらしい。ぼうっとしたまま電話に出ると、藤竹の声がした。

「何だ、寝てたんですか」

「ああ……今何時すか」

「八時五分です。いや、もう六分か」

相変わらずだな、こいつは。その無意味な几帳面さにも、なぜか今はいらつかない。暗い泥沼から、整頓された明るい部屋をのぞき見たような、不思議な安堵感――。

「四限目だけでも来ないかと思って。話したいことがあるんですよ」

「退学届のこと？」

「それも含めて、です」

まだ頭が回らず、「行けたら行くよ」とだけ答えて、通話を終えた。

体を起こし、たばこに火をつける。最後の一本だった。とりあえずこれだけは買いに行かなければならない。スマホと財布だけ持って、部屋を出た。

大久保通りのコンビニでたばこを仕入れたあと、アパートには戻らずにぶらぶらと駅のほうへ歩く。何も食べていないことに気づいたからだが、立ち並ぶチェーンの飲食店を見ても食欲は湧いてこない。

それよりも、藤竹が言った「話したいこと」の中身が気になり出していた。山手線の高架をくぐり、結局そのまま学校に向かった。

四限目が終わるのを中庭で待ち、物理準備室を訪ねる。途中、廊下の窓から、サッカー部の連中がナイター照明のついたグラウンドに出ていくのが見えた。定時制にも一応部活動があって、九時から十時までの一時間、活動が許されている。

部屋の前まで着くと、ちょうど授業を終えて戻ってきた藤竹に中へ招き入れられた。奥の机には、昨夜も見た分厚い洋書が開いてある。

それを片付けようと藤竹が手に取ったとき、表紙に地球や土星の写真が見えた。天体が並ぶその構図に、幼い頃の記憶が呼び起こされる。

「それ、何の本?」つい訊いてしまった。

「比較惑星学の教科書ですよ。どうしてですか」

「いや」つっけんどんに答える。「ちっちゃい頃、似た表紙の図鑑を持ってたなと思って。『地球と宇宙』とか、そういうの」

「そういう分野が好きだったんですか」

「覚えてねーよ、んなこと。ただ、空はなんで青いのかとか、雲はどうして白いのかとか、虹はなんで七色なのかとか、母親にしつこく訊いてた子どもでさ。うちの母親、そういうの全然答えらんねーから、その図鑑を買ってきたわけよ」

本当はよく覚えている。持っている中で一番好きな図鑑だった。説明書きは結局読めずじまいだったが、美しい写真やわくわくするようなイラストをいつまでも飽かずに眺めていた。

何か言いたげな藤竹を見て急に気恥ずかしくなり、またこちらから問う。

「その本、授業の資料か何かに使うの」

「いえ、これは純粋に私の勉強です。学生時代、地球惑星科学という学問を専攻してましてね」

「教師になったら教えるだけで、もう勉強なんかしないもんだと思ってたよ」

「勉強しない教師から勉強しろと言われるのは、嫌でしょう」

「んなこと、どっちでもいいよ。言ったろ。勉強しに来てたわけじゃねえんだって」

「でも、高卒の資格が欲しかっただけでもない。ですよね？」

藤竹が真っすぐ見つめてくる。眼鏡の奥でわずかに細めた目は、すでにこちらの胸の内を見透かしているようにも、真剣に答えを求めているようにも見えた。

面倒くさいやつには違いないが、こいつならどんな相手も嗤《わら》ったりはしない。そんな確信が、さっきの出来事の燃えかすを吐き出させようと背中を叩いてくる。

「俺はここに――修行しに来てたんだよ」

「修行？」

「目の前に教科書を開いて、毎日きっちり四時間授業を受ける。昔みたいに途中で投げ出さないで、我慢して続けてみる。そしたら俺にも忍耐力とか集中力がついて、少しはまともに文章が読めるようになるんじゃないかって」

「なるほど」藤竹は腕組みをして言った。「でも、それは勉強とは違うんですか」

「ちげーよ。俺が読めるようになりたいのは、教科書じゃなくて、運転教本。高卒の資格より、免許がほしいんだよ」

「仕事のためにですか」

岳人はうなずいた。普通免許があれば、仕事の選択肢がぐっと増える。物流業界で経験を積んで、いつか大型や牽引《けんいん》の免許にも挑戦してみたい。そう考えるようになったのは、今の会社で最初にペアを組んだドライバーが、以前トレーラーの運転手をしていたときの話をよく聞かせてくれたからだ。

巨大なトレーラーを駆り、街から街、港から港へと日本中を巡る。車だけを相棒に、高速道路の片隅で一人食べ、一人眠る。人の目を気にする必要はなく、誰かにばかにされることもない。生まれて初めて、やってみたいと思えた仕事だった。

問題は、学科試験だ。問題文が読めるかどうかはともかく、とりあえず運転教本を一字一句丸暗記してみようと考えた。印刷物よりは自分の字のほうがまだ読みやすいので、知り合いからもらった古い教本を一文字ずつひらがなで書き写す作業を始めていた。それが、あのノートだった。

「でも」岳人は自嘲するように口もとを引きつらせた。「やっぱ無駄だったね。一年間ここに通い続けてみたけど、なーんも変わんね。教科書の文章を追っかけようとしても、すぐぐちゃぐちゃになって、文字がつかまらねえ」

「文字がつかまらない」藤竹は小さく繰り返し、机の上のタブレットを手に取った。何か手早く操作して、こちらに手渡す。画面いっぱいに文章がぎっしり表示されている。

「電子書籍の地学の教科書なんですが、どうですか」

「どうもこうもねーって」さすがにいらだった。「無理だっつってんだろ」

小さな文字が無秩序に目に飛び込んでくるので、見ているだけで酔いそうになる。読み取れたのは、〈マグマ〉という単語だけだ。

タブレットを荒っぽく突き返すと、藤竹は画面を数回タップし、「今度はどうです？」ともう一度差し出してくる。

あまりの驚きに、声も出なかった。

何が起きているかよくわからず、タブレットを持つ手が小刻みに震える。

〈マグマが地表に噴出したものを溶岩、地下に貫入《かんにゅう》して冷え固まったものを貫入岩体という。貫入岩体にはいくつか種類があり――〉

読める。読めるのだ。もちろん、行は歪んで見えるし、文字も大きくなったり小さくなったりする。しかし、目を凝《こ》らしてさえいれば、文章がきちんと追えた。

「――何だよ、これ……」喉を絞るようにしてどうにか言った。

「読めるんですね？」

画面を見つめたまま、二度うなずいた。「でも、なんで……あんた、何やったんだよ」

「文字を少し大きくして、行間も広げましたが」藤竹は平然と答える。「一番のポイントは、フォントを変えたことです。さっきのは一般的な教科書体。今見てもらっているのは少しばかり特殊なフォントでしてね。はねやはらいも含めて線の太さが均一で、濁点なども大きめ。より手書きに近いので、文字の形をとらえやすい。ディスレクシアのために開発されたフォントです」

「ディスレクシア……」初めて聞く言葉だった。

「読み書きに困難がある学習障害です。音と文字を結びつけて脳で処理する力が弱かったり、文字の形をうまく認識できなかったりするせいで、文章をスムーズに読めない。当然、書くことも苦手になる」

「俺が、そうだってのかよ」

「おそらく。ディスレクシアの中には、そういう特別なフォントに変えるだけで、劇的に読めるようになる人がいるそうですから」

そんなことで。そんな簡単なことで――。

「この学習障害の存在は、最近まであまり広く認知されていませんでした。親や教師にも気づかれず、本人もそうだと知らないまま大人になるケースも多い。理由の一つは、ディスレクシアの多くは文字情報のデコーディングが不得手なだけで、情報の中身はちゃんと理解できるからです。つまり、知能には問題がない」

「――バカじゃねえってことか、俺も」

「バカどころか、聡明な人だと私は思いますよ。いくら練習しても歌が下手な人、球技がだめな人がいるように、単に君は読むことや書くことが――」

藤竹の言葉は、耳を素通りした。体の芯が痺《しび》れるような悔しさとやるせなさが、行き場を求めて暴れ出す。

「不良品じゃねえか！」結局それは、口から勢いよくあふれ出た。「あいつの言ったとおり、やっぱり不良品じゃねえかよ！」

藤竹が、「柳田君」と言った気がした。目の前がぼやけてきたのは、涙のせいか。小学三年生に戻ったのか、俺は。

「でも――」震える声が止まらない。「俺は、バカじゃねえ。怠けてたわけでもねえ。それなのにあいつら、笑いやがって。よってたかって、バカにしやがって。俺は――」

うなだれて両の拳を握りしめ、嗚咽《おえつ》した。

＊

「ちょっとお兄ちゃん」

ベルトコンベアの下流側にいるパートの女から、とげのある声が飛んできた。

「またボーッとして。さっきから何回言わせんの？　こっちが追っつかないじゃない」

「――ああ」

我に返り、次々流れてくるペットボトルの中から一つつかんでキャップを外す。キャップやラベルがついたままであれば取り除き、汚れのひどいものははじく。減容機で圧縮処理をする前の選別作業だ。

このライン作業を命じられて、早一週間。配置換えの理由はもちろん、角刈りとの一件だ。向こうにも非があったことが認められ、懲戒処分などは免れた。工場内にある休憩室も収集班とは別なので、角刈りと顔を合わせることもない。

あの夜、物理準備室で一方的にわめき散らしたあと、藤竹の顔も見ずに部屋を出てきた。以来、学校へは一度も行っていない。学校も仕事も免許も、もうどうでもよかった。

失ったのは、何年だろう。十年――いや、もっとか。

本当なら、失わなくてよかった年月だ。両親がもっと真剣に向き合ってくれていたら。誰か一人でも教師が気づいてくれていたら。まともな中学生活を送り、普通に高校を出て、今頃は大学にだって通っていたかもしれない。

無心に手を動かそうとしても、恨みが絶え間なく胸に湧き上がり、悔しさに叫び出しそうになる。

怒りの矛先は、藤竹にも向いていた。当せんした宝くじを知らずに捨ててしまった人間に、あれは実は大当たりだったのだとわざわざ告げる。あいつのやったことは、それと同じだ。そんな真似をして、俺が喜ぶと思ったのか。前向きになれるとでも思ったのか。こんな苦しい思いをするぐらいなら、知らないままでよかった――。

昼休みに入り、食事もとらずに敷地の隅でたばこをくゆらせていると、作業着のポケットでスマホが震えた。また藤竹からの着信だ。

三日ほど前から、今の時間と夜八時に必ずかけてくるのだが、ずっと無視している。とはいえあの執念深い男のことだ。放っておけばこれからも毎日かけてくるだろう。

仕方なく〈応答〉をタップして、いきなり言った。

「しつけーよ」

「よかった。間に合いました」藤竹の声は妙に明るい。

「ああ?」

「今日の四限目、出ませんか。『地学基礎』です」

「出ねえ」即座に吐き捨てた。「退学の手続きにも行かねえ。授業料払わなかったら、勝手にクビになるんだろ。それでいいから、もう電話もかけてくんな。うぜえんだよ毎日」

「まあそう言わずに。今夜はちょっとした実験をやろうと思ってるんですよ。柳田君の長年の疑問に答える実験です」

「はあ？　何言ってんだ、お前」

「で、お願いがあるんです」藤竹は一方的に続けた。「教室に、たばこを持ってきてくれませんか。まあ、常に持っているとは思いますが。待ってますよ」


その夜、八時過ぎに校門をくぐった。

四限目の授業に出ようということではない。仕事を終えてスマホを見ると、タイミングよくというか悪くというか、留守番電話に三浦からメッセージが入っていたのだ。

この一週間、何度かかかっていた三浦からの電話にも応じなかったので、しびれを切らしたらしい。〈なんでシカトすんのよ。今日の夜、また学校に突撃すっから、よろしく〉とおどけた調子で吹き込んであった。

あのけたたましい排気音は聞こえてこないが、まずはグラウンドをのぞいてみる。すると、前回とまったく同じ場所で、原付のシートにまたがった三浦と朴が藤竹と向かい合っていた。

暗闇の中を近づいていくと、「なんかさあ」と三浦が声を高くした。

「あんた、ムカつくわ。その顔と眼鏡がムカつく。勉強勉強うるせーっての。こんな、誰もやる気のねえ学校でよ」

「『誰も』の中には、私も入っているんですか」

「定時制の教師なんて、みんな腰掛けっしょ？　知ってるよそれぐらい。だいたい、お前ら教師が、俺たちに何してくれたっつーの。ああ？」

腕組みをした藤竹は、口角だけを上げて言った。

「待っているんですよ。我々定時制の教員は、高校生活を一度あきらめた人たちが、それを取り戻す場所を用意して待っている。あとは生徒たち次第です」

「取り戻せるかボケ」三浦が嘲笑を浮かべ、三階以外は明かりの消えた校舎に向けてあごをしゃくる。「こんな暗い学校でよ。ジジイとヒッキーとヤンキーしかいねえ高校でよ」

「取り戻せますよ」藤竹はきっぱりと言った。「この学校には、何だってある。教室があり、教師がいて、クラスメイトがいる。ここは、取り戻せると思っている人たちが、来るところです」

その言葉に、岳人は足を止めた。取り戻せるのか、本当に——。

岳人の姿に気づいた藤竹が、わずかに目を細める。

「来ましたね。待ってましたよ」

岳人は何も答えずそばまで行き、原付の二人に顔を向けた。

「悪いけど、今日は帰ってくれ。俺たちこれから、実験やんだよ」

「あ？」さすがに三浦の目つきも険しくなる。「何なのガッくんまで」

すると後ろの朴が、「いいよ、もう行こう」と言った。三浦は舌打ちして藤竹をひとにらみし、勢いよく原付を発進させる。

去り際にまた朴が振り返り、真顔で「ヒムネ、ガッくん」と言った。その後ろ姿を見送りながら、藤竹が訊く。

「『ヒムネ』というのは、どういう意味ですか」

「『頑張れ』だよ、確か」


三浦たちのせいで、四限目の「地学基礎」は十分遅れて始まった。

教室に入ったのは一週間ぶりだったが、岳人の指定席、窓際の最後列はちゃんと空いていた。ただ一人、隣の麻衣だけが、「あ、生きてたんだ」と声をかけてきた。

藤竹は、高さが七、八十センチほどある縦長の段ボール箱を抱えてやってきて、黒板の前に置いた。実験に使う器具だろうか。

教卓についた藤竹は、「さて」と眼鏡を持ち上げて教科書を開く。

「今日から第三章『大気と海洋』に入っていきます。百四十ページですね」

最前列の長老が、人差し指を何度も舐めながら教科書をめくる。シャーペン一本持っていない岳人は、ただ机に頬づえをついていた。

「大気の話をする前に、一つ訊いてみましょう。小さな子どもがよくする質問ですよ」藤竹は天井を指差した。「空はなぜ青いのか？　正しく答えられる人はいますか」

岳人は驚いて体を起こし、藤竹に目を向けた。長年の疑問がどうのと言っていたのは、このことか。向こうは素知らぬ顔で、教室を見回している。

答える者は当然いない。せめて何か発言したいと思ったらしく、ママが口を開く。

「青とは限らないヨ。夕焼けは赤い」

「そうですね。実は、空が青いのも、夕焼けが赤いのも、雲が白いのも、すべて同じ原理で説明できるんです。ただしそれを理解するには、高校程度の物理の知識が必要です。ですから、子どもに訊かれて正しく答えられる大人は意外と少ない。

今日は、簡単な実験をしながらそれを説明してみましょう。今からこの教室に、ささやかな〝青空〟を作ります」

ママが声を立てて笑う。「できたらすごいネ、そんなこと」

藤竹は、黒板の前に立てた縦長の段ボール箱の頭を開き、上から中に腕を突っ込んだ。何かスイッチを入れたらしく、白い光が開いた口から上方に放たれる。

「箱に入っているのは、強力なスポットライトです。部屋を暗くしたいので、スマホを見るのはしばらく我慢してください」

藤竹はそう言って教室の照明をすべて落とした。スポットライトの白い光だけが、黒板の際《きわ》をとおって天井を照らす。

「このライトを太陽だと思ってください。太陽の光は白色光ですが、プリズムなどを通すと、赤、橙、黄、緑、青というふうに連続的に色に分かれて見えることは知っていますか」

「虹の七色でしょう?」長老がさも常識とばかりに言った。

「そうです。太陽光には様々な波長の光が含まれていて、波長によって色が違う。波長が短いのが青色で、長いのが赤。すべて混ざっていると白い光になる。とりあえずそれだけ覚えておいてください。では――」

藤竹は首をのばし、後ろの席を見回した。

「誰か、たばこを吸う人――ああ、柳田君、たばこ持ってますよね？　ちょっと前へ来て、手伝ってください」

なんだこいつ、わざとらしい。ため息をついて席を立ち、渋々教壇まで行った。無言でたばこを箱ごと渡すと、ライターも貸せと言う。

教室中が訝《いぶか》しげに見守る中、藤竹は平然とたばこを三本抜き取り、まとめて火をつける。

「おい、いいのかよ」さすがに驚いて口にした。

「大丈夫です。火災報知器には覆いをしておきましたから」

そういう問題じゃねえと言おうとしたが、藤竹はすたすたとスポットライトに近づき、その直上にたばこの束を掲げた。光の帯の中に、煙が立ちのぼる。

「どうです？　煙が青く見えませんか？」

「ほんとだ。結構青いネ」ママが感心して声を上げた。言われてみれば、光の当たった部分が青みがかって見える。煙の薄いところは、とくにそうだ。

「太陽光が大気中で、空気の分子などの微粒子《びりゅうし》にぶつかると、四方八方に散乱を起こします。レイリー散乱という現象です。その際、波長の短い光は空気分子にぶつかりやすく、波長の長い光は通り抜けやすい。つまり、太陽光のうち波長の短い青い光がもっとも強く散乱されて空全体に広がり、たとえ太陽に背を向けていても、我々の目に飛び込んでくる。それが、空が青い理由です。

たばこの煙の粒子も、レイリー散乱を引き起こすほど小さい。だから白い光を当てると、青色がより強く散乱されて見えるわけです」

　藤竹は次に、火をつけたたばこの束から一本取り、口にくわえた。煙を深く吸い込んだかと思うと、すぐに激しくむせる。

「いかんよ、慣れんことしちゃあ」長老がたしなめるように言った。

「やっぱり無理ですね。柳田君」咳込みながら、藤竹は別の一本をこちらに差し出す。「すみませんが、煙をしばらく肺に溜めてもらえませんか。できれば一分間」

「一分？」岳人は眉根を寄せて受け取った。何がしたいのかまるでわからない。口にくわえていつものように吸い、途中で息をとめる。

　一分待つのは思ったより辛かった。苦しいと目で訴えるが、藤竹は腕時計を見つめたままだ。しばらく耐えていると、ようやく顔を上げた。

「はい、光の当たっているところに吐き出して。ゆっくり、そっとですよ」

　岳人は口をすぼめ、静かに煙を吐く。

「今度は煙が真っ白でしょう。雲のように」

　藤竹がそれを示して言った。確かに、さっきの煙とは明らかに違う。何年もたばこを吸っているのに、気づいていなかった。

「煙の粒が、柳田君の肺の中で水蒸気を含んで、ふくらんだんです。粒子がある程度大きくなると、すべての波長の光を同程度に散乱させます。だから、出てくる光は白くなる。ミー散乱という現象です。雲を構成する水滴や氷の結晶は粒が大きいので、ミー散乱が起きます。それが、雲が白く見える理由」

四限目が終わるとすぐ、中庭へたばこを吸いに出た。

先客の四年生が一本吸って去っていき、岳人一人になる。壁にもたれてしゃがみ込み、校舎の間にのぞく夜空を見上げた。星が二つだけ輝いている。

普通の高校に、行きたかった。本物の青空がある高校に。

ひと口吸った煙を、ため息にして吐き出す。それはやはり、雲のように白かった。

闇の中から、音もなく藤竹が現れた。隣へ来て言う。

「たばこ、今度買って返しますから」

「いいよ、別に」

「全日制の高校では、なかなかやりにくい実験でした」

「だろうね」灰を地面に落とし、口の端を歪める。「でもさ、あれのどこが〝青空〟なんだよ。ショボすぎる」

「空が青い理由、少しはわかりましたか」

「あんまり」

「まあ、自動的にはわかりませんよ」

藤竹はこちらに顔を向けずに、「柳田君」と続けた。

「君は、学校を辞めてはいけない。スタートですよ。ここからが」

何も答えずにもうひと口吸ってから、言った。

「あんた、さっき三浦に、『この学校には、何だってある』って言ったよな」

「言いました。教室、図書室、体育館。使える設備は全日制と同じです。文化祭も体育祭も、部活だってある」

「でもさ――」

青空は、ねえよ。

そう口にする代わりに、視線を上にやった。たばこの先から立ちのぼる煙が、そばに立っている外灯の光に透けて、うっすら青く見えた。

「俺がやりたい部活がねーよ」

「私もなんです」藤竹が真顔で言う。「だから、作ろうと思って。科学部」

「科学部？」露骨に顔をしかめてみせる。「うわ、だりい部活」

「一緒にやりませんか」

「冗談」鼻で笑った。

「知ってますか」藤竹が眼鏡の奥の目を光らせる。「火星の夕焼けは、青いんですよ」

「え、マジ？」思わず反応してしまった。

藤竹が滔々《とうとう》と理由を語り出す。半分もわからないその説明を聞いているうちに、たばこはフィルターのところまで燃え尽きていた。

第二章　雲と火山のレシピ

今日も大急ぎで夜のメニューの仕込みを済ませ、店を出た。

キッチンの夫にはいつものように「行ってくるネ」と明るく手を振ってきたものの、通りを歩き出した途端、その笑みもしぼんでしまう。暗い顔など似合わないのはよくわかっているけれど、夫が快く送り出してくれることが日に日に辛《つら》くなっている。

越川《こしかわ》アンジェラは、教科書の入ったトートバッグを肉づきのいい肩にかけ直し、まだ人混みになる前の大久保通りを東へ向かう。都立東新宿高校まで徒歩で十分ほどだ。

傾いた日差しが後ろから照りつけ、Tシャツの背中を汗ばませる。六月までまだ幾日かあるというのに、今日は真夏日になったとさっきニュースで言っていた。看板の準備をしていた韓国料理店の店主が「急に暑くなってきたねえ」と声をかけてきたので、慌てて作り直した笑顔で挨拶を返す。

夫と二人で切り盛りしているフィリピン料理店「ジャスミン」は、今年で十二年目。店の入れ替わりの激しいここ新大久保では老舗《しにせ》の部類に入る。在日フィリピン人を中心に、足繁く通ってくれる常連客もずいぶん増えた。

東新宿高校の定時制に入りたいとアンジェラが言ったとき、夫は一も二もなく賛成してくれた。夫もアンジェラと同じ日比ハーフだが、商業高校を出ている。妻が高校というものに密かな憧《あこが》れを抱いていることは以前から察していたのだろう。

それでも、実際に夫一人で夜の営業をこなせるか夫婦で検討してみると、相当難しいということがすぐにわかった。アルバイトを雇ってもいいと夫は言ったが、アンジェラとしては余計な経済的負担をかけてまで学校に通いたくはない。

それならと協力を申し出てくれたのが、栄養士の専門学校に通う娘だ。「四十歳の女子高生、いいじゃん」と母の挑戦を喜んで、毎晩店に出てくれることになった。アンジェラが入学してからも調理を効率化できる仕込みの方法を夫婦で常に考え続け、この一年余りはどうにか店も回っている。

だからこそ、今になってくじけそうになっているなどということは、とても家族に言い出せない。

一年生のときは、まだ何とかなった。というより、クラス全体が勉強などできる環境にならなかった。平気で教室を歩き回ったり騒いだりする生徒がたくさんいて、授業にならないことが多かったからだ。ある教師があきらめ顔で言っていたが、定時制の一年次というのは毎年、混乱のうちに終わってしまうものらしい。

そういう厄介者は一人、二人と学校を辞めていき、二年生になる頃にはクラスも落ち着いた。その一方で、まともに授業が進んでいくようになると、アンジェラは俄然《がぜん》焦り始めた。勉強にまったくついていけないのだ。国語や社会科にも苦労しているが、数学と理科は完全にお手上げ。今何を習っているのかさえわからないという状態に陥っている。

理数系の科目を担当している担任の藤竹は、「自動的にはわからない」と口ぐせのように言う。とにかく手を動かして式や図を書け、と。けれどアンジェラの場合、例えば問題の方程式をノートに書き写したとしても、そこから鉛筆が動かない。紙と鉛筆を使って何かを考えるという習慣がないのだ。

やっぱり、無理な話だったのかもしれない。中学どころか、小学校にも半分しか行っていないあたしが、高校なんて。

明治通りとの交差点で信号待ちをしながら何度目かのため息をついたとき、横から「アンジェラさん」と声をかけられた。

同級生の池本《いけもと》マリだ。愛嬌のあるいつもの笑みを浮かべ、浅黒い額に玉の汗をかいている。

「あらマリちゃん、おはよう」定時制の挨拶は、夕方でも「おはよう」だ。「すごい汗ヨ。どうしたの?」

「今日から仕事場が池袋のホテルになってさ」

「ああ、新宿から移るって言ってたネ」

「うん。そこから歩いてきたから」

「え、池袋から?　すごい距離あるじゃない」

「頑張れば三十分ちょっとだよ。電車賃もったいないし」

マリは中学を卒業してすぐ定時制に入ったのでまだ十六歳だが、昼間はホテルや病院の清掃を請け負う会社で働いている。ホテルの客室担当になったおかげで、ベッドメイキングができるようになったと喜んでいた。

彼女もまた母親がフィリピン人、父親が日本人の日比ハーフだ。両親はマリが幼い頃に離婚していて、以来母親、小学生の妹との三人暮らし。ここ数年、母親の体調がすぐれないらしく、今はマリが一家の稼ぎ手だという。体力的にも楽な仕事ではないはずだが、毎日休まず登校して熱心に授業を受けている。本当に健気で感心な子だ。

マリと一緒に教室に入ると、一限目まで五分もないというのに、まだ二人しか登校していなかった。一人は教卓のすぐ前に陣取る長嶺《ながみね》だ。正確な年齢は聞いたことがないが、おそらく七十代でクラスの最年長。一部の生徒からは陰で「長老」と呼ばれている。

かくいうアンジェラにも「ママ」というあだ名がついている。フィリピンパブのママじゃないかと誰かが言い出したかららしいが、事実若い頃はホステスもやったし、一時期知り合いのパブを預かっていたこともあるので、あながち間違いではない。「ジャスミン」での役割ももちろん、陽気でおしゃべりな店の「ママ」だ。

それは生まれついての性分で、教室にいても変わらない。休み時間はもちろん、授業中もつい場を賑《にぎ》やかしたくなる。義務感ではなく、それがたまらなく楽しいのだ。好きなようにしゃべっている間は、自分の学力のことなど忘れている。

いつものとおり、アンジェラは長嶺の隣、マリは廊下側の前から二番目の席に着く。一限目の社会科の教科書を準備していると、前の出入り口から全日制の制服を着た二人の女子生徒が入ってきた。一人は黒髪のロング、もう一人は茶髪で、どちらもスカート丈が短い。

基本的に、全日制と定時制の生徒の間に交流はなく、教室で顔を合わせることも滅多にない。何ごとだろうと思っていると、二人はつかつかとマリの席へ歩み寄った。

「ねえ」黒髪ロングの生徒がマリを見下ろし、険《けん》のある声で訊く。「昨日もこの席使った？」

「使いましたけど……」マリは目をぱちくりさせている。

「昨日、机の中にペンケースがあったでしょ」黒髪は決めつけるように続けた。

「新品。ピンクで革の」茶髪も横から言い添える。ブランド名のようなものも口にしたが、アンジェラには聞き取れなかった。

「え、あたし、見てません」

「昨日忘れて帰ったペンケースが、今朝見たらなくなってたの。あなたが来たときには、もうなかったってこと？」

「わからないです。机の中、確かめたりしないから――」

「でも、この机を使ったの、あたし以外にあなたしかいないんだけど」

マリが盗《と》ったとでも言いたげな口ぶりに、我慢ができなくなった。

「そういう言い方は、よくないヨ」自分の席から口をはさむ。

黒髪が振り向いた。アンジェラの全身に視線を走らせ、蔑《さげす》むように言い放つ。「あなたには関係ないでしょ。あたしはこの子と話してるの」

「ほんとに知りません、あたし」マリは強くかぶりを振る。

黒髪がさらに何か言いかけたとき、後ろの出入り口からがやがやと四、五人の生徒が入ってきた。彼らの好奇の視線が、制服姿の二人に集まる。

黒髪はマリを無言でにらみつけると、茶髪に目配せして教室を出て行った。二人の姿が消えるのを待って、マリに声をかける。

「何なんだろうネ。感じ悪い」

「びっくりした。急にあんなこと」

「大方、また彼の仕業じゃないか?」長嶺が後ろの席に向けてあごをしゃくる。「金髪の、耳にじゃらじゃら着けた」

「ああ、柳田君?」

「以前もあっただろう。全日制の生徒が置いていった筆記具を無断で使って、揉めごとになったことが」

アンジェラも思い出した。誰のものかも知れない筆記具を机の中から勝手に取り出し、暇つぶしに消しゴムをシャーペンの先で突いて穴だらけにしたのだ。翌日、持ち主の男子生徒が教室に乗り込んできて、柳田岳人《たけと》につめ寄った。ちょうど現れた教師が止めに入らなければ、殴り合いのけんかになっていただろう。

その岳人の作業着姿が後ろの出入り口に見えたのと同時に、社会科の教師が入ってきて、授業が始まった。


四限目が終わると、アンジェラは帰り支度をして物理準備室へ向かった。

藤竹に呼び出されたのだが、理由はわかっている。中間テストの結果が惨憺《さんたん》たるものだったからだろう。「数学Ⅰ」も「物理基礎」も、マルは一つしかなかった。何かと相談に乗っている、来日して間もない外国籍の生徒たちより点数が悪いのだから情けない。

物理準備室のドアは開いていて、暗い廊下に明かりが漏れていた。そして、漂ってくるこのいい匂いは——味噌汁だろうか。

近づけば、中から話し声も聞こえてくる。のぞいてみると、実験台の前に藤竹と岳人がいた。ビーカーに入った薄い茶色の液体を見つめている。

「お、上がった！」岳人が声を上げた。「おおー、今のは結構それっぽかったな」

「かなとこ雲が広がっていく感じなんかも、リアルでしたね」腕組みをした藤竹も満足げに微笑んでいる。

アンジェラは扉を叩き、「それ、何やってるの？」と訊きながら二人のそばへ行った。

「味噌汁で積乱雲を作る実験ですよ」藤竹が答える。

「やっぱりこの匂い、お味噌汁だったのネ」

ビーカーは小さなホットプレートに載せられ、加熱されている。味噌汁が温まる様子をこうして真横から見るのは初めてだ。もやもやと動く味噌がだんだん底に沈殿していくのを見つめながら、さらに訊ねる。

「でも、積乱雲ってどういうこと？」

「まあ見てなって」岳人が言った。

味噌の濃い部分がビーカーの底から三分の一あたりまで溜まり、上澄み部分と分離した。そのまましばらく待っていると、突然味噌が下からもくもくと湧き上がり、液体の上面で横に広がる。

「ほんとだ。入道雲みたい」

ビーカーの中をぐるっと回った味噌は、またゆっくり下に落ちていく。

「液体や気体を下から温め、上を冷やすと、対流が起こりますね」藤竹が手振りをまじえて説明する。「温められた部分は密度が小さくなって上昇し、上で冷やされてまた落ちてくる。物質そのものが上下にぐるぐる回って熱を運ぶわけです」

「雲ができるのも、大気が対流してるからなんだってよ」岳人は子どものようにビーカーにかじりついている。

「柳田君、こういうのに興味あったんだネ。正直、意外ヨ」

「お、また来た！」答える代わりに声を弾ませる。「あー、今度はイマイチ」

「味噌汁の表面に、サラダ油を浮かべてありましてね」藤竹が眼鏡に手をやった。「表面の蒸発による冷却が抑えられていることもあって、対流が間欠的《かんけつ》に起こるんです」

「はあ……」正直、何を言っているのかよくわからなかった。

「我々は、対流の世界を生きてるんですよ」藤竹が続ける。「地球のダイナミックな現象は、突きつめればほとんどすべて、対流による熱の輸送が引き起こしたものです。雲も雨も風も海流も、地震も火山も」

「え、地震も火山も？」

「はい。一年生のときに授業でやりましたが、地震や火山が生じるのは、プレート運動のせいですね。プレートがなぜ動くのかというと、その下のマントルがゆっくり対流しているから。地球が内部の熱を外に吐き出そうとする働きです」

「ああ……」習ったような気もするが、よく覚えていない。マントルがどういうものだったかも、忘れてしまった。

藤竹はホットプレートからビーカーを下ろし、代わりに小ぶりのフライパンをのせた。その中にも浅く味噌汁が入っている。

　それをスプーンでよくかき混ぜ、放置する。しばらくすると、もくもくと味噌がまだらに湧き上がり、模様ができ始めた。味噌の濃いところが多角形や塊をなして無数に生まれ、それぞれを縁どる透明な部分が網目状のパターンを作っていく。

　似たような様子は食事の際にも目にすることがあるが、わかめなどの具が浮かんでおらず、椀より面積が広いので模様がはっきりわかる。

「この多角形や塊の一つ一つで、対流が起きている。よく見れば、真ん中で味噌の粒が上昇してきて、ふちの透明な部分で液体が下降しているのがわかるでしょう。細胞のように並ぶことから、対流セルと呼ばれています」

　藤竹はタブレットを手に取り、雲の写真を表示させた。テレビの天気予報でよく見るような衛星画像だ。

「ほらここ」藤竹は小さな塊状の雲でほぼ隙間なく埋めつくされた部分を示した。「味噌汁の模様とそっくりでしょう。これは層積雲《そうせきうん》と呼ばれる雲で、対流セルの上昇域に生まれるんですよ」

　面白いと思わないわけではなかったが、他のことのほうが気になっていた。

「でも、なんでお味噌汁？　先生、いつもここで夕飯食べてるの？」

「違いますよ。これは、『キッチン地球科学』の実践です」

「キッチン地球科学？　何それ」

「まんま、台所でできる地球科学だよ」岳人が横から言った。

藤竹もうなずく。「食材や調理器具など身近にあるものを使って、地球や惑星で起きている現象を理解しようという試みですね。研究テーマとして大学で本格的にやっている人もいますし、教育に使っている人もいる。今度、うちの授業でもやってみようと思いましてね」

「お味噌汁の他には、どんな実験があるの？」

「水飴を使った地震発生モデル実験とか、片栗粉で溶岩の形状を再現する実験とか。食材としては、小麦粉、砂糖、サラダ油、ココアパウダー、ホットケーキミックスなどがよく使われていますね」

「なんだか美味しいものができそうネ」アンジェラは笑った。「先生は、料理得意なの？」

「いえ」藤竹が苦笑する。「べちゃべちゃのチャーハンが精一杯です。でも、料理の腕前は関係ないんですよ。アイデアと工夫がすべてです」

「そっか。そういう食材ならうちの店にいくらでもあるから、要るものがあったら言って」

「お店のほうは、忙しいですか」

「そうネ、お陰さまで」

藤竹は岳人に席を外すよう伝え、アンジェラに椅子を勧めた。

＊

アンジェラは今日も重い足どりで、学校へ続くゆるやかな坂を上った。

昨夜の藤竹との面談はやはり成績のことだったが、叱られたわけではもちろんない。「落第してもしょうがないネ」と無理に笑うと、試験の点数だけで進級が決まるわけではないからと励まされた。

勉強のやり方についてもアドバイスを受けた。「越川さんは、経験にもとづいた知識がちゃんとあると思うんです。それがやや断片的で、体系立っていないだけで」と彼は言った。だからまずは、苦手な漢字をどうにかする。国語だけでなく社会科や理科の教科書が苦労なく読めるようになれば、その知識が互いに結びついて理解が一気に進むのではないか、と。数学については、方程式や変数という概念に慣れるために、中学一年向けの薄い問題集を繰り返しやってみることを勧められた。

藤竹の言葉はうなずきながら聞いたものの、あきらめは胸の底に居座ったままだ。漢字の勉強は実は去年から続けているのだが、歳のせいかなかなか覚えられない。数学の問題集にしても、一ページ目で投げ出す自分の姿が目に浮かぶ。

やっぱり、遅すぎたのかもしれない。ただでさえ出来のよくない脳みそは、何十年もほったらかしにしていた間に干物のように硬くなり、もう何も吸収できないのだろう。テニスラケットが入ったバッグを持って楽しげに下校する全日制の生徒たちとすれ違い、アンジェラはため息をついた。

教室に着いたのは、一限目の「物理基礎」が始まる直前だった。

気持ちを切り替え、「おはよう」と声を明るくして中に入ると、いつもとどこか空気が違う。窓際にかたまってひそひそ話していた生徒の一人が、険しい顔で黒板を指差した。

〈定時制は犯罪者集団　ドロボーは死ね〉

黒板いっぱいに赤いチョークで書き殴られている。アンジェラは息をのみ、マリの姿をさがした。いつもの席に着いていたマリは、顔を伏せて机の天板を見つめている。

「何なんだ、そりゃ」教室の後ろで怒声がした。麻衣と一緒に教室に入ってきた岳人が、鬼の形相で黒板をにらみつけている。「誰が書いた？　全日制のガキか？」

麻衣はルイ・ヴィトンのハンドバッグを自分の机に置くと、かつかつと腹立たしげにヒールの音を響かせて黒板に歩み寄った。派手なネイルの右手で黒板消しをつかみ、無言で端から文字を消していく。

ふと気づくと、前の出入り口のところに藤竹が立っていた。麻衣がすべて消し終わるのを待って、何も見なかったかのような態度で教壇に上がる。アンジェラを含め、生徒たちもそれぞれ席に着いた。

藤竹が「さて」と眼鏡を持ち上げ、教科書を開こうとしたとき、隣の長嶺が「先生」と呼びかけた。

「あんた、何も言うことはないのかね」

「落書きのことなら、全日制の先生に報告しておきます」

「こないだの、筆入れの件と関係があるかもしれませんよ」

藤竹は何も答えない。すると、最後列で岳人が声を上げる。

「何だよ、筆入れの件って」

事情を知らない他の生徒たちも、真剣な表情で担任を見つめていた。普段はばらばらなクラスが、怒りで一つになっている。ただマリだけが、どこか悲しそうな顔をしていた。

藤竹は小さく息をつき、教科書を教卓に置いた。

「この教室を使っている全日制の生徒が、ここでペンケースを紛失したと訴えているんです。もし何か心当たりのある人がいたら、申し出てください。もちろん、その件が落書きと関係あるかどうかはわからない」

長嶺が首を回し、岳人に向かって言う。「君は何も知らんのかね?」

「ああ?」岳人が気色ばんで訊き返す。「何が言いてえんだよ」

「人の物を勝手に使うということでは、君には前科があるからな」

「俺が盗ったってのか」岳人が椅子を蹴り、すごい剣幕でこちらにやってくる。「ふざけんなよジジイ」

アンジェラは慌てて立ち上がり、二人の間に入った。「だめヨ、けんかは」

「そうだよ」後ろから麻衣も言う。「うちらの間で揉めるのは、ちょっと違うんじゃない。やるんなら、落書きを書いたやつをやんなよ」

「だめだめ」アンジェラはかぶりを振った。「暴力はだめ。そんなことしたら、ほんとに犯罪者になっちゃうヨ」

岳人は一つ舌打ちをして、仏頂面《ぶっちょうづら》のまま席へ戻っていった。


四限目のあと、帰り支度をしているマリに声をかけた。

「今日、うち寄っていかない?」

「うん、ありがと」マリは口角を上げて答えた。

マリの自宅は大久保なので、学校帰りにときどき店に誘う。カウンターでカラマンシージユースを一杯ご馳走して小一時間おしゃべりするだけだが、いつもとても喜んでくれる。

「あ、そうだ」トートバッグを手にすると、急に思い出した。「地理の中間テスト、直してきたから先生のところに持っていかなきゃ。ちょっとだけ待ってて」

教科書とノートを読み直して正答を書いていくと、十点プラスしてくれることになっているのだ。ずいぶん甘い措置だが、そうでもしないと大半の生徒が赤点になる。

すぐに済むと思っていたら、職員室で国語の教師にもつかまって、二十分近くかかってしまった。急いで教室に戻ると、もう明かりが消えていて、マリの姿もない。

校門で待っているのかも。そのまま廊下を進み、階段を下りようとしたとき、かすかに話し声が聞こえた。上の階からで、どちらも女——一人はマリのようだ。

踊り場まで行って仰ぎ見ると、定時制が使わない四階は真っ暗だった。姿は見えないものの、会話ははっきり耳に届く。階段の明かりを頼りに、すぐ左手の廊下で話しているらしい。

「——もうほんとのこと言いなよ。他に誰も聞いてないんだから」

その言葉に、一瞬足が止まった。相手はあの黒髪ロングの女子生徒なのだ。

「言ってるじゃん」マリもさすがに声をとがらせている。「ペンケースなんて知らない」

アンジェラはそっと最上段まで行き、左側の壁の角に身を潜《ひそ》める。顔をのぞかせなくても、廊下の窓ガラスにうっすら映る二人の様子がそこから見えた。

「あのペンケース、大学生の彼氏にもらったばっかなんだよね」黒髪が居丈高に言う。「なくしちゃったじゃ済まないんだよ。取り返すなり、犯人見つけるなりしないとさ」

「あたしには関係ない」マリは言い切った。「こっちも一つ訊くけど、あのひどい落書き、あなたが書いたの？」

「どんな落書き？」

「定時制は犯罪者集団――とか」

「ウケる」黒髪は手を叩いた。「でもまあ、ヤバそうなヤンキーとか、怪しいガイジンとか、結構いるしねー。あんたもガイジン？」

「日本人だよ」

「昼間、働いてんの？」

「そうだけど」

「でもバイトみたいなもんでしょ？　やっぱ、生活保護とか受けてるわけ？」

「受けてたら何だっていうの」マリの声がわずかに震えた気がした。

ひどすぎる。足を動かしかけたとき、マリが強く言った。

「そんなに疑うなら、調べてみなよ」

マリがリュックを下ろし、黒髪に突きつけた。受け取った黒髪は、手を入れて中をさぐり始める。

「もうネットで売っちゃったんじゃないの？　ほとんど新品だったし、五千円ぐらいにはなったでしょ」

「泥棒するほどお金に困ってない。ペンケースぐらい、ちゃんと持ってる」

「持ってるってさあ」

黒髪は嘲《あざけ》るように言って、リュックからビニールのペンケースを取り出した。確か、ファスナーにポケモンのキーホルダーを付けていたはずだ。黒髪はそのペンケースをまるで汚いものにでも触れるように二本の指でつまみ、目の前にぶら下げる。

「これ、百均のじゃん」

マリがそれを奪い返そうと手をのばした瞬間、黒髪が指を離す。ペンケースは床にぽとりと落ちた。マリはジーンズのひざをつき、どこか緩慢な動作でそれを拾い上げる。

「今日はもういい」黒髪はリュックまで床に放り出すと、一人踵《きびす》を返した。

もう我慢ならない。廊下に踏み出し、黒髪の前に立ちはだかる。

黒髪がぎょっとして「何？」と足を止める。その後ろでゆらりと立ち上がるマリの姿が目に入ったとき——血の気が引いた。

咄嗟《とっさ》に体が動き、黒髪の腰に飛びついて引きずり倒した。悲鳴を上げた黒髪の背中にそのままおおいかぶさる。暴れてわめく黒髪の顔を力いっぱい床に押しつけながら、マリに向かって声を張り上げた。

「マリちゃん！」

マリが我に返ったように目を見開く。

「いいから行って！　はやく！」

＊

「手首の捻挫《ねんざ》、腰の打撲《だぼく》、額の擦《す》り傷。全治三週間だそうです」

物理準備室の奥の机で、藤竹が言った。

あの黒髪ロングは、二年二組の黒田玲奈《くろだれな》という生徒だそうだ。今日の昼間、玲奈とその両親が診断書持参で学校へやってきて、本人の担任と校長にアンジェラからひどい暴力を受けたと訴えたらしい。

「すみませんでした」アンジェラは頭を下げた。「今度、本人にもちゃんと謝るヨ」

「謝罪を受け入れるような状態ではないようですが」

「やっぱり……怒ってるよネ」

腕組みをした藤竹は、困り果てたように鼻から息を吐く。

「我々の判断はこれからですが、黒田さん側はあなたの退学を要求しているそうです。学校として退学処分を下すか、あるいはあなたが自主的に辞めるか。それができないのなら傷害事件にする、と校長に詰め寄ったらしい」

「――そう。退学か」

罰を受けるのは覚悟していたが、さすがにうろたえた。でも――。あのビニールのペンケースを手もとに置き、熱心にノートをとるマリの姿が目に浮かぶ。あたしが何も言わずに辞めさえすれば、彼女は――。

「しょうがないネ」自分に言い聞かせながら口にした。「あたしがやったのは確かだし。退学でも仕方ないヨ」

「勝手に結論を出さないでください。この一度きりのことで退学なんて、無茶な話です。そもそも、私はまだ何も理解していない」藤竹が厳しく言う。「いったい、何があったんですか。その場には池本マリさんもいたんですよね？　黒田さんは例の、ペンケースを紛失した生徒で、池本さんは黒田さんと同じ席を使っている。そのあたりが原因ですか?」

「マリちゃんからは、何も聞いてない?」マリは今日学校に来なかったが、念のためそれは確かめておかなければならない。

「聞いていません。スマホに電話をかけても出ない」

「その黒田って子が、ずっとマリちゃんを犯人扱いしててネ――」茶髪の生徒と二人で教室にやってきてからのことを、順を追って話した。「で、昨日の夜も、マリちゃんを四階の廊下に連れ出して、ひどいこと言ってたのヨ」

「どんなことです?」

「あんたガイジンかとか、生活保護受けてるのかとか、いろいろヨ。あたし、カッとなっちゃって」

「引きずり倒したわけですか」

藤竹は首をわずかに傾けたまま、こちらを真っすぐ見据える。

「越川さんとは思えない行動ですね。昨日もみんなの前で、暴力はだめだと言ってたじゃないですか」

「そうだね……恥ずかしいヨ」

「あなたは池本さんを思ってやった。暴言を吐いた黒田さんにも非がないとは言えない。なのに、それで自分が退学になっても構わないということですか?」

アンジェラは首をたてに振った。「マリちゃんは何も悪くないんだし。それですべて収まるのなら、あたしが辞める」

「あなたが、ですか」藤竹が見透かすような視線を向けてくる。

「どうせ、勉強も全然わからない。卒業どころか、三年生になれるかどうかも怪しいしネ。辞めてすっきりヨ」

「まったくすっきりしませんね、私は」

そのとき、ノックもなく扉が開いて、岳人が入ってきた。

「氷買ってきた」コンビニのレジ袋を掲げて大声で言う。「始めようぜ」

こちらの重い空気には気づくこともなく、岳人は張り切った様子で実験台に向かい、袋入りのロックアイスを取り出す。

「始めるって、まさか飲み会じゃないよネ」アンジェラは言った。

「たりめーだろ。実験だよ」

藤竹と顔を見合わせると、仕方ないという顔でうなずいたので、話を切り上げて岳人のそばへ行く。

「柳田君、毎晩ここ来てるの？」

「毎晩てわけじゃねーけど、面白そうなネタがあるときは。ま、仮入部だな」

「仮入部？　どういうこと？」

「この人、新しく科学部作りたいんだって」岳人が藤竹に向かってあごをしゃくる。「まあ俺も、家に帰ったってやることねーし。どんなもんか付き合ってやってるって感じ」

含み笑いを浮かべた藤竹は、またしても意外なものを実験台に並べていく。すき焼き鍋に卓上ＩＨヒーター、透明のビンはラベルに〈水あめ〉とある。

「今日もあのキッチンなんとかネ。何の実験？」

「べっこう飴を作るんだよ」岳人が答える。

「べっこう飴？　ほんとのお菓子作りじゃない」

岳人は藤竹の指示にしたがっててきぱきと進めていく。

まず、すき焼き鍋に水飴を深さ数ミリ程度まで流し入れ、ＩＨヒーターで加熱する。百四十度で煮立たせて一分ほどすると、泡立ちがおさまり、粘り気が出てくる。水飴が黄金色に変わってきたところで、藤竹が「もういいでしょう」と声をかけた。

加熱をやめ、米酢を小さじ一杯加えてかき混ぜる。このまま固まれば、べっこう飴の完成だ。冷めるのを待つ間に、岳人が大きなバットに氷水を用意する。

しばらくすると、藤竹がスプーンで飴の表面を軽く叩いた。乾いた音がしたが、まだ中までは固まっていないはずだ。その状態で藤竹は、「よし、氷水へ」と命じる。岳人はすき焼き鍋を両手で持ち上げ、静かにバットに入れた。

「何なに？　何が起きるの？」

「地震だよ」岳人が答える。

「地震？　うそヨ」

岳人は「しっ」と唇に指を当てた。そのまま耳をそばだてていると、すき焼き鍋の飴からピチピチとかすかな音が聞こえてくる。音はだんだん大きくなり、やがてパリッという音とともに、ふちのほうに小さなひびが入った。

「あ、始まった」岳人が鋭く言う。

パリッ、パリッという断続的な音とともに、新しい割れ目がどんどん生まれていく。直線的ではなく、円形に閉じた割れ目だ。

「地震というのは、地殻の破壊現象です」藤竹は言った。「固い物質に力が加わると、わずかに変形することでそれに抵抗しようとしますが、力が大きいとどこかで限界を迎え、破壊が起きる。同様に、固まりかけたべっこう飴を急冷すると、熱収縮によって飴の内部に力が加わって、クラックが生じます。つまりこれは、地震発生モデル実験になっているわけです」

「へえ、そうなんだ」

小気味良い音を立てて増えていく割れ目を見ていると、自分でも驚くほど心がさざめいた。藤竹の説明は半分も理解できなかったのに、五感が脳に何かをつかませようとしてくる。新鮮な経験だった。

「この割れ目って、逆断層かな。正断層かな」岳人が言った。ただ遊び半分に付き合っているわけではなく、ちゃんと勉強もしているらしい。

「あとで飴の破片を取り出して、確かめてみましょう」

「なんかさ、割れ方に法則がある気がすんだよね。もう一回やって、スマホで動画録《と》ってみるか」

「音を録って、本物の地震波と波形を比べてみても面白そうですよ」

岳人と藤竹の真剣なやりとりをまぶしく見つめながら、アンジェラはふと家族のことを思った。

勉強についていけないから学校を辞めるのではない。大事な若い友人のために辞めるのだ。

そう説明すれば、夫と娘はわかってくれるだろうか。それとも、もっと悲しむだろうか。

大久保通りの喧騒《けんそう》の中を店まで帰り着いたときには、十時半を回っていた。

閉店まで三十分。まだ何組か客がいるのがガラス越しに見える。中に入ろうと扉に手をかけたとき、脇の路地からぬっと人影が現れた。マリだ。

「ああ、マリちゃん」ほっとして頬が緩んだ。「心配してたヨ。さあ入って」

「ここでいいよ」マリはかぶりを振って、また路地に引っ込む。

アンジェラもそのあとについて暗がりに入った。雑居ビルとコインパーキングにはさまれた場所で、人通りはない。自動販売機の横の空き容器入れから、ハットグの空き箱と棒がこぼれ出ている。

少し離れて立つ外灯の光が、マリの顔を青白く照らした。

「大丈夫？」まずはそう訊ねる。「学校お休みだったし、ラインにも返事ないから」

「——ごめん」マリはかすれた声で答えた。「仕事には行ったし、平気。アンジェラさんこそ、あのあと……大丈夫だった？」

「向こうは捻挫したとか言って、怒ってる」

「そうなんだ」

「それはあたしのせいヨ。マリちゃんは何もしてない。何も悪くない」

「でも」

「心配しないで。あたしは大丈夫だから」

「あたし、やっぱり――」マリが長いまつげを震わせた。

「だめヨ」

マリの右手を取って、両手で強く包む。かさついた自分の手とは違って、柔らかく小さな手だった。涙をためた彼女の目を見て言い聞かせる。

「大丈夫。言わなきゃならないことは、あたしが全部藤竹先生に言ったから。マリちゃんはもう何も言っちゃだめ」

＊

四限目が終わっても、いつも寄ってくる外国籍の生徒たちが誰もそばへ来ない。

今日登校したときは励ましの言葉をかけてくれたのだが、まだ若い彼らはそれ以上どう接していいかわからないのだろう。

週が明けると、全日制で広まった噂が定時制にも漏れ伝わっていた。アンジェラが二年生の女子生徒に一方的に暴力をはたらいて怪我を負わせ、退学処分になるという噂だ。退学の話が付け足されていることからして、発信源は黒田玲奈本人に違いない。

トートバッグを肩に掛け、マリの席に目をやった。彼女はまだ欠席を続けている。昨日、様子を訊ねるラインを送ってみたのだが、返信はない。

出入り口に向かおうとすると、隣の長嶺が「なあ、あんた」と声をかけてきた。

「弁護士に知り合いはいるかね？」

「弁護士？　いるわけないヨ」

「なんなら私が紹介してもいいが。その手の保護者のことを最近は、モンスターペンダントとかいうんだろう?」噂はとうとう長嶺の耳にまで届いたらしい。

「ペンダントじゃなくて、ペアレント、ネ」

「嫌な世の中になったものだが、そういう連中には結局、法律で対抗するしかないんだ。学校がどこまで守ってくれるかわからんしな」

そのとき廊下から、「越川さん、ちょっと」と呼ばれた。顔をのぞかせて手招きをしているのは、藤竹だった。

物理準備室の実験台は相変わらず調味料や鍋などで散らかっていたが、今夜は岳人の姿がなかった。奥の机のそばに丸椅子を置き、藤竹と向かい合う。

「今日の始業前、池本マリさんが私のところへ来ました」藤竹が切り出した。「すべて話してくれましたよ」

「え――?」すべてとは、どこまで――。

「あなたが退学になるという噂を誰かから聞いて、驚いてやってきたようです。あれは全部自分のせいだ、わたしを退学にしてくれと泣きながら言ってました」

「……そう」

「彼女、あのときカッターナイフを取り出したそうですね」

「取り出しただけヨ」強くかぶりを振って言う。「刺そうとなんてしてない」

「あなたは黒田玲奈さんの身を守るために、そして同時に、池本さんがカッターナイフを手にしたのを黒田さんの目に触れさせないように、彼女を引きずり倒しておいかぶさり、顔面を床に押しつけた。そうですね?」

黙ってうなずいたアンジェラに、藤竹が問いを重ねる。

「そこまでしたのは、中学のときのことがあるからですか?」

「ああ……」思わず声が漏れた。「先生も知ってたのネ」

「彼女がここへ入学した際、出身中学から申し送りがあったそうです」

それは以前、学校帰りにマリと店でおしゃべりをしているときに打ち明けられたことだった。

マリは中学三年のとき、特定の女子グループからひどいいじめを受けるようになった。毎日のように浅黒い肌と顔立ちをからかわれ、「ピーナ、ピーナ」と小突かれる。教科書や上履きを隠されたり、ごみ箱に捨てられたりすることもしょっちゅうだったという。

卒業まで一年足らずの我慢。マリはそう考えていじめをやり過ごそうとした。しかし、夏休み明けのある日、彼女が必死で抑え込んでいた怒りが暴発してしまう。いじめグループの前でカッターナイフを取り出し、わめきながら振り回したのだ。詳しくは話してくれなかったが、母親についてどうしても許せないことを言われたらしい。幸い、すぐに教師に取り押さえられたので、怪我人は出なかった。

いじめがあったという事情が勘案され、補導だけで済んだものの、それから卒業までマリが学校へ行くことはなかった。定時制に進んだのも、経済的な理由の他に、その中学校の出身者がいないということもあったようだ。

「マリちゃん、言ってたヨ。一度キレたら、自分でも何をしているかわからなくなるんだって。でもネ、あんなことされたら、誰だってキレちゃうヨ」

あの夜、マリのペンケースを手にした玲奈が何を言い、何をしたかを藤竹に伝えた。

「あのペンケース、マリちゃんの小学生の妹がくれたんだって。高校に入ったお祝いに、全財産の百円玉を握りしめて、百円ショップに買いに行ってくれたんだって。マリちゃん、あれすっごく大事にしてたから――」

無言で立ち上がった藤竹が、実験台から小さな紙箱を持ってきて、こちらに差し出す。ティッシュのように見えるが、〈キムワイプ〉と書かれている。そのとき初めて、頰が涙で濡れていることに気づいた。ティッシュより硬いその紙を使って涙と鼻水を拭《ぬぐ》い、続ける。

「ここでまた刃物なんか出したことが知られたら、まずいじゃない。あの黒田って子、殺されそうになったって騒ぐじゃない。マリちゃん、ほんとに退学になっちゃうヨ。そうでなくても、これ以上経歴に傷がついたら、夢叶えられなくなっちゃう」

「どんな夢ですか」

「マリちゃん、いつか大学にも行って、学校の先生になりたいのヨ」マリはその話を繰り返し聞かせてくれた。その度に澄んだ黒い瞳をきらきら輝かせて。「いろんな事情で外国から日本に来た子どもたちの力になれるような先生に」

「なるほど」藤竹は渋い顔のまま言う。「あなたは彼女の夢のためなら、自分が退学になってもいいと思ったわけですか。しかし、なんでそこまで――」

「あたしもネ、同じだったのヨ」急に恥ずかしくなって、口もとがほころぶ。「ほんとは、小学校の先生になりたかった」

「そうだったんですか」藤竹は笑わない。

「先生の歳だと、知らないかな。ジャパゆきさんって、わかる？」

「ええ、だいたいのところは」

「あたしの母も、そうだったの――」

母は、ミンダナオ島のさびれた山村で生まれた。出稼ぎのために初めて来日したのは、一九八一年。ダンサーとして半年間のビザで入国し、都内のショーパブで働き始めた。そこの常連客だった日本人男性とすぐに恋愛関係になったのだが、母の妊娠がわかると男は逃げるように姿を消してしまったらしい。

傷ついた母が帰国して故郷で産んだのが、アンジェラだ。幼い頃は貧しいながらもいい思い出が多いのだが、その暮らしも六歳のときに一変する。母が再び一人で日本へ行ってしまったのだ。祖母に面倒を見てもらいながら村の小学校に通い始めると、「ジャパゆきの子」と言われていじめに遭った。

いじめの辛さと母のいない寂しさで、アンジェラは泣き暮らすようになった。あたしも日本へ行きたい。お母さんと暮らしたい。毎晩涙ながらに訴える姿を見かねた祖母は、やはり日本へ出稼ぎに行くという親戚に頼み込み、東京で暮らす母のもとへアンジェラを送り出してくれた。ちょうど八歳になったばかりの頃だ。

「母とまた暮らせるようになったのは、嬉しかったヨ。でも、母は朝早くから夜遅くまで仕事を掛け持ちして働いてるし、その間はずっと一人で寂しかった。昼間はアパートに隠れてなきゃならなかったしネ」

「隠れる？　学校は？」

「母はそのときすでにオーバーステイだったの。それがバレたら困るからって、行かせてもらえなかった。そんな生活が二年ぐらい続いたんだけど、あたしどうしても友だちが欲しくなってネ。母に内緒でアパート抜け出して、毎日毎日、近所の小学校の校庭をフェンスにへばりついて見てたのヨ。そしたらある日、一人の先生に声かけられた。優しく『何してるの？』って。倉橋《くらはし》先生という女の先生」

倉橋は、アンジェラのつたない日本語の説明を根気よく聞いてくれた。それから母を説得し、教育委員会にかけあって、アンジェラがそこに通えるように手配してくれたのだ。日本での小学校生活は、四年生の二学期から、倉橋が担任のクラスで始まった。

「楽しかったネ。まだ日本語下手だったし、悪口言ってくる子ももちろんいたけど、仲良くしてくれる子もたくさんいた。あたし強かったのヨ、ドッジボール。倉橋先生も、卒業までの三年間、ずっと親身になって助けてくれた」

「いい先生に巡り合えたんですね」

「大げさじゃなくて、あたしの神様だったヨ。あたしも大人になったら、倉橋先生みたいな先生になりたい。そして、自分のような子どもたちを助けたい。ずっとそう思ってたんだけどネ。中学に上がってしばらくしたら、また学校に行けなくなった」

「どうしてです？」

「母にいい人ができて、弟と妹がぽんぽんと生まれちゃったのヨ。その人がよりによって、妻子持ちでさ。お金の援助は多少あったんだけど、母はもっと頑張って働かなきゃならなくなった。あたしは部屋で弟たちのお世話ヨ。学校なんてとても無理」

十六歳になると、年齢を偽ってフィリピンパブで働き始めた。十九のときに今の夫と知り合い、結婚。すぐに子どもにも恵まれ、夫婦の念願だったフィリピン料理店も開くことができた。店は順調で、娘もいい子に育ってくれた。今は、幸せだと心から思える。でも——。

「娘の手が離れたら、また思い出すようになったんだよネ。倉橋先生のこと。もちろん、今さら先生になんてなれないことはわかってる。でも、高校でちゃんと勉強し直したら、ボランティアぐらいできるかもしれないと思ったのヨ。外国から来た子どもたちに日本語教えたり、宿題見てあげたり。今の調子じゃ、それも難しいだろうけどネ」

「そんなことはありません。まだ——」

藤竹の言葉を、強くかぶりを振ってさえぎった。

「あたしは無理でも、マリちゃんは違う。あの子は勉強熱心で、頭もいい。きっといい先生になれる。あたしのような子どもたちを、たくさん救ってくれる。だから——」

自分の身の上話ではもう泣けないが、マリの名を口にすると途端に涙があふれてくる。

「あたしの夢より、マリちゃんの夢のほうが大事ヨ」

藤竹はまたキムワイプの箱を差し出しながら、「いえ」と強く言った。

「どちらの夢も大事です。あなたはもちろん、池本さんも退学になどさせません。私が必ず守ります。だからあなたも、今回のことを投げ出す口実にしないでください」

「投げ出す口実?」

その意味を訊き返そうとしたとき、勢いよく部屋の扉が開いた。

「やっぱダメだわ！」岳人が大声で言いながら入ってくる。「ガスしか出てこねえ」

右手に持ったガラス瓶の底に、泡立った液体と白い粉末が沈んでいるのが見える。どこかでまた実験をしていたらしい。

「あ？　泣いてんのか？」岳人はこちらを見て眉をひそめた。「なんかアホな噂聞いたけど、まさかマジで退学になるんじゃねーだろうな」

「なりませんよ」藤竹が答える。

「だよな。あれぐらいのことでなるんなら、俺なんてもう十回は退学だ」

微笑んだ藤竹につられて、アンジェラの顔も泣き笑いになった。

「それよりさ」岳人は続けて藤竹に訊く。「全然マグマが出てこねえんだけど、なんかやり方間違ってない？」

「マグマ？」アンジェラは驚いた。「今日はどういう実験？」

「火山の噴火実験だよ」

岳人がガラス瓶を掲げて見せる。長さ二十センチほどの透明な瓶で、直方体の胴に筒状の首がついている。

「この瓶の下の部分がマグマ溜まり、瓶の首が火道、瓶の口が火口とするだろ。瓶の底に重曹を入れて、そこに酢を加える。そしたら重曹が発泡して、酢のマグマがしゅわしゅわ口からあふれ出てくる」

「ああ、お酢のマグマなのネ」

「火山の下に溜まっている本物のマグマにも、水蒸気などの気体が溶け込んでいます」藤竹が説明を加える。「そしてその火山ガスが、噴火に重要な役割を果たしているんです。何らかの理由でマグマの減圧が起きたり、ガスがマグマに溶けていられる許容量を超えたりすると、発泡を起こして膨張し、マグマを押し上げて噴火に至る」

「もしかして、それももう習った？」苦笑いを浮かべて言った。

「ペットボトルの炭酸飲料を、よく振ってからふたを開けるようなものですね。減圧がゆっくりだと、マグマは溶岩として静々と火口から流れ出す。急激に減圧されると、爆発的な噴火が起こり、マグマの破片が火山弾や火山灰となって広範囲に飛び散ります」

「だからさ」岳人が左手を開くと、ゴム栓があった。「瓶の口に栓をしておくと、爆発的な噴火になって、栓が外れるのと同時に酢のマグマがぶしゅっと勢いよく飛び出る——はずだったんだよ。だから中庭でやってたのに」

「そうなりませんでしたか。なぜでしょうね」藤竹が首をかしげる。

「ここでやって見せてやるよ。ゴム栓なしでやっても、酢のマグマなんか出てこねえから」

岳人は、実験台に並ぶ調味料や食材の中から、〈米酢〉の瓶と〈重曹〉の袋を引き寄せた。

「〈重曹、大さじ一杯。酢、大さじ二、三杯。重曹を先に入れること〉だろ。このとおりにやるぜ」

藤竹の字とおぼしき手書きのメモを見て、手順を確認する。

「へえ、ちゃんとレシピがあるんだネ」

岳人はガラス瓶の口に漏斗《ろうと》を差し込むと、料理用の大さじできちんと分量を計って重曹を入れ、続いて酢を入れた。

しばらくすると、重曹からぶくぶくと泡が出てきた。気泡は瓶の上部に昇っていくにつれて大きくなり、首の付け根あたりで次々と弾けてしまう。岳人の言ったとおり、口からあふれ出るには至らない。

藤竹は眼鏡に手をやって瓶に顔を近づけ、ふうん、と鼻から息を漏らした。「確かに、脱ガスが起きるだけですね」

「先生はこの実験のやり方、誰かに習ってきたの？」アンジェラは訊いた。

「ええ、知り合いの火山研究者に教わりました」

実験台の上には、写真のプリントアウトも何枚かあった。屋外でこの実験を行っているところを撮ったものらしい。子どもたちが取り囲んで見ている。

「これは、何かのイベント？」

「その研究者が、大学の一般公開で実演したときの写真を送ってくれたんですよ」

写真の中に、実験で使った道具と材料を並べて写したものがあった。透明のガラス瓶、ゴム栓、〈重曹〉と書かれた袋。そして、その横のペットボトルに目が留まる。

「ねえ、先生」写真のペットボトルのラベルを示して言った。「関係あるかどうかわかんないけど、この研究者の人が使ってるの、米酢じゃなくて、〈すし酢〉だヨ」

「え？」藤竹が目を見開いた。「すし酢って、ただの酢と何か違うんですか？」

「もう先生」つい笑ってしまった。「科学についてはすごいけど、料理のことはまだまだネ。こういう市販のすし酢には、いろいろ調味料が入ってるのヨ。お砂糖とか」

「砂糖……そうか！」藤竹が手を打った。「米酢だと、粘性が低すぎるんだ」

「どういうこと?」岳人が言った。

「米酢はさらさら過ぎて、できた気泡同士が次々合体して大きくなるんです。で、すぐにつぶれて上からガスだけが抜けていく。砂糖の入ったすし酢はもっと粘っこいですから、小さな気泡がつぶれずにどんどん増えていく。つまり、酢とガスが分離せずに一体となって膨張してくれる。おそらくそういうことでしょう」

「なるほど。よし、じゃあ、すし酢買ってくるわ」

部屋を飛び出そうとする岳人を、藤竹が「待ちなさい」と止めた。壁の時計に目をやっている。もうすぐ下校時刻の十時だ。

「今日はもう遅い。続きは明日にしましょう」

「すし酢、わざわざ買ってこなくていいヨ」アンジェラは二人に言った。「店にたくさんあるから、明日持ってきてあげる」

「お店で寿司も出すんですか?」

「まさか。うちのレシピ、普通のお酢の代わりにすし酢を使うことがよくあるの。フィリピン人、甘い味つけが好きだからネ。チキンアドボとか、すし酢で作ると美味しいのヨ」

「それ、どんな料理ですか」

「お酢を使った鶏肉の煮物。フィリピンの家庭料理ネ」

＊

「ああ、これすごく美味しいです」

中庭でチキンアドボを頬張り、藤竹が言った。夕方店で作ったものを、タッパーに詰めて持ってきたのだ。

「でしょ。持って帰っておかずにして。ご飯にもよく合うヨ」

「家庭料理とおっしゃいましたが、さすがプロの味ですよ」

「今度お店にも来てヨ」

「ええ、ぜひ」

中庭に面した一階の部屋と廊下の明かりをすべて点けているので、普段よりずっと明るい。さっき、すし酢を使った噴火実験を試してみたのだが、今度はとてもうまくいった。岳人は今、ガラス瓶を洗いに校舎に戻っている。

「そういえば、さっきマリちゃんからラインが来てね。明日から学校来るって」

「そうですか」

「犯人がわかって、マリちゃんもちょっと安心してたヨ」

黒田玲奈のペンケース紛失事件は、今日になって急展開を見せた。

全日制一年の女子生徒が、今自分が預かっているペンケースがそうではないかと担任に告げたのだ。中学時代からの先輩に、ネットのフリーマーケットで売りに出すよう頼まれたのだという。拾った物だからもうけは折半《せっぱん》しようと持ちかけられたそうだが、アンジェラの一件とともに噂で聞いた玲奈のペンケースとブランドが同じだったので、不安になったらしい。

そして驚いたことに、先輩というのは、玲奈と一緒に最初にマリのもとへ難癖をつけにきた、あの茶髪の女子生徒だった。教師からの聞き取りに対し、茶髪は玲奈の机から自分が持ち出したと認めた。「最近、彼氏、彼氏って自慢してくるのがウザかったから」というのがその動機。自供のついでに、黒板にひどい落書きをしたのは玲奈だと話したらしい。

「もう、大丈夫よネ」

「近日中に、校長、黒田さんの担任、私の三人で、黒田さんのご両親と会うことになっています。校長はなかなか熱い人でね。落書きの件も含め、黒田さんが池本さんにしたことについてはかなり怒ってますから、何を言われても突っぱねてくれると思いますよ」

淡々と告げる藤竹の横顔を見ていると、自分のほうが長く生きているということをつい忘れてしまう。

「さすがだネ、藤竹先生は。何でもお見通しだ」

「話し合いはまだこれからですが」

「そういうことじゃなくて」小さくかぶりを振った。「先生、昨日、『今回のことを投げ出す口実にしないでください』って言ったじゃない」

「ああ」

「あれから、よく考えたのヨ。確かに、投げ出そうとしてたのかもなって。家族がずっと応援してくれてたから、勉強についていけないとは言えなかった。だから、今回のことを辞めるきっかけにしようとしてたところが、正直あったと思う」

「もうしばらく、投げ出さないでいてくれますか」

「漢字の勉強も数学の問題集も、やってみるヨ」水仕事で荒れた両手をじっと見て言う。

「なんとか手を動かしてネ」

岳人が小走りで戻ってきた。

「さあ、もっかいやろうぜ」と言いながら、ガラス瓶を地面に置き、その上に段ボール箱と紙粘土で作った火山の模型をかぶせる。岳人が作ってきたそうだ。科学が好きなだけでなく、こんな器用な一面もあるのかと、感心してしまった。この模型があるのとないのとでは、噴火らしさがまるで違う。

準備を進める岳人を見ていると、藤竹がこちらを向いて言った。

「漢字や数式をノートに書くばかりが、手の動かし方じゃありませんよ。ほら」

藤竹にうながされ、勇んで岳人のそばへ行く。

「ねえ、今度はあたしにやらせてくれない？」

そう。実はべっこう飴の実験のときから、ずっとやってみたいと思っていたのだ。そのために、「地学基礎」の教科書も読み直してきた。さっきのあの台詞も大声で言ってみたい。

渋々場所を空けてくれた岳人に教わりながら、火口の瓶の口に漏斗を差し込んだ。まず重曹を入れ、続いてすし酢を注ぎ込む。

しばらく待つと、火口から泡立ったすし酢があふれ出す。洗剤をスポンジで泡立てたときのように、気泡は細かい。すし酢のマグマは一部が紙粘土の山の斜面をゆっくり流れ落ちたが、大部分は火口の周囲にとどまった。溶岩ドーム噴火だ。

「さあ、そろそろ溶岩ドームが火口をふさぐヨ」

岳人からゴム栓を受け取り、瓶の口にしっかりはめた。これでいよいよ、ブルカノ式噴火の危険が迫ってくる。

「噴火警戒レベル5！　避難！」

そう叫びながら火山から離れ、藤竹のもとへ走る。岳人も呆れ顔でやってきた。火山から五メートルほどの場所に、三人並んで立つ。

固唾《かたず》を飲んで、火山を見守る。こんなにどきどきしたのは、定時制に入って初めてだ。

やがて――。

ポンッ！

シャンペンを抜いたような音とともに、ゴム栓が真上に弾け飛び、すし酢のマグマが二階の高さまで噴き上がった。

きらきら舞い落ちてくるしぶきを見つめながら、三人で歓声を上げた。

第三章　オポチュニティの轍《わだち》

定時制の教室だけで鳴るチャイムの音が、かすかに聴こえた。

夜九時ちょうど。四限目が終わったことをスマホの時計で確かめると、名取佳純《なとりかすみ》は文庫本をそっと枕もとに置いた。

薄いカーテンに囲まれたベッドの様子は外から見えないが、他に生徒がいないときでも気配を消すのが癖になっている。

小さなサイドテーブルの引き出しを音を立てないように開けて、色あせたノートを取り出す。〈来室ノート〉と記されたそれを開き、昨日の記録の下に今日の分を書き込む。

〈ログエントリー：ソル15　ハブで読書。『星を継ぐもの』九二ページまで。EVAなし〉

「ソル」というのは火星における一日のこと。約二十四時間四十分だから、地球の一日とそう変わらない。「ハブ」は火星の居住施設で、「EVA」は宇宙服を着ての船（施設）外活動。

先月読んだアンディ・ウィアーの『火星の人』があまりに面白く、オマージュのつもりで書いている。火星の有人探査ミッションで事故が起き、たった一人火星に取り残されてしまった宇宙飛行士が知識と工夫と不屈の精神で生還するまでを描いたSF小説である。日記形式で書かれていて、どの節も〈ログエントリー：ソル○○〉と始まるのだ。

佳純にとってここ東新宿高校定時制は、火星と同じだ。保健室というハブの中でしか、まともに息ができない。教室へ行くことは装備の不十分なEVAのようなもので、決死の覚悟が必要になる。

保健室登校も、今日で十五日目。ベッドで本を読んで過ごし、授業には出なかった。ノートに記録したのはただそれだけのことだが、他人に通じなくても構わない。むしろ、もし誰かに見られたときのためにこんな書き方をしている。

ノートの表紙には〈保健室を利用して感じたことを自由に書いてください〉とあるが、中身は幼稚な落書きばかり。しかも佳純がこれを見つけたとき、一番新しい書き込みの日付は四年前だった。養護教諭もこんなノートの存在など忘れてしまっているだろう。

ノートを引き出しにしまうと、ベッドのふちに腰掛けてカーテンを開けた。出入り口近くの机に、佐久間《さくま》の白衣の背中と、真っ赤に染めた髪が見える。サイドを大胆に刈り上げたアシンメトリーのショートヘア。年齢不詳だが、三十歳より下ということはない。

「三週間になるわね」佐久間が振り向かずに言った。

「――え？」佳純は思わず固まる。

「あなたが最後に授業を受けたのは、五月二十三日の一限目だから」佐久間は書類をめくりながら続ける。「それから三週間、１Ａの教室には入っていない」

佳純が何も答えられないでいると、佐久間はやっとこちらに首を回した。耳で大きなイヤリングが揺れる。

「責めてるんじゃないわよ。身体状態を確認したいだけ」

確かに口調にカドはないが、柔らかさもない。「優しい保健室の先生」というイメージからは程遠い見た目や物言いに、最初は面食らった。体のことはこうして訊いてきても、心の内側にはほとんど踏み込んでこない。でもそれが、佳純にとって保健室が落ち着ける場所になっている理由だった。家でも教室でもない、一人静かに現実から逃避できる場所。

「毎日一限目に間に合う時間には登校してるわよね」佐久間が問診のように訊く。「教室には行こうとしてる？」

「最近は……してないです」かすれた声しか出なかったが、正直に告げる。「なんか、教室のこと想像するだけで——」

「過換気が起きそうになるわけね」

佳純は小さくうなずいた。

初めて過呼吸を起こしたのは、入学して一カ月ほど経ったある日の授業中。そのときはひどいパニックに陥って、失神寸前で保健室に担ぎ込まれた。その後も度々発作に襲われ、やがて毎日のように症状が出るようになった。

校舎に入って階段を上り始めると、だんだん呼吸がしづらくなり、動悸《どうき》が始まるのだ。目まいをこらえながら手すりにつかまって階段を下り、廊下の隅にへたり込んで息が吸えるようになるのを待つ。そしてそのまま保健室へ。何日かそれを繰り返すうちに、教室へ向かうことが怖くなり、完全な保健室登校になってしまった。

「薬は飲んでる？」佐久間が続けて訊いた。

「——はい」今度は嘘をついた。

佐久間の指示で心療内科を受診し、抗不安薬を処方されているのだが、効き目は実感できなかった。服用すると頭がぼんやりして本も読めなくなるので、最近はまったく飲んでいない。

「飲んでいたら、治るんでしょうか」佳純は訊いてみた。

「難しいだろうね。薬だけじゃ」

佐久間が無表情に言ったとき、部屋のドアが叩かれた。入ってきたのは、数学と理科を担当している藤竹だ。佐久間に軽く会釈をして、ベッドまで来る。

「プリントはできましたか」

藤竹は両手を腰に当ててこちらを見下ろし、首をわずかに傾けた。

「ああ、はい」

佳純はトートバッグからプリントを取り出し、藤竹に差し出す。「数学Ⅰ」で生徒に解かせる問題を授業の前に毎回保健室まで持ってくるのだ。「地学基礎」と「物理基礎」についても、授業がある日はちょっとした課題をここでやらされている。

藤竹がプリントから目を離し、眉根を寄せる。計算間違いでもしたかと思っていると、彼は眼鏡に手をやって言った。

「名取さんにはやはり、簡単すぎるようですね」

「まあ……」

中学一年でやるような問題なので、歯応えはまったくない。数学に限らず、どの科目も中学レベルで、これで高校といえるのかと最初はずいぶん驚いた。

「授業はもの足りないかもしれませんが、学校へは来てください」藤竹は、まるでここが教室であるかのように言った。

この人も佐久間同様、変わっている。今まで出会った教師たちとは明らかに違う。週に何度も保健室まで課題を届けにくるのに、調子はどうだとは一度も訊かない。たいていは授業がどこまで進んだかを一方的に話し、「じゃあまた明日」と去っていく。

体調のことに触れないのはプレッシャーを与えないためかとも思ったが、もしそうなら勉強の話題も避けるのが普通だろう。

つかみどころのない人だ。頭脳明晰で冷静沈着。授業を妨害する生徒たちを前にしても声を荒らげるようなことは決してない。こちらのことはすべて見透かしたような顔をしているくせに、藤竹本人が何を考えているのかはよくわからない。この学校には四月に赴任してきたばかりと言っていたが、一体どういう経歴の持ち主なのだろう。

腕時計に目をやった藤竹が、「そろそろ始まりますよ」と佐久間に声をかけた。

「職員会議があるからちょっと離れるけど」佐久間が白衣を脱ぎながら佳純に言う。「早く帰りなさいよ」

二人が保健室を出ていくのを待って、佳純はもう一度サイドテーブルの引き出しから「来室ノート」を取り出した。数学のプリントをやったことを書き忘れていたからだ。

ひざの上でノートを開いたとき、ノックもなしに勢いよくドアが開き、一人の女子生徒がずかずかと入ってきた。

全身黒ずくめで、肩までの黒髪にピンクのメッシュ。またあの子だ。同じ一年生だということはわかるが、言葉を交わしたことはなく、名前も覚えていない。

「ああもう、マジだりい」女子生徒はうめきながら室内を見回す。「なーんだ。佐久間先生いないじゃん」

彼女も保健室の常連だ。用もないのにやってきては佐久間にからんだり甘えたりしているのを、カーテンの隙間から何度か見ている。

「あれ？」佳純に目を留めた彼女が、ベッドに近づいてくる。「同じクラスだよね。見かけなくなったから、辞めちゃったのかと思ってた。あたしのことわかる？　松谷真耶《まつたにまや》」

「──わかる」

「名前何だっけ？」

「名取佳純」

「そう、佳純ちゃんだ。もしかして、最近ずっとここにいんの？」

「ずっとというか……」

口ごもっていると、真耶はひょいと佳純のひざのノートをのぞき込んだ。「勉強してんの？」

慌ててそれを閉じ、サイドテーブルに置く。さして興味もなかったのか、真耶はすぐに質問を変えた。

「佐久間先生、どこ行ったか知らない？」

「たぶん職員室。会議だって」

答えながらそそくさと帰り支度を済ませる。関わり合いにならないほうがいいと本能が告げている。

「じゃあ」と立ち上がり、出入り口に向かおうとすると、真耶に左腕をつかまれた。

「待ってよ。一人にしないで。寂しいじゃん」

「え、でも――」

「うちら同類でしょ。あたしわかるんだ」

真耶は唇を引きつらせるように微笑んだ。かと思うと、つかんだ左腕を引き寄せて、佳純の白い長袖Tシャツの袖をいきなり肘までたくし上げる。

手首から肘の内側にかけて、わずかに盛り上がった何本もの赤い線が露わになる。佳純は「やめて!」と小さく叫び、腕を振りほどく。

「怒んないでよ。ほら」

真耶は今度は自分の黒いシャツの袖をまくり、左腕をこちらに突き出す。透けるような白い肌には、佳純よりずっと多いリストカットの傷跡が、まだ生々しく残っている。

「蒸し暑くても、お互い半袖は着られないよね」真耶は悪びれる様子もなく言った。

心臓が狂ったように脈打っている。それを意識した途端、うまく呼吸ができなくなった。まずい。胸に手を当て、荒い息でその場にしゃがみ込む。

「どうしたの?」真耶も驚いてひざを折る。

声など出せない。必死で息を吸っているのに、気が遠くなっていく。

「苦しいの? もしかして過呼吸?」

佳純がどうにかうなずくと、真耶はリュックからコンビニの袋を取り出した。中のごみを振り落とし、袋の口を佳純の口もとに当てる。

「この中に息吐いて――吸って――吐いて」

真耶の合図でゆっくり呼吸を続けていると、ものの数分で楽になってきた。ビニール袋をはずしたあとも佳純の背中をさすりながら、真耶が言う。

「あたしも時どきなるんだ。そのときはこうやって袋で治すの。一発だよ。でもほんとは、あんまりいいやり方じゃないんだって。よくわかんないけど、危ないことがあるらしい」

「――そうなんだ」やっと声が出た。「もう平気。ありがとう」

その手のぬくもりを背中に感じながら礼を言うと、真耶はこちらの目を真っすぐ見て微笑んだ。

「やっぱ同類だね、うちら」

＊

ソル16。ジェイムズ・P・ホーガンの『星を継ぐもの』に夢中になっているうちに、三限目が終わろうとしていた。

序盤は若干読みづらさも感じたが、謎解きの要素もあって、どんどん引き込まれていく。さすがハードSFの名作と言われているだけのことはある。

佳純がSF小説を読むようになったのは、ここ一年ほどのことだ。もともとアニメとライトノベルが好きだったのだが、お気に入りだったタイムリープ物の作者が、影響を受けた作品としてロバート・A・ハインラインの『夏への扉』を紹介していた。

近所の大型古書店でその文庫本をたまたま見つけ、何の予備知識もないまま読み始めてみると、驚くほど面白い。それからはもうライトノベルそっちのけで、ハインライン、アイザック・アシモフ、アーサー・C・クラークと有名どころを読み漁《あさ》り、本格的なSF小説の沼にはまり込んでいった。

四限目が始まるチャイムが聞こえてすぐ、誰かが「先生ー」と保健室に入ってきた。

「だるくて死にそう。ちょっと休んでいっていい？」真耶の声だ。

「一時間だけだよ」佐久間が答える。

かと思うと突然、佳純のベッドのカーテンが外から引かれて、真耶が顔を突っ込んできた。

「やっぱりいた」

何と答えていいかわからず、とりあえず「うん」と小さくあごを引く。

「松谷さん」佐久間が机から厳しく言う。「人に構う元気があるなら、教室に戻りなさい」

「ちょっと挨拶しただけじゃん」真耶は口をとがらせて、隣のベッドに入った。

また読書に戻ろうとすると、枕もとでスマホが震えた。真耶からラインのメッセージが入っている。昨日、半ば強引に連絡先を交換させられていた。

〈今日は過呼吸出てない？〉

〈うん〉

〈あたしの場合、リスカするようになって、過呼吸減ったよ〉

少し考えて〈わかるけど〉とだけ返信する。

〈リスカはいつから？〉と次のメッセージが来た。

〈中三ぐらい〉

〈佳純ってたぶん、真面目な子だよね。勉強もできそうだし。なのに定時制にいるってことは、もしかして中学は不登校だった？〉

〈まあ〉

〈やっぱおんなじだ。原因は、イジメとか？〉

〈違う〉とすぐに返した。〈病気って言われた。起立性調節障害〉

〈は？　何それ？〉

〈自律神経の異常。朝起きられなくなる〉

症状が出始めたのは、中学二年の夏休み明け。毎朝全身がだるくてなかなか起きられず、無理にベッドから出るとひどい立ちくらみと頭痛に襲われるようになった。何度か病院に通って診断はついたが、これといって治療法があるわけではない。心理的なストレスを減らすことが何より大事だと医師は言った。

けれど佳純には、ストレスというのが一体どんなものなのか、よくわからなかった。逆にいえば、物心ついた頃からずっと、心が安らぐという感覚を知らなかったのだ。

家族は三人。母、姉と目白台の分譲マンションで暮らしている。父親は佳純が七歳のときに出て行った。優しすぎるほどの人だったので、母とは性格が合わなかったのかもしれない。以来父とは一度も会っていないが、今も恋しく思うことはある。

両親が離婚しても、経済的に困ることはなかった。母は勤めていた商社から独立して、海外の化粧品を輸入販売する会社を経営していたからだ。自身の経験を踏まえてだろうが、母は幼い姉妹に向かって口癖のように説き続けた。「女にこそ学歴が必要よ。一人でも生きていけるように。子どもをいい環境で育てられるようにね」

母に似て利発で負けん気の強い姉は、その期待に応えた。小学二年から進学塾に通い、都内の有名私立女子中学校に入学したのだ。佳純もまた、母に命じられるままその学校を目指して受験勉強に励んだが、不合格。滑り止めの学校にも引っかからなかった。

悔しいとは思わなかった。すべて自分の意思とは無関係に起きた出来事なのだから、挫折と呼ぶのもおこがましい。公立中学の制服の採寸を受けながら、自分が姉に劣っているという事実をただ淡々と受け止めた。そして、母が親戚に「あの子は結局、父親に似てるのよね」と漏らしていたことを知ったとき、はっきりと悟った。母の中ではもう、わたしは終わったのだ。

人見知りで口下手な佳純は、中学では当然のごとく最下層のカーストに埋もれた。そこでの共通の話題はアニメぐらいで、本当に心を開ける友人はできない。教室に一人でいる時間が増えていくと、「佳純って実は、プライド高いよね」と陰口を叩かれた。それを知っても、不思議と反発は覚えなかった。むしろ、そうなのかもしれないとぼんやり思った。無能なくせにプライドだけ高い、価値のない人間なのだと。

朝ベッドから出られなくなり、毎日のように遅刻するようになっても、多忙な母は佳純の部屋をのぞくこともなく仕事に出て行く。起立性調節障害と診断されたときでさえ、医師の面前で「夜更かしばかりしてるからよ」と佳純をなじった。

何限目からでも学校へ行こうという気持ちはやがて消え失せ、中学二年の三学期からは完全な不登校になった。昼過ぎに起き出し、明け方まで自室にこもってアニメを見るか、小説を読む。外出といえばコンビニか古書店だけという日々が続いた。

「あんた、このままじゃ人生詰むよ」珍しく部屋にやってきた姉がそう言ったのは、確か形だけ中学三年になった春のことだ。その言葉がきっかけだったのかどうかはわからない。ただその頃から、ある感情が波のように襲ってくるようになった。

消えたい。この辛《つら》さや不安と一緒に、体ごと消えてなくなりたい。一人暗い部屋でひざを抱え、その感情のうねりの中で毎晩のようにすすり泣いた。ある夜、あまりの苦しさに〈消えたい〉とスマホに打ち込むと、検索結果に〈リスカ〉という言葉を見つけた。そして、自分と似たような多くの人が、リストカットで気持ちを落ち着かせていることを知った。

楽になれるなら怖いとは思わなかった。カッターナイフを握り、手首に当ててすっと刃を引く。鋭い痛みとともに、すーっと感情の波が引いていった——。

しばらく途切れていた真耶からのラインが、また届いた。

まず送られてきたのは写真だ。肩まで袖をまくった二の腕に、無数の傷跡。ベッドの上で今撮ったらしい。すぐにメッセージも続く。

〈あたしもう切るとこなくなってさ。最近はアムカ〉

〈グロいよ〉

〈あんたの腕と同じじゃん。グロくなんかない。それにこれは、ただの傷跡じゃないよ。あたしが生きてきた跡〉

それは佳純にもよくわかった。わたしたちは死にたくて手首を切るのではない。消えてなくなりたいほどの辛さから解放されたくて、リストカットにすがるのだ。切れば何とかその日をやり過ごせる。真耶の言うとおり、佳純の腕の傷も、一日一日どうにか生き延びてきたという足跡のようなものだ。

〈リスカ、やめる気ないの？〉佳純は訊いた。

〈やめたら死んじゃうよ。今度一緒に切らない？〉

返事はしなかった。定時制に入学が決まったこの春から、佳純は一度もリストカットをしていなかったからだ。夕方始まるこの学校へなら、わたしにも通える。わたしのことを誰も知らないところで、リスタートできる。そう思うと気持ちが少し軽くなり、切らずにいられなくなるほどの大きなうねりは来なかった。

それでもいざ通い始めると、教室という場所はやはり心に大きな負荷をかける。しかもそこは、佳純の知っている学校とは比べものにならないほど混沌としていた。それぞれに事情を抱えていそうな生徒たちの中に居場所を見つけられる自信など、とても持てない。

わたしには定時制ですら無理なのか。わずかな期待を失望と不安が侵食して、リストカットを我慢している副作用のように、過呼吸が起きるようになってしまった。

また手首を切り始めれば、過呼吸は出なくなるかもしれない。現にここ数日、学校から帰って深夜まで自室でぼんやりしていると、ふとカッターナイフに手をのばしたい衝動に駆られることがある。

それを抑えられなくなるのが先か、学校を辞めてしまうのが先か——。

四限目の終わりを告げるチャイムが鳴った。真耶は眠ってしまったらしく、かすかな寝息が聞こえる。

帰り支度をする前に、いつものようにサイドテーブルの引き出しから「来室ノート」を取り出した。記録をつけているページを開き、「え？」と思わず声を漏らす。昨日の〈ログエントリー：ソル15〉の下に、何か書き込まれている。

〈『星を継ぐもの』は傑作ですね〉几帳面な字に見覚えがある。〈『火星の人』も面白かった。火星に興味があるのなら、放課後、物理準備室へ来ませんか。面白い実験をしています。藤竹〉

やっぱり藤竹だ。でも、どうして――。

佳純はカーテンを開け、ノートを手に意を決して佐久間のところへ行った。

「あのう……」そのページを見せて言う。「これ、佐久間先生が藤竹先生に……？」

「ああ」佐久間はノートに一瞥《いちべつ》を投げ、また机の書類に目を落とす。「そうだけど」

「わたしがこれに何か書いてるって、ご存じだったんですか」

「知らなかった。今日始業前に部屋の消毒をしてたら、あなたのベッドのサイドテーブルに置いてあったから。初めて読ませてもらった」

しまった。昨日のごたごたのせいで、引き出しにしまわずに帰ってしまったのだ。

「暗号みたいでよく意味がわからなかったんだけど、小説の題名が書いてあったでしょ。調べたらSF小説だとわかったから、他のも全部科学関係の用語かもと思って、藤竹先生に訊いてみたのよ。そしたら彼、喜んじゃってね」

「喜んだ？」

「そこにも書いてあるでしょ。物理準備室で科学の同好会みたいなことやってるみたいよ。

あなたも参加してくれるんじゃないかって」

「でも、わたし……」

「あなた、昨日ここでも過換気起こしたんでしょ」佐久間が椅子を回し、真顔でこちらを見た。「学校の中にもう一カ所ぐらい、その〈ハブ〉ってのがあってもいいんじゃない?」


物理準備室の場所はよく知らなかったが、暗い廊下に半分開いたドアから明かりが漏れていたのでそこだとわかった。

「——なあ、ライトはこれでいいの?」

中で声がしたのでこっそりのぞくと、男子生徒の姿が見えた。薄汚れたグレーの作業着を着て、ぼさぼさの金髪にたくさんのピアス。少し歳上だろうか。外見だけでいえば、科学好きという雰囲気ではない。

入っていく勇気が出ないでいると、廊下を足音が近づいてきた。Tシャツにジーンズのふくよかな女性で、佳純を見てにこやかに「どうしたの?」と声をかけてくる。その言葉で外国出身だとわかった。年齢的にはおそらく母親と変わらない。

「藤竹先生に用事? いいヨ、入ろうヨ」

何も言えないまま女性に腕を取られ、中へ引っ張っていかれた。戸惑った顔の佳純を見て、実験台にいた藤竹が頬を緩める。

「来てくれると思ってましたよ」

「誰?」金髪が眉をひそめて藤竹に訊く。

藤竹が佳純と二人の生徒を互いに紹介した。金髪の男子は柳田岳人。中年女性は越川アンジェラ。どちらも二年生だという。不思議な取り合わせだが、この二人と藤竹で、週に何度か地球や惑星の現象に関連した科学実験をしているとのことだった。

「今日から、火星の夕焼けを再現する実験を始めるんです」藤竹は驚くようなことを平然と言った。

「火星の夕焼けは青いんだってよ」岳人がぶっきらぼうに横から差しはさむ。

「青?」それは知らなかった。火星の空といえば、うっすら赤いというイメージだ。

「信じらんねーだろ。だからそれを確かめる」

「持ってきたヨ、ペットボトル」アンジェラが二リットルサイズの空のペットボトルをバッグから取り出した。「きれいに洗ってあるから」

「まずは手持ちの材料で試しにやってみましょう。果たしてどの程度うまくいくか」

そう言って藤竹が指示を出すと、岳人とアンジェラはてきぱきと動いた。準備といっても簡単で、ペットボトルを水で満たし、そこに赤褐色の粉を少し入れるだけ。酸化鉄の粉末だそうだ。佳純は少し離れて固まったまま、皆の様子を見ていることしかできない。

「では柳田君、ペットボトルをよく振って、粉末を懸濁《けんだく》させてください。そしたらすぐ実験台に寝かせて置く」

岳人が言われたとおりにすると、藤竹は懐中電灯タイプの白色LEDライトをその奥にセットし、ペットボトルを側面から照らす。「さあ、透過光《とうかこう》を見てみてください」

岳人とアンジェラが並んで腰をかがめ、ペットボトルを通り抜けてくる光を確かめる。

「うーん」岳人がうなった。「まあ、若干青いっちゃあ青いけど」

「言われてみればって感じネ」アンジェラも同意する。

藤竹にうながされて佳純もおずおずと実験台に近寄り、ペットボトルに顔を寄せた。透過光は確かに青みがかって見えるが、ほんのかすかにだ。

「酸化鉄の粉末が足りないのかもしれない」藤竹が言った。

「じゃあ、粉の量をちょっとずつ変えながらやってみっか」岳人が腕まくりをした。見かけによらず、積極的だ。

「そうですね。何グラムでどう見えたか、今回は主観でいいのでデータを取っておくといい」

岳人とアンジェラが作業を始めると、藤竹は佳純を部屋の奥へ呼んだ。窓際の机でノートパソコンを開き、佳純に丸椅子を勧める。

「マニアとまでは言えませんが、私もＳＦファンなんです」藤竹は唐突に言った。「『火星の人』の映画版は観ましたか？『オデッセイ』」

「はい……一応」

『オデッセイ』は『火星の人』を原作としたハリウッド映画で、火星に一人取り残された宇宙飛行士をマット・デイモンが演じている。ＤＶＤをレンタルして観たが、正直、小説のほうがずっと面白いと思った。

「映画にも夕暮れのシーンが出てきましたが、空はオレンジ色でしたよね。でも実際の火星の日没は、こういう感じだそうです」

藤竹はパソコンを手早く操作し、一枚の画像を映した。黒い大地の陰に隠れつつある、青白い太陽。それを縁どる空は青く色づき、放射状にグラデーションしてグレーへと変わっていく。

「きれい――」佳純はつぶやいた。まさに青い夕焼けだ。

「地球の夕焼けがなぜ赤いか、知っていますか」

「いえ、何となくしか」

藤竹は紙に図を描きながらレイリー散乱という現象について説明し、地球の空が青く、夕焼けが赤い理由を教えてくれた。

昼間の空が青いのは、太陽光が空気の分子にぶつかり、波長の短い青い光がより強く全天で散乱されるためだ。日没近くになると、太陽光が大気を通る距離が長くなり、青色以外の光も散乱の影響を受けるようになる。したがって西の空を見ると、もっとも波長が長く散乱されにくい赤い光が生き残って目に届く。それが地球の夕焼けが赤い理由だという。

「火星では、その逆のことが起きているんです。火星の大気は極めて薄いのですが、その代わり風によって巻き上げられた塵《ちり》が大量に含まれている。塵の粒子サイズは赤色の波長に近いので、太陽光のうち赤い光をより強く散乱させます。ですから、火星の昼間の空は赤っぽい。夕方になって太陽高度が下がると、散乱されずに残った青い光が我々の目に届くので、青い夕焼けが見られるというわけです」

「じゃあ」佳純は実験台のほうへ首を回し、岳人が電子天秤で重さを測っている赤褐色の粉末に目をやった。「あの酸化鉄の粉が、火星の塵の代わりってことですか」

「そういうことです」

藤竹は他にも何枚か火星の風景の画像を見せてくれた。雄大なクレーターのパノラマ写真や、不思議な模様をなす砂丘、竜巻のような塵旋風《じんせんぷう》をとらえた画像もあった。どれも、実際に誰かがそこでカメラを構えて撮影したかのような臨場感がある。火星に降り立った人間など、まだいないのに。

「こういう写真、どうやって撮ったんですか」佳純は訊いた。

「今見せたのは全部、オポチュニティが撮った画像です。さっきの青い夕焼けも」

「オポチュニティ……」聞き覚えのある言葉だが――。

「『火星の人』にも名前は出てきますよね。NASAの火星探査車です」

藤竹はその機体の写真も見せてくれた。左右に三つずつの車輪を持つローバーで、車体の前部から真上に長い首がのび、カメラとおぼしき二つの目がついている。先端にロボットアームを備え、ボディ上面を覆うのは翼のような形の太陽電池パネル。そのフォルムは鳥のような動物を思わせて、愛らしい。

「この子は」深く考えずに出た言葉だった。「写真を撮るのが仕事だったんですか」

「この子――ぴったりの表現ですね」藤竹が微笑む。「そう、写真を撮るのも仕事でした。オポチュニティに期待されていたのは、火星に生命を育む環境があったかどうか確かめることでしてね。そのために岩石を分析したり、水が存在した痕跡をさがしたりしながら、行く先々の画像を地球に送ってきたわけです。でも――」

藤竹はパソコンを操作しながら続けた。

「オポチュニティが撮った中で私が一番好きなのは、岩石や地形の写真じゃありません。青い夕焼けでもない。これです」

画面に映ったのは、轍《わだち》の写真だった。果てしなく広がる荒涼とした赤い大地に、小さく蛇行しながらどこまでも続く二本の轍。轍の中の細かな筋は、車輪の溝がつけたものだ。画像の手前には、自身の影らしきものも写っている。

「オポチュニティの轍」藤竹は言った。「この子が、一人来た道を振り返って撮ったんです」

＊

ソル18。文庫本を枕もとに置いて、スマホに手をのばす。

待ち受け画面は、「オポチュニティの轍」。画像は藤竹に送ってもらった。スマホを手に取るたびに、つい見入ってしまう。

この写真のことが頭から離れなくなったのは、藤竹がオポチュニティの生涯について詳しく教えてくれたからだ。

オポチュニティは、信じられないほどよく頑張った子だった。二〇〇三年七月に打ち上げられ、約半年間の宇宙旅行ののち、二〇〇四年一月に火星に到着。エアバッグに包まれた状態でバウンドしながら着陸したのは、小さなクレーターの真ん中だったそうだ。

設計段階で想定されていた運用期間は、約三カ月。それをまっとうすることを目標に、孤独な旅が始まった。いくつかの重要な発見をしながら苦労してクレーターを脱出し、また別のクレーターへと向かう。

そうこうしているうちに、三カ月という期間はとうに過ぎていた。岩だらけ、急斜面だらけの火星の旅は決して簡単なものではない。前輪を一つ失ったり、砂溜まりにはまり込んだり、原因不明の電力低下に見舞われたりしながらも、その度に問題を克服して進んだ。砂嵐が起きれば休眠して、それが過ぎ去るのをじっと待った。

そして気づけばなんと、十四年。想定の五十倍を超える期間、旅を続けたのだ。しかし二〇一八年、大規模な砂嵐に襲われて長時間日光が遮られ、とうとう太陽電池がダウン。機能の回復ができず、通信が途絶えてしまう。その後もNASAは繰り返し信号を送り続けたが、オポチュニティからの応答はなく、二〇一九年二月、ミッション終了が宣言された――。

ベッドに仰向けに寝たまま、両腕をのばしてスマホを顔の上に掲げる。

この写真は、実際はNASAのオペレーターが撮らせたものだろう。けれど佳純には、オポチュニティがふと長い首を回して振り返り、自らの意思でシャッターを切ったようにしか思えなかった。自分の後ろに延々とのびる二本の轍を見て。

それはこの子が、異星の原野をたった一人で何年も旅してきた証《あかし》。生命を感じさせるものが何一つない絶対的な孤独の中を、懸命に生き延びてきた足跡。

長袖Tシャツの袖口がずり落ちて、リストカットの跡がのぞいた。手首から肘の内側へと順に刻まれた、何本もの傷。そう、まるで轍のような。

左腕を突き上げて肘まで肌を出し、傷跡を「オポチュニティの轍」と見比べる。佳純はやっと、なぜ自分がこの写真に心をとらわれているか、わかった気がした。

佐久間が誰かに呼ばれて部屋を出ていった。

するとその機会を待っていたかのように、真耶がカーテンの隙間から顔を突っ込んでくる。

彼女はあれから毎日三限目か四限目に保健室にやってきて、放課後まで佳純の隣のベッドで過ごすようになっていた。

「ねえ」声を低くして真耶が言う。「昨日頼んだやつ、持ってきてくれた？」

「ああ……うん」バッグから白いビニール袋を取り出したものの、やはり躊躇《ちゅうちょ》する。「でも、ほんとにいいのかな」

「平気だって」真耶はさっと手を伸ばして袋をつかみ取り、中の錠剤のシートを確かめる。

「あ、やっぱり。あたしもこれ、飲んでたことあるもん」

佳純が処方されている抗不安薬だ。飲まずにため込んでいたので数十錠ある。薬が切れたから譲ってほしいと真耶に言われていた。

佐久間が戻ってくると、真耶はそれをさりげなく背中に隠し、何食わぬ顔で自分のベッドに戻った。すぐにラインが届く。

〈助かったよ。最近病院行けてなくってさ。お金なくて〉

〈バイトしてるんじゃなかった？〉

〈バイト代入ったのお母さんにバレて、全部持ってかれた〉

そしてたいていは、パチンコと酒に使われてしまうらしい。

カーテンをはさんだここ数日のラインのやり取りで、断片的ではあるけれど、真耶の境遇を知った。彼女は全日制の高校を中退してここへ入り直したので、佳純より一つ歳上。母親と二人で暮らしている。

実の父親からも、両親の離婚後アパートに転がり込んできた母親の恋人からも、ひどい暴力を受けて育ったそうだ。彼女が中学生の頃、母親が一時期精神を病んで入院し、祖母のもとに預けられたことをきっかけに、不登校になったという。

実の父親は今アメリカの刑務所にいる。付き合っていたやくざに覚醒剤を打たれそうになった。そんな虚言めいたことも度々口にするので、真耶の話をどこまで信じていいのかはわからない。ただ、彼女の心にも何か大きなものが欠けていて、それを他のもので埋めようと苦しんでいることだけは、佳純にもひしひしと感じられた。

辛《つら》いだろうなとは思うが、それを佳純に訴えられたところで、できることは何もない。人の心配ができるほどの余裕はないし、返事のバリエーションも〈そっか〉と〈わかるよ〉以外に持ち合わせていなかった。

〈ねえ、今日も実験あんの?〉真耶が訊いてくる。

〈ああ、あるね〉

昨日の放課後も物理準備室で実験に参加していた。その際、どこへ行くのかと真耶に訊かれ、藤竹たちの活動のことを伝えたのだ。

〈行かないで〉昨日もそう言われた。あたし寂しいじゃん、と。

〈でも、行きたい〉

〈なんでそんなの行くの? 一人にしないでよ。ここでもっと話したい〉

何も返さずにいると、十五分ほどして隣のベッドでカーテンが開く音がした。一瞬身構えたが、真耶は「先生、今日はもう帰るわ」と佐久間に告げて、保健室を出ていった。

四限目が終わるのを待ち、物理準備室へ向かう。途中で職員室のほうからやってきた藤竹と一緒になり、渡り廊下でアンジェラも合流した。

「今日は新兵器があるそうです」藤竹が佳純に言う。「柳田君が水槽を作ってきたらしい」

「水槽？」

「火星の夕焼け実験に、今までペットボトルを使ってたでしょう。光を通す距離をもっと長くとれるように、アクリル板で長細い水槽を作ってくれたんですよ」

「彼、すごく器用なのヨ」アンジェラが微笑む。「器用で、意外と繊細ネ。人は見かけによらない」

　L字の校舎の角を曲がったとき、廊下の先で声がした。かと思うとそれが、突然緊迫したものに変わる。

「おい！　お前何やってんだ！　大丈夫かよ！」

　岳人の声だ。藤竹が走り出す。アンジェラと佳純も慌ててそれに続いた。物理準備室の前に二つの人影。壁にもたれてへたり込む誰かに、岳人がしきりに声をかけている。あれは
――真耶だ。

「先生！」岳人が叫んだ。「こいつ手首切りやがった！　すげえ血！」

「アンジェラさん」藤竹が鋭く言う。「保健室へ走って佐久間先生を呼んできてください」

　アンジェラが弾けるように駆け出すと、藤竹は物理準備室のドアを大きく開いて、中の明かりを点けた。廊下まで光が届き、様子がよくわかるようになる。

　真耶は意識はあるが、目の焦点が合っていない。左の手首近くをかなり深く切ったらしく、指先まで真っ赤に染まり、床に血溜まりができている。そのそばにカッターナイフが落ちて

いた。

「俺が来たときには、もうここに座り込んでてさ」岳人が早口で説明する。「どうしたんだって訊いても何も答えなくって、よく見たら血だらけで」

その間に藤竹は真耶の左腕をつかんで持ち上げ、二の腕のあたりを強く握る。止血しようとしているらしい。佳純は真耶を励ますどころか、体がすくんで声も出せない。

佐久間はすぐにやってきた。すでに両手にビニール手袋をはめている。慣れた動きで傷の位置と出血の仕方を確かめると、いつもの淡々とした口調で藤竹に言う。

「もうそこ押さえなくていいです。動脈は切ってない」

藤竹が離れると、佐久間は提げてきた箱からガーゼを取り出し、傷口を強く押さえて圧迫止血を始めた。

＊

翌日、佳純がいつもの時間に保健室に登校すると、佐久間は棚の前で備品のチェックと補充をしていた。

「──おはようございます」

佐久間はこちらをちらりと見て言う。「ちょっと顔色悪いわね」

「ああ……昨日、あんまり眠れなかったんで」そんなことより、訊きたいことがたくさんある。「松谷さんは、大丈夫だったんですか」

あのあと救急車などは呼ばず、佐久間と藤竹がタクシーで近くの総合病院の救急外来へ連れて行った。

「大丈夫よ。縫合《ほうごう》してもらって、彼女のうちまで送った」

「よかったです」

「彼女、切る前に抗不安薬をたくさん飲んだみたい。ＯＤ《オーバードーズ》」

「え？」血の気が引いた。その薬って――。

「だからぼーっとして、やり過ぎたのかもしれない」

だとしたら、わたしのせいだ。一歩間違えば死んでいたかもしれない。正直に話すべきだろうか。でも――。唇は震えるだけで、それ以上動かない。

「何？」佐久間がそれに気づいて訊いてくる。

「あの……」やはり、黙っていることはできなかった。「それ……わたしが渡した薬かもしれません」

佳純は、真耶に何をどう頼まれたかすべて話した。黙って聞いていた佐久間は佳純を叱るでもなく、一つ息をついただけで言った。

「ご家族に言って、残りの薬は取り上げてもらったほうがよさそうね」

「家族って、お母さんにですか。でも……」娘のアルバイト代を取り上げてパチンコに行くような母親だ。

佐久間と目が合った。彼女は小さくうなずき、「そうね」と言って椅子に腰を下ろす。

「昨日の救急でわかったんだけど、松谷真耶は、自分の血液型を知らなかった。親や周囲の大人たちに体を気づかってもらった経験が、皆無なんだと思う」

体だけではない。心もだ。それが痛いほどわかる自分のことも含めて、切なくなる。

「たとえそうだとしても、そこは保護者に任せるしかない」

「え——」思わず声が漏れる。あまりに冷たい言い方に聞こえた。

佐久間は机に書類を広げながら続ける。

「定時制では授業中のリスカなんてありふれてるし、暴行事件も多い。前にいた学校では、先生が生徒に刺されたこともあった。わたしの第一の仕事は、学校の中で子どもたちを死なせないこと。全員を生きて帰すことよ」


昨日の今日なので当然かもしれないが、四限目が始まっても真耶は現れなかった。

保健室はしんとしている。さっき体育の授業で誰かが足を捻《ひね》ったらしく、佐久間は体育館へ行ったまま、まだ戻ってこない。

ドアが開く音がして、誰かが部屋に入ってきた。佐久間が戻ってきたのかと思ったが、足音はまっすぐこちらに近づいてくる。人影が映ったかと思うと、目の前のカーテンが勢いよく開いた。

息が止まりそうになる。真耶が立っていた。

「——松谷さん」

「ねえ、聞いて。すごいんだよ」真耶は言った。左腕の包帯が痛々しい。右手には白いビニール袋を提げている。

「すごいって、何」得体の知れない異様さを感じ、声がうわずった。

「ODやって、リスカすんの。マジで超気持ちいいの」

「そんな……ダメだよ」

「今から一緒にやろうよ」真耶はひざ立ちになってベッドに上がってくる。

「やめて──」逃げ出したいのに、腰が抜けたようになって動けない。

真耶が覆いかぶさってきた。ビニール袋の中から右手いっぱいに何かつかみ取る。すべて錠剤だ。その量からして佳純の抗不安薬だけではない。咳止めか、鎮痛剤か──。

「五十錠ぐらい飲んだら、超キマるらしいよ」顔を近づけてくる真耶の肩を、両手で押し留める。ピンクのメッシュの髪が、頬をかすめた。「友だちでしょ？　過呼吸のとき、助けてあげたじゃん」

真耶が背中を撫《な》でてくれた感触が甦《よみがえ》り、一瞬力が抜けた。

真耶の手にあごをつかまれた、そのとき──。

「今度はあたしのこと、助けてよ」

白衣の腕がのびてきて真耶の体を後ろから抱え、力まかせに後ろに引きはがした。真耶は低く悲鳴を上げて床に転がる。大量の錠剤が音を立てて部屋中にちらばった。

倒れたままの真耶の前に、佐久間が仁王立ちになる。

「出て行きなさい。今すぐ」抑揚のない佐久間の声が、部屋に響いた。「他人まで危険にさらすのなら、あなたの居場所はもうここにはない」

真耶は両手を床についたまま、顔も上げずに洟《はな》をすすった。やがてのろのろと立ち上がり、出入り口に向かう。

「——だったらもう、死んでやるよ」

真耶は振り向きもせずぼそりとそう言い捨てて、保健室を出て行った。

佐久間は何事もなかったかのように掃除機を取り出し、床の錠剤を吸い取り始める。それをベッドから見ていた佳純は、モーターの音が止まるのを待って言った。

「松谷さん……ほんとに死んじゃうかもしれない」

佐久間が掃除機を置き、そばへ来た。

「この学校にはね」ベッドのふちに腰掛けて、語り始める。「虐待を受けていたり、育児放棄に近い状態で育ったりした子どもたちが毎年何人も入ってくる。そしてそういう子たちは、大半が一年ももたずに辞めていくの。それを引き止めるのは難しい。わたしはあくまで元看護師の養護教諭で、精神科医でもカウンセラーでもないから」

「看護師さんだったんですか」

「ずっと救命救急の現場にいた。やりがいのある仕事だったけど、ハードな毎日で体を壊しちゃってね。三十のときに養護教諭の資格をとって、ある定時制高校で働き始めた。その学校にも保健室登校をしてる女子生徒が二人いてね。仮にA子とB子にするけど、A子はとにかくトラブルメーカーで、B子はほとんど口もきかないおとなしい子だった」

佐久間の話では、A子は児童養護施設の出身で、DVを繰り返す男と同棲していたらしい。校内をうろついては授業を妨害し、教師と揉めたらリストカットをして「もう死にたい」と保健室でむせび泣く。男に暴力を受けて夜中にアパートを飛び出し、踏切の近くから「今から電車に飛び込む」と佐久間に電話をかけてきたこともあったという。

「とにかく経験がなかった」佐久間は続けた。「こんなひどい境遇の子がいるのかとA子に同情して、つい踏み込み過ぎたのね。DVをする彼氏に直談判したり、区役所にかけあったり。どうにか彼女を助けようと駆けずり回っていて、B子が何日か保健室に姿を見せていないことに気づかなかった。本当に命を絶ったのは、A子じゃなくて、B子だったのよ」

「なんでB子は――」

佐久間はかぶりを振った。「もしかしたらだけど、わたしがA子にばかりかまけているのを見て、見捨てられたと思ったのかもしれない。A子のほうも、抱えた問題は何一つ解決しないまま、そのあとすぐ学校を辞めてしまった」

佐久間はあごをわずかに上げ、虚空を見つめる。

「その出来事があってから、わたしは考え続けてる。わたしにはすべての生徒は救えない。だったら、誰が救えて、誰が救えないのか。トリアージって、わかる？」

佳純はうなずいた。星間戦争ものの小説に出てきたので、知っている。大勢の負傷者が出た現場において、患者の重症度に応じて治療や搬送の順位を決めることだ。回復が見込めない者については、一切処置が施されない場合もある。

「救命救急の現場で散々目にしてきたトリアージを、結局ここでもやってるの。救急よりきついのは、どれだけ経験を積んでも、正解がまるでわからないってこと」

そう言った横顔に、あきらめの色はなかった。むしろその表情は凜として、決意がこもっているように見えた。それでもここに居続けるのだという決意。

佐久間が立ち上がり、白衣のポケットに両手を突っ込んでこちらを向く。

「今回、松谷さんはあなたの命を危険にさらそうとした。だからわたしは、彼女ではなく、あなたを守る。あなたも、彼女のことより、あなた自身を救うのよ。自分を救おうとしている人間しか、わたしは手助けできない」

＊

物理準備室の照明を落とした。

岳人の作ったアクリル水槽は、幅二十五センチ、高さ十センチほどのものだ。中に入っているのは今回も、水と酸化鉄の粉末。

水槽の右側にはスタンドに取り付けた白色ＬＥＤライト、左には小さな白いスクリーンがセットしてある。ライトを点けると、光は水槽を通り抜けて、スクリーンに当たる。その色は、うっすら青い。火星の夕焼けだ。だが、水槽の中の懸濁液は、赤色には見えなかった。

「うーん、やっぱダメだな」岳人が額にしわを寄せた。

「赤って感じじゃないネ」アンジェラも首をかしげる。「佳純ちゃんには何色に見える？」

「どちらかというと、黄色っぽいような」佳純は正直に答えた。

奥の机でノートパソコンを開いている藤竹は、仕事の手を止めてこちらを見たが、わずかに目を細めるだけで何も言わない。

最適な条件をさぐり、スクリーン上に火星の青い夕焼けを再現する実験は、かなりうまくできるようになった。波長の短い青い光が水槽を通り抜けているのであれば、懸濁液中の粉末によって散乱されるのは波長の長い光だけになり、水槽を横から見たときの色は赤みを帯びるはずだ。つまり、火星の赤い空の色が観察できるはずなのだが、それがうまくいかない。

岳人とアンジェラが新しい調合で懸濁液を作り始めた。

その様子を見ていて、ふと思う。この二人はどうして藤竹に誘われたのだろう。そして、他の生徒ではなく、なぜわたしが。

佐久間が言った、トリアージという言葉が頭に浮かぶ。もしかしたら藤竹もまた、彼女と同じような葛藤を抱えながら、この活動をしているのかもしれない。

だとすればわたしが今ここにいるのは、ほとんどただの偶然だ。あの「来室ノート」に記した些細《ささい》なシグナルを、藤竹がたまたま拾ってくれただけに過ぎない。それを本当の幸運にするかどうかは、これからの自分次第だ。

あれからもうすぐ一週間。佳純は教室に行く練習を始めていて、藤竹の授業には出られるようになった。幸い今のところ、過呼吸が起きる気配はない。ここで岳人やアンジェラと会話をしていたことが、リハビリになっていたのだろう。

教室で真耶の姿を見ることはなかった。保健室にも現れないし、ラインも来ない。気がかりではあるけれど、考えるのはやめた。佐久間の言うとおり、まずは自分のことだ。

下校時刻の十時になり、岳人とアンジェラが帰ったあとも、佳純は物理準備室に残った。実験のことで昨夜思いついたことがあるのだが、二人の先輩の前では言い出しにくかったからだ。

「先生、一つ質問していいですか」帰り支度をする藤竹のそばで訊いた。

「もちろん」

「この実験、なんで火星の塵として酸化鉄の粉を使ってるんですか」

「実際に火星の表土に含まれている物質であって、かつ、簡単に手に入るからですね。火星の塵のサイズだといわれている、一マイクロメートル程度の粒子の試薬が」

「でも、ほんとの火星の塵は、もっといろんな物質でできてるんですよね」

「そうですね。火星の表土を構成する、さまざまな鉱物の微粒子でできているはずです」

「わたし、昨日ネットでこういうの見つけたんです」スマホを取り出し、ブックマークしておいた科学ニュースのサイトを開く。「アメリカの大学の研究チームが、『火星の土』を人工的に作って販売してるって」

　きっかけは、やはり小説『火星の人』だった。火星に取り残された主人公は植物学者で、火星の土を使ってハブの中でジャガイモを栽培する。そのくだりを読み返して、そういえば火星の土ってどういうものなんだろう、と思ったのだ。

　藤竹は眼鏡に手をやり、佳純があずけたスマホの画面を凝視する。「これは——素晴らしいですね」

「この土を買おうってことじゃなくて」佳純は言った。「わたしたちで、これに近いものを作れないかなって。そしてそれを、塵として実験で使ってみたらどうかなと」

「ますます素晴らしい」藤竹は満足げに微笑んだ。

　返されたスマホを待ち受け画面に戻すと、その背景写真に藤竹が目を留めた。

「お、使ってくれてるんですね。『オポチュニティの轍』」

「はい。気に入ったので」

「そういえば、オポチュニティの最大の敵も、火星の塵だったんですよ」

「ああ、最後は砂嵐のせいでって――」

「開発した技術者たちも、いずれ塵によって動かなくなるのは避けられないと考えていたようです。火星で三カ月も働けば、砂塵が太陽電池パネルに積もって発電できなくなるだろうと」

「なのに、なんで十四年ももったんですか」

「大きな理由は、パネルに積もった塵が露《つゆ》でうまく洗い流されたり、季節風のおかげで吹き飛ばされたりしたことだそうです。ですがもちろんそれだけではありません。ミッションのスタッフたちはその予想外の幸運を生かして、オポチュニティができるだけ長く旅を続けられるよう、考えられる限りの努力をした。言ってみれば、彼らもオポチュニティとともに長い旅を続けたんですよ。実は、私の大学時代の友人がＮＡＳＡにいて、そのミッションに関わっていましてね」

「え、すごい」

「彼に、オポチュニティの運用が終わったときのことを聞いたことがあるんです。八カ月にわたって通信が途絶えていたオポチュニティに、いよいよ最後の信号を送ることになった日。管制室にはミッションに関わった人たちが集まった。そして、短い信号を四回発信。やはり応答なし。『十五年間の任務、ご苦労さま』。そんな言葉とともにマネージャーがミッションの終了を宣言したときには、みんな泣いていたそうです」

　スマホの画像に目を落とす。この子のために、大勢の科学者が泣いたのか。

もう何度見つめたかわからない「オポチュニティの轍」が、今の話を聞いてこれまでとは少し違って見えた。

この子は、自分の後ろに延々と続く轍を見て、ただ孤独を感じたわけではないのだ。きっと、もう少しだけ前へ進もうと思ったに違いない。地球にいる仲間たちの存在を、背中のアンテナに感じながら。

物理準備室をあとにして、校舎を出る。隣の建物を見れば、一階の保健室にはまだ明かりが点いていた。あそこに佐久間がいると思うと、それだけで呼吸が楽になる。

明日はいよいよ、一限目から四限目まで教室にいるつもりだ。もしそれが成功したら、帰りに保健室に寄って佐久間に報告し、「来室ノート」にこう書く。

〈ログエントリー：ソル24　火星から地球に無事生還〉

校門をくぐり、地下鉄の駅へと坂道を下っていく。雨上がりでひどく蒸し暑く、人通りもないので、長袖Tシャツの袖を肘までまくった。

左腕に刻まれた傷跡をひと撫でする。この轍は、ここで終了。

わたしは、新しく轍を作るのだ。

第四章　金の卵の衝突実験

ベッドの江美子《えみこ》が目だけ動かして、サイドテーブルの時計を見た。

「――もう八時四十分よ。そろそろ帰らないと」

まだ深く息が吸えないせいか、酸素チューブを鼻の下につけた妻の声は、かすれて細い。

長嶺省造《ながみねしょうぞう》は「ああ」と数学の教科書を閉じ、個室に備え付けのパイプ椅子から腰を上げた。

病棟の面会時間は夜八時半までとなっているが、九時を回らない限り看護師からもうるさくは言われない。

どんな規則であれ、破るのを嫌がるのは江美子の質《たち》だ。今日も、朝の資源ごみの回収に牛乳パックをそのまま出したと言うと、「ちゃんと洗って乾かして、はさみで切り開いて出さなきゃだめよ」とたしなめられた。

「今日は学校に寄って帰るよ」荷物をまとめながら言った。「担任から留守電が入ってた」

「藤竹先生、心配してくださってるんじゃない？　ずっと皆勤《かいきん》だったあなたが、一週間も休んでるんだもの」

「また連絡するとしか吹き込まれていなかったが、一度顔を見せておけば彼も安心するだろう。生真面目を絵に描いたような男だからな」

病室のドアに手をかけたとき、江美子が「ねえ」と声をかけてきた。

「明日から、学校に行ってちょうだい。術後の経過も問題ないって言われてるし、ずっと付いてくれてなくて大丈夫だから」

「ああ、行くよ。もう二、三日したらな」

河田町の大学病院を出ると、まだわずかに霧雨《きりさめ》が舞っていた。このところ梅雨《つゆ》らしい天気が続き、洗濯物が乾かなくて難儀している。江美子から聞いた扇風機の風を当てるという方法を、今夜から早速試してみるつもりだ。

傘を差すほどではないので、愛用の中折れ帽を頭にのせて歩き出した。大久保通りを左に折れ、いつものバスには乗らずにそのまま歩いて都立東新宿高校へ向かう。定時制の授業は九時までだから、もう終わる頃だ。猥雑《わいざつ》な新大久保に至るまでのこの一帯は古くからの住宅街で、人通りも少ない。

坂道を下る途中にある校門まで来ると、ちょうど定時制の生徒たちがぱらぱらと出てくるところだった。同じ二年生の三人ともすれ違ったが、皆一様にうつむいて歩いていて、こちらに気づきもしない。気づいたところで、会釈の一つも寄越さないだろうが。

よくわからない子どもたちだ。今年七十四歳になる省造の目には、小学生かと思うほど幼く映る。ほぼ毎日学校へ来て、じっと席には座っているものの、勉強する気があるようにはとても見えない。そもそも表情に生気がないのだ。

いつも隣に座る越川アンジェラによれば、中学生のときに不登校だった生徒が多いという。いじめに遭っていた者もいるらしいが、省造の見たところ、この定時制には暴力や暴言はあっても、陰湿ないじめはない。せっかく環境が変わったのだから、もっと前向きに勉学に取り組んでもよさそうなものではないか。

あの子たちに比べたら、いつも教室の後ろでだらけている不良どものほうがまだ理解できる。連中にしても極めて目障りで、何をしに学校へ来ているのかわからないという点では同じようなものだが。

校門を入ってすぐのところに二本並ぶ桜の木は、濃い緑の葉を雨に濡らしている。その横を過ぎたとき、渡り廊下の下の出入り口から金髪の青年が出てきた。耳にじゃらじゃらアクセサリーをつけた、柳田岳人とかいう生徒だ。

岳人は作業着の胸ポケットからたばこを取り出し、一本くわえて火をつけた。校舎に入ろうとする省造に一瞥《いちべつ》を投げ、すれ違いざまに煙を吐く。明らかにわざとだ。

「おい、君」たまらず声を硬くして呼び止めた。「こんなところで吸うな。未成年の生徒もたくさん通るんだぞ」

「ああ?」振り向いた岳人が凄みを利かせてくる。

「中庭までも我慢できんのか。今からそんな中毒だと、年をとってから後悔するぞ。肺や心臓を悪くしてからじゃ遅いんだ」

岳人はふてぶてしくこちらを見据え、答える代わりにもうひと口吸った。その煙を無遠慮に吐き出してから、中庭のほうへと歩き去っていく。まったく、粗暴な上にモラルのかけらもない男だ。省造は漂ってくる煙を手で振り払い、その背中をにらみつけながら校舎に入った。

職員室に藤竹の姿はなく、たぶん物理準備室だと国語の教師が言うので、隣の校舎へ向かう。しんとした暗い廊下に明かりが漏れているのが、その部屋だ。

　半分開いた扉を叩き、「失礼しますよ」と中に入れば、藤竹が実験台の前でしゃがみ込んでいた。床に置いた長辺一メートルほどのトロ舟──セメントを練るのに使うプラスチック容器──にたっぷり入った砂の表面を手でならしている。その横には、〈乾燥珪砂《けいしゃ》〉と書かれた二十五キロ入りの袋が二つ積まれていた。

「左官でも始めるのかね」

　省造が問うと、藤竹は「いえ、ちょっと実験の準備を」と笑みを浮かべ、手の砂をはたいて立ち上がった。

「わざわざ来ていただいたんですね。ご様子をうかがおうと思っただけなんですが」

「なに、病院からの帰り道だから」そばの丸椅子を引き寄せて、腰掛ける。「一昨日、手術を受けましてね。うまくいったようです」

「そうですか。それはよかった」

　入院した妻に付き添うのでしばらく休むということだけは伝えてあった。

「手術といっても、胸腔鏡《きょうくうきょう》手術とかいうやつですよ。胸に穴を三つほど開けて、そこから小さなカメラやら手術器具やらのついた管を入れる。術後も傷口が痛むとは言わんし、まったく、医学の技術の進歩は大したもんです」

「では、退院も遠くない感じですか」

　省造は「ええ……そうでしょうな」と応じたが、主治医の言ったことは違った。手術のあと、退院の目処《めど》について訊ねると、「まあ、焦《あせ》らずじっくりいきましょう」と言葉を濁したのだ。今回の入院が長引きそうなのは明らかだった。

「いずれにせよ」省造は続けた。「もう数日様子を見て、私もまた出てくるつもりですから」

「わかりました。お待ちしています」

得心したように言った藤竹は、省造が腰を上げかけるのを見て、「あ、そうだ」と何か思い出して手を打った。実験台の上の小箱に手をのばし、ゴルフボール大の金属球を取り出して訊く。

「長嶺さんが経営されていたのは確か、金属加工の会社ですよね？」

「ただの小さな町工場だよ」

「この鉄球、直径四センチなんですが、もうひと回り大きいのは手に入りませんかね。理科教材のメーカーでは、取り扱いがないらしくて」

「そりゃあ、さがせばあるとは思うが……何に使うんですか、そんなもの」

「クレーターの形成実験です」

「クレーター？　月やなんかにある、穴ぼこのことですか」

「ええ」鉄球を握った藤竹は、砂の入ったトロ舟の脇に立った。「この鉄球が隕石で、砂の地面に衝突するとします。見ていてください」

腕を頭上にのばし、二メートルほどの高さに鉄球を掲げると、平らにならされた砂の上に落とす。ボスッという音とともに、砂にきれいなおわん形のくぼみができた。直径は十センチほどか。その中心に、埋もれた鉄球が頭だけのぞかせている。

「意外と見事なものができるでしょう。ほら、ちゃんとリムも再現できている」藤竹は、くぼみを縁どる盛り上がった部分を示した。「これは、衝突の衝撃で砂が持ち上げられたところに、内側からの放出物がたまってできたんです」

写真で見るような月面のクレーターも、確かにこんな形をしていたとは思う。だが――。

「これが実験なのかね。私には、ただの砂遊びにしか見えんが」

「砂遊びですよ」藤竹は口角を上げた。「ですが、砂遊びのなかに一片の法則を見出そうとするのが、科学というものです」

藤竹は小箱の中から鉄球をもう二つ取り出した。一つは直径三センチほど、もう一つは二センチ足らずだ。「試してください」と小さいほうの球を手渡されたので、砂の上に落としてみる。同じくおわん形のごく小さなクレーターができた。

「鉄球の質量を大きくすればするほど、大きなクレーターができますよね？　あるいは、衝突速度を上げてやってもいい」

「まあ、当然そうでしょうな」

「ですから、鉄球の運動エネルギーと、クレーターの直径との間には、何らかの比例関係があるだろうと考える。そうした関係のことを、スケーリング則といいます」

重さの異なる鉄球をいろんな高さから砂の上に落としてクレーターの直径を測り、そのスケーリング則を求めようということらしい。数多くの実験的、理論的研究から、答えはある程度わかっているそうだ。標的が岩石のように硬い物質の場合、クレーターの直径は衝突エネルギーの三分の一乗に比例する。砂礫《されき》などに衝突した場合は、概《おおむ》ね四分の一乗に比例するという。

「この実験では標的が砂ですから、四分の一乗に近い値が得られると期待できる。まずはそれを自分たちの手で確かめてみようというわけです。スケーリング則のいいところは、こんな砂遊びのような実験と、天体スケールのクレーター形成とをつなぐことができるということでしてね」

藤竹の話は止まらない。奥の机からタブレットを持ってきて、一枚の画像を映す。砂漠の中に口を開けた巨大なクレーターの写真だ。

「例えば、このアリゾナのバリンジャー・クレーターは、直径が一・二キロメートルもあります。スケーリング則を使うと、これがどれくらいのサイズの隕石によって作られたのか、大雑把に見積もることができる。専門家によれば、衝突したのは直径三十メートルないし五十メートルの鉄隕石とのことですが、それと大きく違わない推定値を生徒たち自身で導き出すことができるんですよ」

「なるほど。だとすれば確かに、砂遊びも学問になりそうだな」

面白いとは思うが、実社会の役には立たない。この類の学問は、所詮は遊びだ。省造は話を終わらせるつもりで訊いた。

「この実験を、地学か何かの授業でやろうってことですか」

「いえ。これは、科学部のために用意した実験です」

「科学部？　そんな部活動がありましたか」

「正式に発足するのはこれからですが。希望者が三人集まって規定の人数に達したので、次の職員会議にかけるつもりでしてね。もし興味がおありなら、長嶺さんもいかがですか」

「いや、私は――」

「実は以前から思ってたんです。ものづくりなら長嶺さんだ。科学部に加わっていただけたら、できる実験の幅がぐっと広がる」

ものづくりと聞いた途端、自分でも驚くほど心が動いた。「例えば、どういうことです？」

「このクレーター実験でもそうです」藤竹は手の中の鉄球を示す。「これを四階の窓から地面に落としたとしても、衝突速度は秒速十五メートル。危険なわりに、大した速度は出ません。もっと安全に衝突速度を上げられる発射装置のようなものが考案できないか、と」

「発射装置――」

頭の中にすぐ、簡単な図面が二つほど浮かんだ。それを見透かしたかのように、藤竹がこちらの目をのぞき込んでくる。

「何かアイデアがおありですか」

「いや……」

やはりだめだ。自らに言い聞かせるように、省造はかぶりを振った。

「申しわけないが、私には手伝えんよ。いろいろやらなきゃならんことがあってな」

＊

一限目の「地理総合」が終わり、教師が教室を出て行った。

板書だけでなく、教師の言葉までできるだけ書き留めたノートを閉じて、深く息をつく。

十日ぶりの登校になるが、定位置にしている教卓の目の前の席はちゃんと空いていたし、まわりの生徒の顔ぶれも、活気に欠ける教室の雰囲気も当然変わっていない。

それでもひどく疲れてしまったのは、授業を受けている間も江美子のことが度々頭に浮かび、集中するのに苦労したからだ。

今日病院で、主治医から経過の説明があった。手術は一応成功したものの、思ったほど肺機能の改善が見られないらしい。このまま入院を続けて、別の治療法を試していくとのことだった。

この病気とは長年付き合ってきたので、江美子も省造もひどく動揺したわけではない。「もうしばらく堂々と寝て暮らせるのね」と笑う江美子に、省造も「溜まっていた休暇だと思って寝てりゃいい」と軽口を返した。

だがここ数年、同い年の妻の体力は目に見えて落ちてきている。退院できる日など、本当に来るのだろうか。そんな不安が心の片隅にへばりついて離れない。

「長嶺さん」隣のアンジェラが話しかけてきた。「今日は一段とすごかったネ」

「すごいとは？」

「先生への質問ヨ。ほとんど一対一の授業って感じだった」

「休んでいた間に、ずいぶん置いていかれてしまったもんでね」受けられなかった授業の内容も含め、つい質問を重ねてしまったのは確かだ。

やがて、英語教師の木内《きうち》がCDラジカセを持って入ってきた。もう五十代のベテランだが、季節を問わず派手なアロハシャツを着て、薄い色付きの眼鏡をかけている。

木内は満面の笑みをたたえ、アメリカ仕込みだという発音で「Hello, everyone !」と皆を見回す。「Hello, Mr. Kiuchi!」と元気よく挨拶を返すのは、今日もアンジェラだけだ。

二限目の「英語コミュニケーションⅠ」は省造が一番苦手としている科目だ。若い頃から横文字アレルギーで、海外旅行に出た経験もない。この一年で英単語はそれなりに覚えたものの、文法となると勘どころがまるでつかめなかった。

授業が始まると、いきなりつまずいた。今日も関係代名詞の続きをやるというのだが、馴染みのないものばかり出てくる。つい焦ってしまい、木内が例文を読み上げるのをさえぎって訊いた。

「その〈which〉は、『どっちの』という意味ではないんですか」

木内が説明してくれるが、わかるようでわからない。〈that〉とは何が違うのか、〈who〉はどう使うのか、と立て続けに質問する。

「申しわけないが、もう一度〈which〉の使い方を――」と言いかけたとき、教室の後ろでがたんと椅子が鳴った。

「ジジイ、いい加減にしろよ！」立ち上がった岳人が怒鳴り声を上げる。「ごちゃごちゃうるせーんだよ！　一限目からずっとよ！」

「まあまあ、柳田君。Please calm down」と木内がなだめるが、岳人はおさまらない。

「そんなに訊きてえことがあるんなら、家庭教師でも雇え！　てめえだけが授業受けてんじゃねんだよ！」

「確かに私だけではないな」省造は言い返した。「いつも前のほうにいる三、四人は、まともに授業を受けている。だがそれ以外の者は、先生の話などろくに聞いてないだろう？」

「俺もそうだってのか。ああ？」

妻のことで気が滅入っていたせいか、強い言葉が抑えられない。教室を見回してさらに言う。

「眠っているか、漫画本を読んでいるか、携帯電話をいじっているか。そうでない者も、ノートもとらずにぼーっとしているだけじゃないか。もし真面目に取り組んでいるなら、質問の一つや二つは出てくるはずだろうが」

突然始まった諍《いさか》いに、教室の中ほどに散らばって座る元不登校組は左右をきょろきょろ見回したり、落ち着きなく目を瞬《また》かせたりしている。

岳人の隣でずっとスマホに文字を打ち込んでいた派手な女子生徒——正司《しょうじ》麻衣が、つけ爪の指を止めた。

「それはちょっと違くない？」顔を上げ、茶色の髪をかき上げて言う。

「何が違う。現にあんたも今、携帯電話で遊んでいたじゃないか」

「あたしは確かにそうだけどさ」麻衣は不自然に長いまつげの目を、元不登校組の生徒たちに向ける。「この子たちはみんな、自分なりのペースでちゃんとやってんじゃん」

「自分なりのペースか」省造は鼻で笑った。「私らには考えられんことだよ。生きることにも学ぶことにも必死だった、私らの世代にはな。まったく今の若い連中は、気楽なもんだ」

その言葉をきっかけに、教室の空気が一変したのがわかった。怯《おび》えた表情を見せていた生徒たちからも、冷たい視線が真っすぐ注がれてくる。

「何が気楽だ」岳人がうなるように言って、ゆっくりこちらに向かってきた。「わかったようなこと言ってんじゃねーよ。俺たちのこと、何も知らねーくせによ！」

「そこまでヨ、柳田君」アンジェラが慌てて立ち上がる。

「甘ったれるな」省造もあとには引けず、岳人をにらみつけた。「私に言わせればそんな言い草は――」

「Anyone !」

突然、木内の大声が響いた。一瞬で教室が静まり返る中、チョークをカツカツと鳴らしながら、黒板いっぱいに英文を書き殴る。

「Anyone who stops learning is old, whether at twenty or eighty」木内はそれを読み上げてから、生徒たちのほうへ向き直る。「この文章の場合、関係代名詞は〈who〉ですね。柳田君、訳してみてください」

「知らねーよ」足を止めた岳人は、顔を紅潮させたまま吐き捨てた。

「では越川さん、お願いします」

「学ぶのをやめる人は、誰もが年寄り。二十歳だろうと、八十歳だろうとネ」アンジェラはまるで、自分の言葉のように答えた。

「ありがとう」木内は笑顔でうなずく。「アメリカの自動車会社フォードの創業者、ヘンリー・フォードの言葉です。こう続きます。Anyone who keeps learning stays young」

＊

翌日の放課後、藤竹に呼び出された。

物理準備室のそばまでくると、半分開いた扉から聞き覚えのある声が漏れ聞こえてくる。

「よし、じゃあ切るぞ」と威勢よく言ったのは、岳人に違いない。

あの男は今日、授業に出ていなかった。なのになぜここに――。

扉の陰から、部屋をそっとのぞく。実験台の前に、藤竹、岳人、アンジェラ。そして知らない顔が一つあった。まだあどけない雰囲気の女子生徒だ。

四人が囲んでいるのは、直方体の砂の塊のようなものだった。広げた新聞紙の上に置かれていて、幅三十センチ、高さ十センチほどか。その上面から岳人がナイフを入れ、真っ二つに切っていく。

分割された片方を慎重にずらし、断面があらわになると、四人が「おおー」と歓声を上げた。ただの砂ではなく、赤や青の縞模様が見える。アンジェラは肉づきのいい腕を振りながら、「きれいにできてるじゃん！」と小躍りしている。

何ができているのかと一歩足を踏み入れたとき、その気配に気づいた若い女子生徒がこちらを振り向き、「あ」と声を漏らした。

「ああ、長嶺さん」藤竹が眼鏡に手をやる。「どうぞお入りください」

「おい、なんでこんなやつ入れんだよ」岳人がすかさず嚙みついた。

「私がお呼びしたんです。ちょっと話がありましてね」

部屋の主《あるじ》がそう言うのだから、遠慮はいらない。省造は岳人に構わず実験台に近づいた。

砂の塊の断面は上側がくぼみ、その中心に鉄球が埋もれている。表面に近い数センチだけ、着色された砂の層が重なっていた。下から緑、青、赤で、最上面にはまた茶色の砂。それぞれの厚さは五ミリほどだ。

「これは、例のクレーター実験の一環ですか」省造は訊いた。

「ええ」と藤竹が答える。「スケーリング則を求めるのと並行してやっているんです。衝突によって、標的側の放出物——エジェクタがどのように散らばるか、できたクレーターの内部構造はどうなっているかを可視化する実験。三色の色砂層を地層に見立てて、そこに鉄球を落としたわけです」

クレーターを上から見れば、中心から外に向かって、緑、青、赤の砂が同心円状に散らばっているのがわかる。つまり、より上側の層の砂ほど遠くまで飛ばされたということだ。

「しかしこの砂の塊、割っても形が崩れないのはどういうわけです?」

「不思議でしょ」アンジェラがいたずらっぽい笑みを浮かべる。「クレーターを作ったあと、お湯で溶かした寒天を流し込んだのヨ。三日かかってやっと固まったから、いよいよ今日カットしたってわけ」

「なるほど、寒天か」

感心している省造を見て、岳人が舌打ちをした。これ以上話に入ってくるなと言いたいらしい。

「さて、まずはこの辺りに注目してください」藤竹が皆に言って、クレーターのリム直下の地層を示した。「ちょっと面白いことが起きているのがわかりますか」

「あ——」若い女子生徒が断面に顔を寄せる。

「わかったの?　佳純ちゃん」アンジェラが言った。

「たぶんですけど……」佳純と呼ばれた彼女がその部分を指差した。「青い砂がちょっとだけ、赤い砂の上にきてる？」

「そうですね」藤竹が手振りをまじえて解説する。「青の層が、より上位にある赤の層に乗り上げる形で積もっている。つまり、より深い層のエジェクタが、浅い層のエジェクタのあとから堆積しているわけです。この逆転現象は、実際のクレーターのリムの地層にも見られるものなんですよ」

そのあと藤竹は、断面のスケッチをするよう指示を出した。観察をするにも、手を動かしたほうがいいという。三人がノートを開いたのを見届けてから、省造に声をかけてくる。

「お待たせしました。実は、木内先生も同席したいとおっしゃっているんですよ。職員室でお話ししたいんですが、よろしいですか」

二人で出入り口に向かおうとすると、岳人が「あ、先生」と藤竹を呼び止めた。

「スケーリング則を求めるほうの実験だけどさ。グラフ描くとき、もしかしたら、対数ってのを使ってみたらいいんじゃね？」

「素晴らしい」藤竹は我が意を得たりという顔で言った。「ぜひやってみてください」

「おし！」と岳人が親指を立てる。「じゃあ、もっと対数の勉強やっとくわ」

「データは足りそうですか」藤竹が訊いた。

「いや、やっぱもうちょいデカいクレーターを作りたい。あれ以上重い鉄球がないんなら、衝突速度を上げるしかねーんだけど。発射装置を作るって話は？」

「ええ、考えてはいるんですが、まだこれといったアイデアが」

発射装置——。横で聞いていた省造は、喉から出かかった言葉を飲み込んだ。

部屋を出て廊下を歩きながら、藤竹に確かめる。

「科学部というのは、あの三人のことですか」

「はい。名取佳純さんは一年生です。ＳＦ小説が好きなので、面白いアイデアを出してくれるんじゃないかと期待しています」

「柳田がいるとは、正直意外でしたな」あのどうしようもない不良が、科学とは。

「彼は科学部きっての理論家になってくれると思いますよ」

「理論家……」さっきの岳人の言葉を聞く限り、あながち大げさとも思えない。少なくとも数学に関しては、自分よりずっと先へ進んでいるようだ。

「今の彼は、勉強が楽しくて仕方ないようです。それなのに」藤竹は前を向いたまま言った。

「あなたが教室にいる限り、授業には出ないと」

「私？　昨日、言い争いになったからか？」

「実は、正司さんや他にも数人、同じようなことを言ってきた生徒がいるんです」

確かに今日はやけに欠席が多く、教室にいたのは七、八人だった。まさかそれが、自分のせいだったとは——。

職員室に着くと、衝立《ついたて》で仕切られた奥の面談スペースで藤竹、木内と向かい合った。木内がアロハシャツの襟もとに扇子で風を送りながら、屈託のない声で切り出す。

「私は定時制と全日制を行ったり来たりしながら、もう三十年になりますがね。定時制に特有のトラブルの一つに、やはり世代間の衝突というのがあるんですよ。勉強熱心な年配の生徒たちと、やんちゃな若い生徒たちとの間で、諍《いさか》いが起きる」

「今回のように」藤竹が横から言い添える。「どちらかが授業をボイコットする事態になったこともあるそうですよ」

「互いにいろいろ溜め込んでいた不満が、些細なことで爆発するわけです」木内が人差し指を立てる。「例えば、お菓子」

「お菓子？」省造は訊き返した。

「ある十代の生徒が、休み時間に友だちとしゃべりながらスナック菓子を食べていたんですよ。するとそれを見た戦前生まれの生徒さんが、『なぜみんなに分けないんだ。独り占めするな』と怒り出しましてね。結果、クラスを二分する大騒動に」

「それは、些細なことではありませんよ」省造は言った。「その方の気持ちはよくわかる。私は戦後の生まれですが、まだ物のない時代に育ちましたから。とくにうちは、ひどい貧乏でね」

「お生まれは確か、福島でしたよね？」藤竹が言った。

「常磐炭田《じょうばんたんでん》の炭鉱町ですよ。ヤマで働いていた親父を早くに亡くして、まだ幼い妹もいましたから、高校などとても考えられなかった。石炭も斜陽になってきて、地元に就職先はない。中学を卒業してすぐ、集団就職で東京へ出てきたんです」

「ほう、集団就職でしたか」木内が眉を上げた。「金の卵、ですね」

「そんな風に大事にされた者もいるんだろうが、私なんかは騙《だま》された口でね。調理器具のメーカーだと聞かされていたのに、いざ着いてみたら蒲田のみすぼらしい町工場で、仕事は鍋ややかんの修理だけでしたよ」

父親は幸運にも南方から生きて帰ってきた人間だったが、中学校も出ておらず、仕事は故郷の炭鉱にしかなかった。同じくヤマで生まれ育った母と結婚し、長男として省造が生まれたのは、昭和二十三年。いわゆる団塊の世代にあたる。

父は省造が十歳のときに、坑内の火災事故で亡くなった。坑道の奥で掘進《くっしん》作業をしていて、数人の炭坑夫とともに逃げ遅れたのだ。弔問客もまばらな簡素な葬式の間中、喪服姿の母が焦点の合わない目を虚空に向けていたことだけをよく覚えている。

父の死後、困窮した一家に手を差し伸べてくれるヤマの人間は誰もいなかった。その理由の一つを、のちに知る。父は偏屈《へんくつ》で人付き合いが悪く、当時盛んだった組合運動やストライキに一切加わろうとしなかったらしいのだ。

母は二人の子どもを育てるために、食堂やクリーニング店の仕事を掛け持ちして必死で働いた。その姿を見ていた省造の胸に絶えずくすぶっていたのは、怒りだ。父を死なせ、自分たちを見捨てたヤマへの怒り。ヤマ社会で孤立したまま、家族を残して死んだ父への怒り。そして何より、自らの置かれた境遇への怒り。やり場のない怒りはやがて、俺は学歴などに頼らず人生に打ち克つのだという強い決意へと形を変えた。

集団就職で入った最初の工場は、二年勤めて辞めた。そこにいても大した技術が得られなかったからだ。時は高度経済成長期の真っ只中。大田区にひしめく町工場にはいくらでも求人がある。まずは板金工場に職を得て溶接技術を身に付け、その三年後にはネジの工場に転職して切削《せっさく》加工の修業に励んだ。

どの職場でも、休みはせいぜい月に二、三日。残業や休日出勤を進んで引き受け、怒鳴られるのもいとわず先輩工員にまとわりついて技術を盗んだ。給料の半分を実家に仕送りしていたので、小遣いなど残らない。そもそも遊びたいなどとは思ったこともなく、それで何の不満もなかった。妹はその仕送りで、高校ばかりか、福島県内の短大まで進んだ。

二十五歳のときには、人生の転機となる二人との出会いがあった。一人は、省造にとって生涯の恩人、特殊なばねを専門に製造する「シマノ発條《はつじょう》」の嶋野社長。ネジ工場を仕事で訪ねてきた嶋野が、省造の働きぶりに目を留めてスカウトしてくれたのだ。

そしてもう一人は、妻の江美子。同じ大田区のタイル工場で働いていた彼女と街中で知り合い、一年間の交際を経て結婚した。

シマノ発條での仕事は、それまでにないやりがいに満ちていた。嶋野が省造を秘書のようにそばに置いてくれたので、技術だけでなく、工場経営についても多くを学ぶことができたのだ。家庭では一男一女に恵まれた。妻と子どもたちのために、そして嶋野の信頼と期待に応えるために、身を粉にして働いた。

シマノ発條に十二年勤め、三十七歳になったとき、人生最大の決断をする。嶋野が一線を退き、息子に経営を任せたのを機に、独立することにしたのだ。嶋野もその挑戦を後押ししてくれた。都内をさがし回って見つけた物件は、北新宿のつぶれたプレス工場。銀行から融資を受けて最低限の設備を整え、「長嶺製作所」を開業した――。

省造の半生をそこまで聞いた木内が、「おお」と感嘆の声を漏らした。

「ついに一国一城の主となられたわけですね」

「軌道に乗るまでは、苦労の連続でしたよ。妻と二人三脚でね。小さな仕事でも、精いっぱい正直にやりました。そのおかげか少しずつ受注も増えて、人も二、三人ですが雇えるようになって。子どもたち二人とも、大学を出してやることができました。息子のほうは工学部に入って、大学院まで進んだんです」

「じゃあ、今はその息子さんが工場を？」木内が訊く。

「いや、自動車メーカーに就職して、浜松の開発部門にいます。継いでもいいと本人は言ったんですが、私がダメだと言いました。うちは正直な仕事だけが取り柄で、何か特別な技術があるわけではない。そういう町工場は、この先とてもやっていけませんよ。私が七十になったのを機に、閉じました」

「残念ではなかったんですか」

静かに問う藤竹に、省造はかぶりを振った。

「ずっと前から決めていたことです。私は、自分の工場を持ちたくて働いてきたわけではない。福島の母を楽にして、妹や子どもたちを学校へやるために働いたんです。それが叶ったんですから、もう十分ですよ」

木内は扇子をぱちんと閉じ、「So impressive」とうなった。続いて藤竹が口にしたのは、思いもよらないことだった。

「今のお話をぜひ、クラスでしていただけませんか。例えば、『総合』の授業の中で」

「え？　いや、しかし……」

「実はですね」今度は木内が言う。「さっきお話しした、スナック菓子がきっかけの揉《も》め事。

あれが解決に向かったのも、その戦前生まれの生徒さんにクラス全員の前で生い立ちを語ってもらったからなんですよ。やはり分断の原因は常に、互いが互いのことをよく知らないということにあるんですね」

「趣旨はわかるが――」省造は腕組みをして言った。「あの連中が私の昔話をおとなしく聞くとは、とても思えんよ」

結局、やるともやらないとも返事をしないまま、職員室をあとにした。

学校のすぐ前にあるバス停で最終バスを待っていると、アンジェラが校門を出てきた。佳純という一年生も一緒だ。ちょうど部活動が終わったらしい。

「あら長嶺さん、今帰り？」アンジェラが声をかけてくる。

「ああ」

「たまには一緒に歩いて帰ろうヨ。健康のためヨ」

工場に隣接した北新宿の自宅は大久保駅の少し先にあり、徒歩でも二十分ほどだ。アンジェラがしつこく誘うので、付き合うことにした。

女性二人の会話を聞き流しながら坂を下り、明治通りまで出ると、佳純が足を止めた。彼女は東新宿駅から地下鉄に乗るらしい。何か思い出したようにバッグに手を入れ、一冊の文庫本を取り出す。表紙にアニメのような絵が描かれている。

佳純が「これ、前言ってたラノベ」とそれを左手でアンジェラに差し出したとき、省造ははっとした。長袖Tシャツの袖口からのぞいた手首に、ためらい傷のようなものが見えたからだ。

「ありがと」アンジェラは笑顔で受け取る。「あたしに読めるかな」

「きっと大丈夫だよ。台詞《せりふ》が多いし」

「わかった。これで漢字の勉強ヨ」

佳純と別れて明治通りを渡り、新大久保の喧騒《けんそう》の中へと入っていきながら、アンジェラに訊ねてみる。

「あの名取さんという子は、とても真面目そうに見えるが……彼女もやはり、不登校だったりしたのかね？」

「うん。そうみたいだネ」

「いじめにでも遭ってたのか」

「そこまではわかんない。けど、定時制に来てる若い子たちは、みんな色々辛《つら》い目に遭ってるヨ。当たり前じゃない」

「あの柳田もか」

「もちろん。彼の場合、藤竹先生に出会って救われたけどネ」

＊

省造は、病室の洗面所で洗ったびわを三つ皿にのせ、ベッドのテーブルに置いてやった。

このびわは、千葉に暮らす娘が昨日見舞いに持ってきたものだ。娘も仕事と子育てに忙しいはずだが、わずかな時間をやりくりしてよく病院に来てくれている。

「『親ガチャ』って言葉が、あるんですってね」ベッドの江美子が言った。

「何だ、それは？」

「うちの子たちも好きだったでしょ。十円玉とか百円玉を入れてレバーを回したら、カプセルに入ったおもちゃが出てくる」

「ああ、ガチャガチャか」

「あれと同じように、どんな親のもとに生まれるかは運次第で、それで人生が決まっちゃうってこと。今の若い人がよく言うらしいの。わたし、ここで一日中テレビ見てるから、すっかり最近の流行《はや》りに詳しくなったわ」

妻がそんなことを言い出したのは、さっきまで科学部の生徒たちの話をしていたからだろう。昨夜アンジェラから聞いた、岳人のディスレクシアと佳純の中学時代の話だ。

「流行りか何か知らんが、何を今さら」省造はパイプ椅子に腰掛けて言った。「どんな家に生まれるか、当たりはずれがあるのは昔からじゃないか。私なんか大はずれもいいとこだ。カプセルの中は空だったよ」

江美子は鼻の酸素チューブに手をやり、小さく声を立てて笑ったが、すぐに「でもねえ」と真顔になる。

「わたしたちの時代のガチャガチャなんて、地味で質素なものだったじゃない。とくにわたしたちが育ったような田舎では。当たりといってもせいぜい、高校に行けるってぐらいで」

「そうだな。まわりを見ても、みんな貧しいことには違いなかった」

「今の若い子たちのガチャガチャは、たぶん、もっとキラキラしてるのよ。少なくとも彼らには、そう映ってる。インターネットやらＳＮＳやらで、お金とか見た目とか才能とか、いろんなものに恵まれた世界中の若者がすぐ近くに見えちゃってる。そこで自分の引いたカプセルがはずれだったら、そりゃあやり切れないと思うわ」

「――なるほどな」

「それに今は、この先どんどんよくなるって時代じゃないもの。一回カプセルを引いたら、それで人生決まりって思っちゃうのも、仕方ない気がする」

確かに自分たちは、明るい未来だけは信じることができた。だからこそ恵まれない環境でも頑張れたのだし、実際、ほとんどの人々が確実に豊かになった。今の若者たちが物質的な豊かさを求めているのかどうかはわからないが、何も約束されていない彼らに、甘いだの頑張れだの言うのは的外れなことなのかもしれない。

江美子がびわを一つ手に取り、皮をむき始める。その皿の横に置かれた英語の教科書を見つめて、省造は訊いた。

「お前はどうだ。どんなカプセルを引いたと思う」

「そうねえ」妻は手を止めて答える。「あなたと同じで、空っぽだとずっと思ってたけど、やっぱり何か入ってたんだと思うわ。だってわたし、集団就職で東京に出てきて、よかったと思うもの」

＊

四限目が始まるチャイムと同時に、岳人が仏頂面《ぶっちょうづら》で教室に入ってきた。数分前に姿を見せた麻衣は、いつもの席でスマホをいじっている。

藤竹が個別に声をかけ、今日の「総合」の授業だけは出席するようにと説得したらしい。おかげで元不登校組の生徒たちもほぼそろっており、教室は以前の人数に戻った。

教卓に両手をついた藤竹が、普段どおりの表情で告げる。

「今日から数回、この『総合』の時間は『職業の選択と自己実現』というテーマでやりたいと思っています。まずは考えるヒントとして、少し昔の話をしたい。皆さんは、集団就職というのを知っていますか?」

案の定、生徒たちからは何の反応もない。藤竹はそのあらましを説明し、続けた。

「実は、その集団就職の経験者が、このクラスにいます。長嶺さんです。今日は長嶺さんに、ご自身の体験をお話しいただこうと思うんです」

「おい、何だよそれ」岳人が顔をしかめる。「就職の話をするっていうから来たんだぞ。ジジイの話なんか聞いてられっかよ」

藤竹は「長嶺さん、お願いします」と省造を教壇へとうながすと、自身は教室の後ろまで行って、席を立とうとしていた岳人をまた座らせた。

省造は教卓の後ろに立ち、生徒たちを見回した。どの視線も、やはり冷ややかだ。

これを引き受けると決めたのは、二日前。江美子と病室で「親ガチャ」の話をしてからのことだ。藤竹には一つだけ、条件をつけた。話す内容はこちらに任せてもらうということだ。

後ろの壁際に立った藤竹が、うなずきかけてくる。手の置きどころがわからないので、両腕を真っすぐ下ろしたまま、口を開いた。

「集団就職というのは、専用の列車に乗せられて行くわけです。昭和三十九年三月、私も福島の湯本駅から、上野行きの汽車に乗り込みました。家族だけでなく、中学の同級生も大勢見送りに来ていてね。みんな、高校へ進む者たちですよ。私の隣に座っていた男子は、うつむいて悔し涙を流しとりました。『あいつら、勉強なんか嫌いだと言ってたじゃねえか。俺はもっと勉強したいのに、なんでだ』と。私は泣くどころか、彼らをにらみつけていましたよ。『お前らには絶対に負けけん』と、心の中で叫びながらね」

教室は水を打ったように静まり返ったが、生徒たちの表情からはまだ何も読み取れない。

「実際、私は負けなかった。働いて働いて、最後には自分の工場を持つまでになれた。だから私は、今もこう思っている。学歴などなくとも、十分成功できる。あえて高校へ行く必要などない」

「はあ？　何言ってんだこいつ」岳人が呆れた声を上げた。その後ろで腕組みをした藤竹も、眉を持ち上げている。

「そんな考えの私の半生など、君たちも聞きたくないだろうと思う。だから、先生には悪いが、今日は違う話をしたい。私の妻、江美子の話です」

それを聞いた藤竹は、眼鏡に手をやり、うっすら微笑んだ。

「妻は、青森のさびれた漁村で生まれました。父親は漁師で、若い頃は大変な働き者だったのに、戦争から帰ってくると、漁にも出ずに酒ばかり飲むようになったそうです。今になって思えば、戦争で何か心に傷を負ったのだろうと、妻は言っていますがね。とにかく、働かない父親に代わって、妻が家計を支えなくてはならなくなった。両親に加えて祖母、幼い弟、妹がいましたから。中学卒業後、私と時を同じくして集団就職で上京したんです」

村の外にほとんど出たことがなかった江美子は、汽車に乗っている間中、母親から持たされたふかし芋を握って泣き通した。それは彼女に限ったことではなく、同じ車両にいたおかっぱ頭の女子は皆、まるで外国にでも売られていくかのようにすすり泣いていたらしい。

江美子の場合もそうだったが、集団就職者の親は、会社から支度金としていくばくかの金銭を事前に受け取っていることが多かった。当人たちにしてみれば、その金に縛られている限り逃げ帰ることはできないのだという悲壮な覚悟があったのだ。

江美子が就職したのは、蒲田にあるタイル工場だった。そこそこの規模の会社で社員寮もあるにはあったが、新入りたちはせまい部屋にぎゅうぎゅうに押し込まれ、一人当たりのスペースは一畳ほどしかなかった。

勤務は二交代制。早番の日は朝五時に起床し、五分で身支度をして正座で点呼を待つ。先輩からの指導も厳しく、作業着の着方から部屋の整理整頓まで、すべて規則どおりでないと何度もやり直しをさせられた。今の若者が見れば、刑務所だと勘違いするかもしれない。いつしか生徒たちは、身じろぎもせず話に聞き入っている。

「タイルの製造というのは要するに、焼き物と同じです。何よりきついのは、粉まみれになるってことだそうでね。はい土《ど》の準備でも釉薬《ゆうやく》の吹き付けでも、粉やほこりがもうもうと舞う。一日働くと、髪から足の先まで真っ白になるんです。そういう人の嫌がる持ち場に、妻は進んで入った。なまじ責任感が強かったばかりにね」

省造はそこでいったん口を閉じ、息を整えてから続ける。

「妻は勉強が好きで、高校へ行きたいという気持ちも人一倍強かった。当時私も蒲田で働いていましたが、あの辺の工員の中には、定時制高校に行っている者も結構いたんです。だが妻の職場では、遅番の仕事が夜にかかるので通えない。昼休みなんかに街角のベンチで教科書を開いている作業着姿の若者を見かけると、うらやましくて仕方がなかったと言っていました」

しきりにうなずいていたアンジェラの口から、ついに「わかるヨ」と声が漏れた。

「妻も、いつかは定時制に通える職場に変わりたいと思っていたようですが、だんだん責任のある仕事を任されるようになって、辞めるに辞められなかった。そうこうしているうちに十年が経ち、二十五のときに私と知り合って、結婚したんです」

「ちょっと長嶺さん」アンジェラが笑みを浮かべて口をはさむ。「そこ、はしょっちゃだめヨ。一番いいところじゃない」

「いや、しかし……」そんなことを詳しく話すつもりはなかった。

「知り合ったきっかけだけでいいからさ」アンジェラが食い下がる。

「きっかけは——」省造はため息をついて言った。「立ち食いうどんだよ」

「うどん屋さん？　席が隣になったの？」

省造はかぶりを振った。「当時蒲田の駅前に、たちの悪い連中がいてね。仕事終わりの女子工員に声をかけて、立ち食いうどんをおごるんだ。きつい仕事と無理な仕送りで腹を空かせてる子が多いから、結構引っかかるんだよ。そしてそのあと、食わせてやっただろと言って、強引に部屋に連れ込んじまう」

「何それ、最低ネ」

ある夜、江美子が二人の同僚と駅前を歩いていると、二人組の男に声をかけられた。江美子は止めたのだが、同僚二人は男たちに誘われるままうどん屋に入ってしまった。心配した江美子は、そのまま通りで待っていたらしい。

しばらくして店から出てくると、案の定、男たちの態度が豹変した。無理やり連れて行かれそうになった同僚を江美子が助けようとして、揉み合いになる。そこへたまたま通りかかったのが、省造だった。

「助けたの？　すごい！　ヒーローじゃない」アンジェラが興奮して言う。

「ヒーローにしちゃあ、殴られすぎだよ。歯を二本も折られたんだ」

自嘲《じちょう》して顔を上げると、白い歯を見せた麻衣と目が合った。こちらをじっと見つめる岳人の瞳からも険《けん》が消えている。

結婚したあと、江美子は仕事を辞めて家庭に入った。翌年には長男が、その二年後には長女が生まれた。独立して北新宿で「長嶺製作所」を始めたときには子どもたちも小学生で手が離れていたので、経理の勉強をして事務仕事を一手に引き受けてくれた。家と工場とを慌ただしく行き来し、朝から晩まで働き通しの毎日だったが、子ども二人を大学へやるまでは、と妻は文句一つ言わなかった。

「その間も、高校というものに対する妻の憧《あこが》れは、消えることがなかったんでしょう。子どもたちが就職して、それぞれ家庭を持つと、『わたし、今からでも高校へ行けるかしら』と言うようになった。しかしちょうどその頃から、妻の体がおかしくなったんです。少し歩くだけで息切れする。咳が止まらない。医者にみせると、じん肺《ぱい》だと言われました。わかるかね、じん肺」

粉じんの発生する職場で働く者が、それを長期にわたって吸い込むことで、肺の組織が硬く線維《せんい》化してしまう病気だ。粉じん作業から離れたあとも病気は徐々に進行し、後年になって発症することがある。

江美子の場合はもちろん、タイル工場で十年間も粉にまみれていたことが原因だった。当時は労働衛生や作業環境という考え方がなく、じん肺は炭鉱や鉱山、陶磁器製造に携わる労働者に多く見られた。

江美子の病状はみる間に悪化した。気胸《ききょう》や気管支の病気を合併して入退院を繰り返し、二年後には在宅酸素療法を始めた。鼻にチューブをつけ、どこへ行くにも酸素濃縮器を引っ張って歩くのだ。今回の手術も、悪くなるばかりの続発性気胸の治療のためだった。

「妻は今、入院しています。退院はいつになるかわからない」

省造は一つ大きく息をつき、視線を宙にやって静かに言った。

「私はね、後悔しているんです。家でも工場でも、妻に長年無理をさせすぎた。私はもともとヘビースモーカーでね。妻にもずいぶん煙を吸わせてしまった。たばこなど、もっと早くやめるべきだった。この定時制へ来たくて来たくてたまらなかったのは、私じゃなくて妻なんです。私がもう少し妻の体を気遣っていてやれば、あれは今頃、ここに――」

危うく声が震えそうになり、すぐに唇を結ぶ。

「じゃあさ」岳人の声が飛んできた。「あんた、奥さんの代わりに来てんのかよ」

省造は何も答えられない。

「責めてんじゃねーよ。訊いてんだ。あんたもしかして、奥さんの前で授業を再現してるんじゃねえのか？　だからいつも必死にノートとって、教師を質問攻めにして」

「私の話は――」どうにか唇を動かした。「以上です」

「ありがとうございました」藤竹が言って、こちらへやってくる。「私にとっても、大変勉強になるお話でした」

＊

週が明けると、教室は何事もなかったかのように平常に戻った。

前列に陣取る面々は熱心にノートを取り、元不登校組は相変わらずぼんやりとただ座っている。麻衣はスマホをいじり続け、客から電話がかかってくるたびに廊下に出ていく。

省造自身は少し態度を改めた。授業中の質問をなるべく控えて、休み時間や放課後にまとめて訊くようにしているのだ。その場で一つか二つ質問したとしても、背後に冷たい視線を感じることはない。三つ続けると岳人の舌打ちが聞こえてくるので、振り返って「これで最後だよ」とひと言かける。

放課後、また藤竹に呼び出された。物理準備室を訪ねると、藤竹が一人、奥の机で論文らしきものを読んでいる。

「今日は科学部はないんですか」省造は丸椅子に腰掛けて訊いた。

「ええ。クレーター実験は中断中でしてね。でも、長嶺さんのおかげで、また進めることができそうです」

「何のことだ。私は何もしとらんよ」

「実は今日の夕方、奥様から私に電話がありましてね」

「電話？　うちのが先生に？」

「それから、これを」藤竹は紙を一枚差し出した。「病院のコンビニからファックスで送ってくださいました」

それは、省造が病室で手描きした、鉄球の発射装置の図面だった。あくまで暇つぶしに描いたもので、これが何かは妻にも説明したが、落書きなので捨てていいと伝えたはずだ。

藤竹がゴムを引っ張る仕草をする。「これは要するに、上等なパチンコですね。真下に向けて撃つ」

「ばねを使った装置もできると思うが、安全性を考えたら、まずはゴムを使ったものを試したほうがいい」

構造は至ってシンプルだ。アルミ製の四本の脚に、木の板が載っている。板の真ん中には穴が開いていて、そこに上から塩ビ管を差し込んで立ててある。長さは二十センチほど、鉄球が通る太さのものだ。塩ビ管の上端の口に、幅広のゴム紐を二本、十字に交差させて固定する。そして板の裏側、塩ビ管下端の口の横には、光センサーを使った速度測定装置を取り付けておく。

使用する際は、トロ舟に装置を立て、鉄球をゴム紐の交差部分に引っ掛ける。鉄球を持ってゴム紐を真上に引き絞り、パチンコの要領で打ち出すと、鉄球が塩ビ管と速度測定装置をとおって砂に打ち込まれるというわけだ。

「しかし――」何が起きているのか、本当にわからない。「なんで妻はこれを先生に。私はそんなこと、頼んでいない」

「私は頼まれたんです」藤竹が目を細める。「あなたを科学部に入れてやってほしいと、江美子さんから。もっとあなた自身に、高校生活を楽しんでほしいから、と」

「私が楽しむ？　いや、だから私は……」

「江美子さんは、あなたが以前、定時制高校の案内パンフレットを取り寄せていたことを、ご存じでしたよ」

「そうなのか……」

それは、もう十五年ほど前のことだ。福島の母が亡くなる直前、「省造、父ちゃんさ恨んではだめだぞい」と言って、遺言がわりに初めて教えてくれた。父がなぜヤマで孤立してまで、組合運動にもストライキにも加わらなかったのか。

それはすべて、省造と妹のためであった。高等小学校しか出ていないために炭鉱で働くしかなかった父は、子どもたちをどうしても高校へ行かせたかったのだ。そのためには一銭でも多く稼がなければならない。父は月に一日休むことも惜しみ、組合もストもお構いなしに、賃金の高い危険な現場を選んで入っていった。そして、帰らぬ人となってしまった。

それを知って以来、父に対して抱いていた怒りは、言いようのない申しわけなさに変わった。それだけではない。父が命がけで自分たちに望んだ高校というところを、このまま知らずに死んでいいのかと考えるようになった。

妻には黙って定時制のパンフレットを取り寄せ、六十や七十の人間でも受け入れてもらえることを知った。もうしゃかりきに働く必要もないし、ちょうど江美子も高校のことを口にし始めている。数年したら工場の仕事を減らして、妻と二人で通うのもいい。などと思っていた矢先に、彼女のじん肺が発症した。自分だけが高校へ通うなどということは、当然ながら考えられなかった。

藤竹が穏やかな声で言う。「授業で習ってきたことを家で教えてほしい。そう言い出したのは、奥様のほうだそうですね。もしかしたら、そんな風に頼めばあなたも気兼ねなく定時制に通えるとお思いになったのかもしれない」

省造は目を閉じて、静かに息をついた。

そうでも言わないと、あなた、高校へ行くと言わなかったでしょ——。まぶたの裏で、ベッドの上の妻が微笑んだ。

「江美子さんは、こうもおっしゃっていました。『病室でも科学部の話ばかりしているから、本当はすごく仲間に入りたいんだと思います。宇宙や地球にはそこまで興味はないかもしれないけれど、何か作ってくれと頼まれたら、お金にならない仕事でも腕まくりして張り切っちゃう人だから』と」

目を開き、藤竹を見据えて質《ただ》す。

「あんたも、私のそんな性格を、最初から見抜いていたんだろう?」

「どうしてそう思われるんです?」

手の中の図面を突き返して言う。

「この程度の装置、あんたが思いつかないとは思えんからだよ」

藤竹は何も答えず、わずかに首を傾けて口角を上げる。その表情を見つめ、省造は小さく笑って言った。

「食えんな、あんたは。妻より食えん」

第五章　コンピュータ室の火星

二年二組の教室に入ると、丹羽要《にわかなめ》はいつものとおり、誰とも挨拶を交わさず席に着いた。

二学期に入ってすぐの席替えで決まった、窓際の最後列。内職でプログラミングの勉強をするのにもってこいなはずのこの席が、要は気に入っていない。

毎朝机の上は消しゴムのカスだらけで、教科書やノートを入れる物入れにはたいていパンの袋やたばこの空き箱が突っ込んであるからだ。この一カ月、心の中で悪態をつきながらそれをごみ箱に捨てるのが、要のやりたくもない日課になっていた。

この教室は定時制の二年生も使っている。偏差値を測る価値もないような、万年定員割れの定時制。どんな生徒かは知らないが、その中でもとびきり頭の悪いやつが定位置にしているに違いない。

小さく舌打ちをして消しゴムのカスを払い、物入れをのぞいてみると、今日は紙が一枚だけ入っていた。グラフ用紙だ。データらしき二十個ほどの点が右肩上がりに手書きで打たれ、それにフィットするような直線が定規で引いてある。

クレーター？　要は眼鏡を持ち上げて目を凝《こ》らした。

縦軸に〈クレーター半径〉と書かれているのだ。隕石が地面にぶつかってできるあのクレーターのことだろうか。横軸は〈衝突エネルギー〉で、どちらの値も対数をとってある。対数は自分たちでさえつい先週習い始めたばかりだというのに、定時制の二年生がこんな授業を受けているとはとても信じられない。

もっとちぐはぐに思えるのは、その用語のレベルに比べて文字があまりに拙《つたな》いことだ。幼稚園児が書いたようなカタカナがでこぼこに並び、漢字だけやたらと大きい。〈衝〉という字にいたっては、見様見真似で書いたのか、用紙に収まり切っていなかった。

それはともかく、グラフの意味が理解できないことが何よりムカつく。いつもごみを置いていくバカが描いたのかと思うとなおさらだ。定時制のくせに、生意気だ。

あらさがしでもするようにグラフを見つめていると、データに合う直線を何度も引き直した跡があることに気がついた。どうやら見た目だけで合わせて適当に引いたらしい。こいつは回帰直線の求め方も知らないのだ。

やっぱりな。要は鼻で笑い、少しほっとした。所詮は定時制。教師に言われるまま、何をやらされているかもわからず作ったグラフに決まっている。

課題か何か知らないが、机に私物を置いて帰らないというのが教室を共用する上でのルールだ。このまま捨ててしまっても文句を言われる筋合いはない。用紙をぐしゃっと丸めようとして、ふと思いついた。そうだ。日頃の鬱憤《うっぷん》をわずかでも晴らすためなら、ごみ箱に放り込むよりもいいことがある。シャーペンを取り出し、用紙の余白に大きく書き殴る。

〈ゴミを入れるなバカ〉

こいつがもし粗暴なヤンキーだったら、と一瞬不安がよぎったが、顔を合わせることはまずない。これぐらいのことでわざわざ因縁《いんねん》をつけにくるとも思えない。

グラフ用紙を物入れに戻すのと同時に、担任が入ってきて朝の会が始まった。

終礼が終わるなり、要はかばんを持って教室を出た。

今日も、すぐ前の席の山崎が休み時間のたびにくだらないちょっかいをかけてくるのをあしらった以外、誰ともしゃべっていない。

ハブられているわけでも、いじめに遭っているわけでもない。ただ単に周りから、そういうやつと思われているだけだ。具体的にいえば、陰キャのパソコンオタクということになるのだろうが、それで結構。付き合う価値もないやつらだと思っているのは、こっちも同じだ。

ブレザーの制服を着崩した生徒たちが廊下のあちこちに固まって、バカ笑いをしたり、今からどこへ繰り出すか相談したりしている。

この学校は部活動が盛んではない。そこそこ活発なのはダンス部ぐらいのものだろう。グラウンドがせまいので、野球やサッカーを真剣にやりたい生徒はそもそも入ってこない。今のクラスを見回しても、とにかくラクに、面白おかしく三年間を過ごせればいいという連中ばかりだ。

だから当然、真面目に勉強に取り組む雰囲気は一切ない。卒業生の半数が大学に進むと学校側は謳《うた》っているものの、進学実績リストに並ぶのは、入試などあってないような三流大学がほとんどだ。

入学前に資料でその事実を知ったときも、驚きはしなかった。大手進学塾による都立東新宿高校全日制の偏差値は、五十一。定時制よりは遥かにマシとはいえ、この学校も中学で平均点そこそこしか取れなかったような生徒の集まりなのだ。

渡り廊下の窓から見える中庭のいちょうの葉が、十月に入ってわずかに黄色みを帯び始めた気がする。今年もだらだらと暑さが続いた分、秋はあっという間に終わってしまうのかもしれないと思うと、焦燥感に駆られた。

隣の校舎に入り、四階まで上がる。防火扉を過ぎたところで、それまで廊下に続いていた古びた壁が急にきれいになる。コンピュータ室だ。数年前、地学実験室だったスペースを改修して、以前の手狭なコンピュータ室をここに移したと聞いている。

ドアの小窓から明かりが漏れている。自分より早い部員がいるとは珍しいと思いつつ部屋に入れば、白いパソコンがずらりと並ぶ室内には誰もいない。その代わり、隣のコンピュータ準備室とをつなぐドアが全開になっていて、中から物音が聞こえた。

誰だ、一体。テリトリーを侵された気がして、足早にそちらへ向かう。

準備室をのぞくと、男が作業をしていた。せまい部屋の隅で脚立にのり、天井にあいた四角い穴に頭を突っ込んでいる。天井のパネルを一枚取り外したらしい。学内ＬＡＮの工事か何かだろうか。でも、今日そんなものがあるとは知らされていない。

男が穴から頭を抜き、要に目を向けた。その顔はどこかで見たことがある気もするが、何者かは知らない。

「誰かおさがしですか」男が眼鏡に手をやって訊いてくる。

「いや、部活です」

「ああ、コンピュータ部。なら申しわけないが、ちょっと手を貸してもらえませんか」

男がメジャーを引き伸ばし、金具の付いた先端を差し向けてきた。それを要に床につけさせ、天井裏の奥まで高さを測る。

「三メーター五十。いいですね」男は満足げにつぶやいた。

「あの、これって――」

「やりたい実験がありましてね。その下調べで、校内を回ってるんです」

「実験？」

ということは、教師なのだろうか。要の疑問を察したのか、男が名乗った。

「藤竹といいます。定時制で理科と数学を担当しています。それから、科学部の顧問も」

「科学部って……定時制にそんなのあるんですか」全日制にもない部活だ。正直、冗談にしか聞こえない。

「まだできたばかりですが。部員四人と私とでね」

聞いたところで興味はない。それより早くこの準備室を出て行ってほしい。要はあえて表情を曇らせたまま、すぐ横の机に置かれた黒いデスクトップパソコンをじっと見つめた。

それに気づいた藤竹が訊く。「もしかして、ここも使いますか」

「ええ、まあ」

「申しわけない。すぐ片付けますから、五分だけください」

そのとき、コンピュータ室に部員たちが入ってきた。いつものメンツ、三人の一年生だ。部にはもう一人二年生が籍を置いているが、幽霊部員と化して長い。四人いた三年生も引退状態で、要に部長を引き継がせたあとは、一度もこの部屋に顔を見せていない。

窓際のマシンの前に陣取る後輩たちのもとへ、要も向かう。そこに並ぶ五台は一応、コンピュータ部専用ということになっている。機種は他と同じで最新鋭でも何でもないが、メモリを増設したり、グラフィックボードを交換したりしてあるので、スペックは多少いい。

そばへ来た要に、一年生の河本《こうもと》が準備室のほうを見て訊く。

「あっち、誰かいるんすか」

「よくわかんないけど、定時制の先生が天井裏を調べてた」

「定時制？　こんなところでエンカウントとは珍しいすね」

エンカウントというのは、ゲーム用語で「敵との遭遇」のことだ。ＲＰＧマニアの河本は、定時制の生徒や教師に校内で出くわすたび、「おっと、エンカウント」と小声で言ってにやついている。

定時制の教師は昼過ぎには出勤してくるらしく、廊下ですれ違うことも珍しくない。だがその生徒たちとなると、見かける機会はあまりない。

定時制があるせいで、この学校の完全下校時間は六時と非常に早い。体育館や音楽室などでおこなう部活動は、定時制の時間割との兼ね合いで、曜日によってはもっと早く切り上げさせられる。また五時半以降は、定時制が使う校舎には立ち入らず、下校の際は正門ではなく裏門から出るよう指導されている。

動線まで分けて全日制と定時制の生徒が接触しないようにしているのは、無用なトラブルを避けるため。とくに定時制には、全日制の生徒と顔を合わせたくないという者が多いのだと教師の誰かが言っていた。一丁前にコンプレックスがあるらしい。

やがて、脚立を抱えた藤竹が姿を見せ、「終わりました。どうもありがとう」と告げて部屋を出て行った。待ちかねていた要は、新作ゲームの話で盛り上がっている後輩たちを置いて、一人準備室へ向かう。

部活は四月からずっとこういう状態なので、もう彼らも何とも思っていないだろう。どうせゲームとアニメにしか興味がないのだから、好きなように遊んでいればいい。先月の文化祭の企画も、丸ごと一年生に任せておいたら、パソコンで美少女キャラがタロット占いをしてくれるゲームを出していた。プログラムはどこかで拾ってきたらしい。

コンピュータ部に入ったにもかかわらず、ろくにプログラミングの勉強もしようとしないあいつらに、先輩らしいことをしてやる必要などない。数学も大してできなそうだし、アルゴリズムやデータ構造を基礎から教え込むなんて面倒だ。

準備室に入った要は、ドアを閉め、黒い筐体《きょうたい》のパソコンの前に座った。コンピュータ室のパソコンよりずっと性能のいいCPUを搭載した、比較的新しいモデルだ。教員用の一台だが、もったいないことにほとんど使われていない。この学校には「情報」の専任教員がまだ一人もおらず、誰もこの準備室で仕事をしないからだ。

数学教師でコンピュータ部顧問の津久井《つくい》の許可を得て、要はこのパソコンをほとんど自分のマシンのように使っている。コンピュータ室の管理責任者でもある津久井は、学内LANやサーバーの保守を任されているのだが、それらに不具合が生じるたびに、津久井よりも知識のある要が対応してきた。このマシンを自由にすることぐらい、当然の見返りだ。

六時まで、あと二時間半もない。いつにもまして集中してやらなければ。

すぐにパソコンを立ち上げ、昨日の続きを始める。「日本情報オリンピック」本選の過去問。架空の鉄道路線において、様々に与えられた条件のもとで任意の目的地までの乗り継ぎ回数の最小値を求めるプログラムを作れという問題だ。

情報オリンピックとは、数学や物理の大会が有名な「科学オリンピック」の一つだ。日本大会は高校二年生までの生徒がプログラミング能力を競うコンテストで、「国際情報オリンピック」に派遣される日本代表の選考会も兼ねている。参加者は年々増え続け、ここ数年は二千人に届こうかという勢いだ。

例年九月から十二月にかけてオンライン形式で一次予選、二次予選があり、年明け二月に関東の会場で本選が実施される。本選の入賞者約三十名には三月の春季トレーニング合宿への参加資格が与えられ、そこでおこなわれる最終選考で四名の日本代表が決まる。

要は去年の大会で二次予選を突破し、見事本選に進出した。しかし残念ながら、本選のハイレベルな問題には苦戦し、成績は下位に沈んだ。

チャレンジできるのは今年で最後。前大会の本戦出場者は一次予選を免除されているので、要の本番は二カ月後、十二月上旬の二次予選からだ。二次は今回も通過する自信があるが、問題は本選だ。日本代表はさすがに無理としても、何とか上位三十人の中に食い込んで、春季トレーニング合宿に参加したい。そのためにこの八カ月間、たった一人で必死に勉強を続けてきた。

要はコードを打つ手を止めて、夢想する。全国の名だたる進学校に通う優秀なプログラマーたちと机を並べ、一流の講師から授業を受けているところを。

それこそが、本当の僕の姿なのだ。僕が本来いるべき場所は、こんな偏差値五十一の高校なんかじゃない。幼稚なゲーマーしかいない、名ばかりのコンピュータ部などでは断じてない。

*

「絶対に嫌です」

二人の教師の前で、要はきっぱりと言った。

津久井はもともと下がった眉尻をさらに落とし、隣の藤竹の顔をちらりとうかがう。その藤竹は、眼鏡の奥でわずかに細めた目を真っすぐこちらに向けてくるだけだ。まるで、それも想定内だとでも言いたげで、やけに腹立たしい。

「いやね、この部屋を使うなと言ってるわけじゃないんだよ」津久井は髪の薄くなった後頭部をひと撫でし、机の黒いパソコンを示して続ける。「定時制の生徒たちが出入りしてる間だって、丹羽君はここでこのパソコンを使ってくれていいんだからさ」

「こんなせまいところでガチャガチャと実験なんかやられたら、気が散ってプログラミングの勉強どころじゃないですよ。ありえない」

放課後いつものようにこのコンピュータ準備室へ来て、津久井と藤竹が顔を揃えているのを見た瞬間から、嫌な予感はしていた。そして案の定、「ちょっと丹羽君に相談があってね」と津久井の口から聞かされたのは、勝手極まりない話だった。

定時制の科学部がやろうとしている実験のために、この部屋を使わせてほしいというのだ。できるだけ高い位置に滑車《かっしゃ》を取り付ける必要があり、天井パネルを一、二枚取り外せば三メートル五十センチの高さがとれるこの部屋が最適なのだという。

他の教室の天井高はちょうど三メートルで、古い天井材は簡単にはがせない。新しく改修されたコンピュータ室と準備室だけが、天井パネルの上の空間にまで手軽にアクセスできる構造になっているらしい。

一日この部屋を提供するだけなら、そこまで目くじらは立てない。でも話はそうではなかった。装置の製作もそのあとの実験も試行錯誤しながら進めるので、これから数カ月間、毎日ここで作業したいというのだ。定時制の部活の時間だけでなく、週に何度かは彼らの始業前、夕方四時頃から五時四十五分までの時間帯も。

この大事な時期にそんなこと、受け入れられるわけがない。

「丹羽君は」と藤竹が口を開いた。「情報オリンピックの本選に出場したそうですね。そんな優秀なプログラマーがこの学校にいたとは、不覚にも知りませんでした。いや素晴らしい」

そんなお世辞でごまかされるかという言葉を、どうにか飲み込む。

「再来月、また二次予選があるんで、僕も必死なんです。一人この部屋でコーディングに集中できる時間は、めちゃめちゃ貴重なんですよ」

「家でやるんじゃダメなのかい？」津久井がおずおずと訊いてきた。

「前に言ったじゃないですか。うちのパソコンは壊れてるんです」

「ああ、そうだった。じゃあ、こうしよう」津久井がハの字の眉を上げる。「このパソコンを、あっちのコンピュータ室に移動させる。君はそこで自由に使う。どうだい？」

「無理です。一年生たちの声がうるさいんで」要はかぶりを振り、津久井に白い目を向ける。

「だいたい、先生も言ってたじゃないですか。学校の宣伝にもなるから、今度はぜひ入賞してほしい。そのためには協力を惜しまないからって」

きまり悪そうに黙り込んだ津久井の横で、藤竹がしれっと言う。

「入賞するかどうかはともかく、高いレベルの中で自分の力を試すというのは、代え難い経験になりますよ。実は、うちの科学部にも、力を試してみたい場所があるんです」

「へえ、科学系の部活のコンテストか何かですか」津久井が訊いた。

「いえ、学会発表です」

学会？　プロの学者に混じって定時制が？　マジで言ってんの？　思わず鼻息を漏らした要に向かって、藤竹は真顔で続ける。

「毎年五月に開かれる日本地球惑星科学連合の大会に、高校生セッションがありましてね。そこで発表するのを目標にしようと皆で決めたんです」

藤竹によると、日本地球惑星科学連合というのは、地質、地震、火山、惑星科学など地学分野の各学会を結ぶ大きな組織で、年に一度、千葉市の幕張メッセで開催される大会には約八千人の研究者や学生が集まるという。

高校生セッションでは、全国の高校の科学部や地学部、天文部などが研究発表をおこなって、第一線の研究者と議論したり、助言をもらったりするらしい。大学教授らによる審査の上、優秀な発表には賞が与えられるそうだ。

「ってことは」津久井が目を瞬《またた》かせる。「この部屋でやる実験も、学会発表のための？」

「ええ。発表するには、来年の三月に予稿を提出しないといけないんです。ですからそれまでに、ある程度結果を出しておかないと」

「あの」要はたまらず口をはさむ。「その人たちにこの部屋を使わせるってこと、僕は承諾してませんけど」

「ああ……そう、そうだよね」津久井は小刻みにうなずいた。「でも、だからこそさ、どんな実験をするのか聞いておかないと。こっちも判断できないじゃない」

「判断もくそも――」

要が言い終わらないうちに、津久井が天井を指差して藤竹に訊ねる。

「滑車を使うとおっしゃいましたが、何の実験をするんですか」

藤竹は余裕ありげな笑みを浮かべたまま、やや間を置いてから答えた。

「火星を作るんですよ」

「火星？」津久井が素《す》っ頓狂《とんきょう》な声を上げる。「どういう意味です？」

「これ以上は、私の口から言わないほうがいいでしょう。考えたのは部員たちですから」

もったいぶった言い方ばっかりしやがって。この藤竹という教師は、いちいちイラつく。

「もしよかったら」藤竹が要と津久井の顔を交互に見て言う。「部員たちに実験内容を説明させる機会をいただけませんか」

津久井が「ええ、それはもちろん」と答えるのにかぶせて、要は冷たく告げた。

「僕は説明してもらわなくて大丈夫です。もういいですか。今日中に終わらせたいことがあるんで」

何の結論も出ないまま、二人の教師は準備室を出て行った。席に着いた要は、パソコンが起動するのを待つ間に、天井を見上げる。

火星という言葉からの連想か、例のクレーターのグラフのことが頭に浮かぶ。もしかしたらあいつは、科学部のメンバーなのかもしれない。

実は今朝、登校すると机の物入れに厚い紙が一枚入っていた。たばこの空き箱を破って開いたもので、やはり幼稚園児のような字でメッセージが書き残されていた。

〈ゴミじゃねえデータだ　わかんねえならだまってろガキ〉

ガキ呼ばわりされたことよりも、「わかんねえなら」と言われたことに腹が立ち、衝動的にノートを一枚ちぎって書き殴った。

〈まともに解析できないならデータもゴミになるんだよサル〉

それを机の物入れに突っ込んできたが、定時制のサルにはたぶん、意味がわからないだろう。くだらないことをしたと小さく息をつき、気持ちを切り替えてキーボードを叩き始めた。

＊

翌日の夕方五時前のことだった。

コンピュータ準備室のパソコンの前で、酷使した目に目薬を差そうとしていたとき、ノックもなしに荒っぽくドアが開いた。驚いて手もとが狂い、滴《しずく》が下まぶたに落ちる。

それを頬に垂らしたまま出入り口を見ると、金髪の男が立っていた。上下とも薄汚れた作業着で、両耳にいくつもピアスをしている。

「丹羽要って、あんた?」

「──そうですけど……」

最初は一瞬、設備関係の業者かとも思ったが、すぐに違うと直感した。この男はきっと、定時制のあいつだ。

「あんた、マジで高二？　ガキって書いたけど、ほんとに中坊みてえだな」金髪は、要の全身をじろじろ見回しながら、ずかずかと入ってくる。

「え──」要は椅子に座ったまま、思わず後ずさった。

「ビビんなくていいって。ぶん殴りにきたとかじゃねーよ」金髪は煩わしそうに言うと、親指を立てて自分の顔に向けた。「定時制二年の柳田岳人。ちょっとあんたに教えてほしいことあんだ」

岳人が紙を二枚突きつけてきた。例のクレーターのグラフと、昨日要がノートをちぎって書き残したメッセージだ。

「文通なんてまどろっこしいからよ、直接訊こうと思って」

「文通って……」要は声をうわずらせた。こっちはそんなつもりじゃない。

「〈まともに解析できないならデータもゴミになる〉って、どういう意味だ？」岳人はグラフ用紙を示して続ける。「解析ってのは、このデータの点に合わせて直線を引いて、傾きを求めることだろ？　俺、なんか間違ってんのか？」

どうやらこの男は本当に、純粋に質問をしに来たらしい。それがわかって、やっと背中の汗が引いていきた。

「ちょっとその前に」これ以上舐《な》められないよう、できるだけ口調を落ち着かせる。「僕のこと、誰から聞いたんですか」

「誰って、名前は知んねーけどあんたの同級生だよ。部活で残ってた全日制の男子を適当にとっつかまえて、二年二組のやつさがしてもらって、そいつに聞いた。コンピュータ部だから、いるとしたらここだろうって」

誰だ、余計なことを。「だからって、いきなり僕のところに来られても。何のグラフか知りませんけど、授業でやったのなら、僕じゃなくて先生に——」

「授業じゃなくて、部活だよ。科学部」

「科学部——」やっぱりそうか。

「だから、できるだけ自分たちで解決しなきゃ意味ねーわけ」

偉そうに言うなら僕にも頼るな。というつもりで眉をひそめたが、岳人は構いもしない。

「ヒントだけでもくれ。これ、どこが間違ってんだ?」

岳人がグラフ用紙を強引につかませてくる。それが人にものを訊ねる態度かと思ったが、さっさと追い払ってコーディングに戻りたいという気持ちが勝った。

「この直線、主観で——見た目で適当に引いたんですよね?」

「うん。いい感じになるまで、何回も引き直したぜ。ダメか?」

「もっと客観的に、データの数値だけからもっともらしい直線を求める方法があるんですよ。最小二乗法といって」

「サイショウジジョウホウ? 何だそりゃ? 教科書に載ってるか?」

「いや、高校ではやらないから」

「そっか」岳人は一瞬表情を曇らせただけで、すぐに明るく言う。「わかった。何かで勉強して、やってみるわ」

てっきり、やり方を教えろと言ってくると思ったので、少し意外だった。やる気だけはそれなりにあるらしい。

そのときふと、コンピュータ室への出入り口のほうから視線を感じた。見れば、河本たち三人の一年生がこっそりのぞいている。

ここでは滅多に見られないレアキャラの登場に、興味津々なのだろう。気づいた岳人がそちらをにらみつけ、「ああ?」とひと声発すると、三人は慌てて首を引っ込めた。

「サイショウジジョウホウ」岳人がもう一度、魔法の呪文のように唱える。「さすがだね、全日制は」

「さすが?　この学校がですか」顔を歪めて吐き捨てる。「カスですよ、ここは」

「カス?」岳人がきょとんとして聞き返した。「なんでよ?　何か不満でもあんのか?」

「不満というか……とにかく、大した学校じゃないってことです」それ以上つつかれても面倒なので、グラフ用紙を突き返しながら話題を変える。「これ、何かの実験データですか」

「おう。クレーターを作る実験だよ」

「クレーターを作る?」

「もちろんモデル実験だけど、やってみたら結構奥が深いんだわ。今やろうとしてんのは、火星のクレーターを再現する実験。火星には、ちょっと変わったクレーターがあるんだけど、知ってっか?」

「……知りませんけど」屈辱的な気分で答える。

「火星って星はさ――」

それが、藤竹が言っていた実験のことに違いない。こいつもその件を持ち出すつもりだろうと思ったら、一方的に火星の話をまくしたてるだけで、一向にそんな素振りを見せない。

訝《いぶか》しむ要の表情を見て、何を勘違いしたのか、岳人が顔を輝かせる。

「実験、見たいか?」

しまった。慌てて「いや――」とかぶりを振る要には目もくれず、岳人はスマホで誰かに電話をかける。

「ママか。まだ始めてないよな。なら二分待ってくれ。見学のお客さん一人連れてくから」

結局、「ほら、みんな待ってっから」と急《せ》かす岳人に、腕を取られるようにして強引に連れ出されてしまった。

最終的に岳人に従ったのは、ほんの少しだけ、定時制の連中の〝科学〟がどれほどのものか見てみたいという気持ちがあったからだ。もっというと、やっぱりこの程度かと、この目で確かめて安心したかった。

科学部が普段活動しているという物理準備室は、同じ建物の二つ下の階にある。この時間、実験室や視聴覚室が並ぶ廊下に生徒の姿はない。

半分開いたドアから岳人がまず中に入ると、実験台のそばにいた小柄な女子生徒が真っ先に振り向いた。

「あ、部長」

部長？　岳人が——この金髪ピアスが部長だったのか。

東南アジア系らしき小太りの中年女が、出入り口に突っ立っている要のところまでやってきた。「どうぞどうぞ、遠慮いらないヨ」と太い腕を馴れ馴れしく背中に回し、中に押し込んでくる。

「あたし、アンジェラ」女が名乗り、頼みもしないのに他の部員たちも紹介してくれる。

「あの子が佳純ちゃんで、あの人が長嶺さん」

長嶺というのは七十代ぐらいの男で、床に置かれた大きな四角い容器のそばで何か作業をしていた。定時制には老人も入ってくることがあると聞いていたが、本当にいたとは驚きだ。

このてんでバラバラで、どこか間の抜けたような連中が集まって科学部ごっこか。滑稽を通り越してもはやシュールだ。

岳人に手招きされて、床の容器に歩み寄る。プラスチック製で長辺一メートルほどの浅い容器で、中にはさらさらの白い砂がたっぷり入っていた。

「さて、何を見せる？」長嶺が難しい顔で岳人に訊ねる。

「まずは普通のやつからだな」

長嶺は、容器の脇にあった奇妙な手製の装置を持ち上げると、四本のアルミ製の脚を砂に突っ込んでしっかり立てた。脚には木の板が載っていて、その真ん中に直径四、五センチの塩ビ管が突き立ててある。塩ビ管のてっぺんの口には、十字に交差させた二本の分厚いゴム紐が取り付けられていた。

岳人が実験台の小箱から小さな玉を取り出す。直径三センチほどの金属球だ。

「これが隕石で、容器の砂が地面だとするじゃん」

慣れた手つきで金属球を十字のゴム紐に引っ掛けると、それを持ってゴム紐を上向きに引っ張る。要するに、おもちゃのパチンコと同じ仕組みだ。手を離すと、真下に打ち出された球は塩ビ管を通り、ドスッという音とともに砂に埋もれた。

岳人は装置をどけて、砂地にできた直径十数センチの円形のくぼみを示しながら「な？」と要の顔を見た。

「わりかしきれいなクレーターができるだろ？」

「――まあ」だからどうしたとしか思わない。

岳人が言うには、金属球の質量や射出速度を変えながら形成されるクレーターの直径を調べ、衝突エネルギーとの関係を導こうとしたのがあのグラフらしい。

「その発射装置、筒の下にちゃんと速度センサーもついてるのヨ」アンジェラが横から言った。「長嶺さんが作ったの。工作のプロなのよネ」

「この程度のもの、工作のうちに入らんよ」長嶺はにこりともしない。

「月の表面にぼこぼこあいてるのは、こういう形のクレーターじゃん？」岳人が説明を続ける。「おわん形の孔《あな》ができて、その縁《ふち》の部分――リムが山みたいに高くなる。衝突で飛び出た放出物、エジェクタっていうんだけど、それがそこに積もるわけ」

専門用語を使っているからといって、高級な話をしているとは限らない。そんなことを思いながら、要はむっつりとうなずいた。

「でも、さっき言ったみたいに、火星にはちょっと違う感じのがあるわけよ」

岳人はそう言うと、少し離れてこちらを見ている佳純という女子部員に目を向けた。パステルグリーンのトレーナーを着た、気の弱そうな生徒だ。

「教えてやれよ。お前のアイデアなんだから」

岳人に言われ、佳純は実験台の上のファイルから紙を何枚か抜き出した。おどおどした様子で持ってきたのは、モノクロの精細なクレーターの画像だ。火星探査機か何かが撮影したものだろう。

「こういうのです。ランパート・クレーター」佳純は蚊の鳴くような声で言った。「リムのまわりに、エジェクタ堆積物が、花びらみたいに」

見れば確かに、要のイメージするシンプルなクレーターとは少し違う。円形の孔から外側に向かって、全体に何か粘っこいものがあふれ出たような跡がある。その縁の部分が波のようにうねりながらクレーターを取り巻いているのを、花びらと表現したらしい。

佳純がたどたどしく説明したところによれば、この地形は実際に、衝突で飛び出たエジェクタが地面を這う流れによって堆積したものだという。流れの終端は切り立った崖や尾根になっていて、それがまるでクレーターを囲む城壁――ランパートに見えることから、その呼び名がついたそうだ。

「わたしは花びらって言いましたけど……」佳純が申し訳なさそうに言い添える。「こういうエジェクタ堆積物のこと、研究者の人たちはローブと呼ぶそうです。葉っぱとか耳たぶという意味だって」

「問題は、なんで火星だとこういうクレーターができるのかってことだ」今度は岳人が言った。「いくつか仮説はあるんだけど、決着はついてない。有力なのは、氷や水が原因だって説」

いっぱしの研究者のような顔で岳人が解説したのは、こういうことだ。火星表面の平均温度はマイナス五十五度と極低温であるために、地表や地下には水や二酸化炭素が凍った氷が存在すると考えられている。

隕石が衝突すると、凄まじい熱でその氷が一気に融け、大量の水をエジェクタが取り込んで泥流となる。あるいは、氷が瞬時に蒸発して気体となり、エジェクタの固体粒子と気体が混合した固気《こき》二層流が生じる。ランパート・クレーターのローブは、それらが孔の外側に流れ出て堆積したものという説らしい。

「で、やってみたわけよ」

岳人にうながされ、実験台の向こう側に移動する。そこの床には直径五、六十センチのプラスチックのたらいがあった。入っているのはやはり砂だが、粒が非常に細かく、水気をたっぷり含んでいるように見える。

「この砂、火山灰なんだわ。それを細かいメッシュの篩《ふるい》でふるった。当たり前だけど、熱が発生するような衝突は実験できねーから、最初から水を入れて混ぜてある」

その間に、長嶺があの装置をそこにセットしていた。岳人は「いくぞ」と言って金属球を十字のゴム紐に引っ掛け、火山灰に向かって発射する。今度は湿っぽい衝突音がした。

「お、結構いいのができた」と岳人が笑顔を見せ、装置をどかす。

見れば、孔は同じくおわん形でも、盛り上がったリムの外側に泥が薄く広く流れ出ていて、くっきりとわかる末端部が花びらのように波打っている。

「な？　それっぽいだろ？」

「――まあ」泥遊びで作ったにしては、火星画像のクレーターに似ているか。

「レシピ作るの、大変だったのヨ」アンジェラが後ろから口をはさむ。「何回も何回も試してネ。一番きれいにできるのが、火山灰百グラムに、お水が五十六グラム。お水が多すぎるとビチャッて飛び散るだけだし、少ないとエジェクタが飛び出ないの」

「この実験はまだ取っ掛かりでさ」岳人が言う。「火星のランパート・クレーターを実験室で再現するってのが、科学部の記念すべき最初の研究テーマ。夏休みの間に、今年いっぱいかけてやることを考えようってなって、佳純がこのアイデアを持ってきた」

「ていうか……」佳純が小首をかしげる。「わたしは、これ何だろうって思っただけで……」

「ランパートを見つけたときの話、してやれよ」

「え――」佳純が素早くかぶりを振る。「いいです」

「こいつ、こう見えてSFオタクでさ」と代わりに岳人が説明を始めた。

佳純は中でもとくに、アンディ・ウィアーという作家が書いた『火星の人』という小説が好きだという。ミッション中の事故で一人火星に取り残されてしまった宇宙飛行士が生還するまでを描いたSF小説だそうだ。

夏休み中のある夜、アメリカのとある大学が火星の精細な3Dマップを作成したことを知った佳純は、『火星の人』の主人公が脱出までに進んだルートをそのマップ上で辿ってみようと思い立った。公開されているマップのサイトにアクセスし、探査船の着陸地点を探していたとき、火星のリアルな3D地形の中に一風変わったクレーターを見つけた。孔《あな》のまわりに泥をぶちまけたような跡がある――。

佳純が伏し目がちにそのあとを引き取る。「藤竹先生のところに訊きにいったら、ランパート・クレーターというものだって教えてくれて。成因にはまだよくわからないことが多いっていうから、実験してみるのも面白いかもって」

「どんな実験をすればいいか、みんなで考えながら進めてる」岳人が言う。「来年の五月、この研究で学会発表するってのが、俺らの目標」

「これで、ですか」泥にできた孔を見つめ、冷笑を浮かべる。この程度のこと、ちょっと気の利いた小学生なら夏休みの自由研究でもやれるだろう。

「だから、これは取っ掛かりだって。俺たちには、秘密兵器があんだよ」

「秘密兵器？」

「あれだよ」と岳人が部屋の隅を指さす。

気づかなかったが、棚の横に角材で組んだ櫓《やぐら》のようなものがある。天井に届きそうなそのてっぺんに見える銀色の輪っかは、自転車のホイールか。

「実はさ――」と岳人が言いかけたとき、出入り口のドアが開いた。藤竹がノブを握ったまま、要に目を留める。

「よかった。話を聞きに来てくれたんですね」

「え？」

そのとき、はたと気づいた。もしかして、こいつら――。

「嵌《は》めたんですか」藤竹に向かって声をとがらせる。「僕をここへ来させるために」

「ん？　どういう意味です？」藤竹が白々しく首をかしげた。

いつからだ？　どこから仕組まれてた？　まさか――。

「あの文通も、全部このためですか」今度は岳人をにらみつけて言った。

「いや、あれは……」岳人が動揺を露《あら》わにする。「そういうことじゃねーんだ。聞いてくれ」

「ありえない」

要はそれだけ言い捨てて、大股で部屋をあとにした。


メニューで一番安い二百五十円のコーヒーを注文し、壁際の席に座る。

この時間帯はいつも、仕事を終えてひと息入れたり、英語や資格の勉強をしたりする社会人で意外と混み合っている。

隣の男性はネクタイを緩めてホットドッグをかじりながら、ノートパソコンを開いて海外ドラマを見ていた。うらやましいことに、Ｍａｃの最新機種だ。

要はそれを横目に、〈プログラミングコンテスト攻略！〉と銘打たれた参考書と、スリムなキーボードをかばんから取り出す。ここではスマホのアプリでコーディングするしかないので、スマホ用のキーボードを中古で買った。

参考書を開き、例題に取り組もうとするのだが、さっきあんな茶番に付き合わされた怒りがふつふつと湧いてきて、問題文が頭に入ってこない。

やっぱりこんな高校、入るんじゃなかった。どいつもこいつも、僕の邪魔ばっかりしやがって。

明治通り沿いにあるこのカフェに通うようになって、そろそろ三カ月になる。毎日六時に学校を出ると、通学に使っている地下鉄には乗らずにここへ入り、三時間ほどプログラミングの勉強をしてから帰宅しているのだ。学校を出る前に購買のパンでも食べておけば、コーヒー一杯でも何とか空腹に耐えられる。

まっすぐ家に帰らない理由は二つ。一つは、帰ったところで使えるパソコンがないから。もう一つは、単純に家にいたくないからだ。

石神井《しゃくじい》公園にほど近い戸建ての自宅までは、毎晩祈るような気持ちで帰る。家の中から大きな物音や怒鳴り声が聞こえてこないと、ほっとして玄関を開ける。その時間、母親はもう寝室にこもっているので、キッチンに置かれた夕食を温めて一人で食べ、風呂に入る。足音を忍ばせて二階へ上がり、弟の部屋の様子をうかがいながら自室に入ったあとは、ベッドの中で参考書を読んだりスマホをいじったりしているうちに眠ってしまう。

両親が別居を始めたのは、四年前のことだ。それ以前から、夫婦仲がよくないことは要にもわかっていた。不仲の原因は訊ねたことがないし、どちらの肩を持つということもない。父親も母親も、自分の考えだけが常に正しいと思っているタイプの人間だから、いったんこじれると修復が利かないのだろう。

冷めた目で両親を見ていた要と違い、弟の衛《まもる》は当時九歳で、当然まだ無邪気だった。父親が家を出ていくなどということは、彼の世界に起きるはずのない出来事だったのだろう。明るかった衛がだんだん笑わなくなって、些細なことで癇癪《かんしゃく》を起こし、あたり構わずわめき散らすようになった。

　要はそんな中でも中学の成績を落とさなかった。三年生になり、第一志望として受験することにした高校は、とある私立の進学校。偏差値的には安全圏の学校を選んだので、受かる自信しかなかった。

　ところがだ。二月の入学試験前夜、家族にとって初めてのそれが起きてしまった。夜遅くまで大音量でゲームをしていた衛が、母親から「いい加減にしなさい。明日は要の試験なのよ」と注意されたことに激昂《げっこう》し、大暴れしたのだ。ゲーム機を投げつけてテレビを壊し、スティック掃除機を振り回して家の中をめちゃめちゃにした。飛び散った食器の破片が当たって、母親は腕に切り傷を負った。

　母親の手当てをしながら、要はただショックを受けていた。衛はもう、苦しさを抱えきれなくなっている。成長期に入った体が、ありったけの力でそれを外に発散させようとしているのだ。三つ下の弟に対して、要は生まれて初めて恐怖を感じた。

　翌朝、試験会場には予定どおり到着したものの、平常心には程遠い。落ち着けと自分に言い聞かせれば聞かせるほど、シャーペンを握る手が震えた。結果はまさかの不合格。不運はそれだけにとどまらず、滑り止めに出願していた別の私立高校は、試験前日にインフルエンザにかかって受験できなかった。

　そうなってしまうと選択肢はほとんどない。私立の二次募集に賭けるか、二月下旬に都立高校を受けるかだ。私立志望で理科と社会の対策をほとんどしていなかった要に、中学の担任が「確実を期すならここまでランクを落としなさい」と勧めてきたのが、偏差値五十一の東新宿高校だった。

一方、中学に上がった衛は、半年ほどで不登校になった。普段は自分の部屋に閉じこもっているが、月に一、二度は火がついたように暴れ出し、家の物を手当たり次第に破壊する。衛の部屋の壁は穴だらけで、原形を留めている家具は一つもない。

中学校のカウンセラーからは、力ずくで押さえつけるのは逆効果だと言われたらしい。母親からそれを聞いたときは、ほっとした。すでに自分より体格のいい弟に対峙《たいじ》するのは、正直怖かったからだ。

心の平穏も保てない荒《すさ》んだ家になど、いたいはずがない。学校に行けば行ったで、なんで僕がこんなところにと学歴コンプレックスに襲われる。居場所を失いつつあった要を救ってくれたのが、情報オリンピックへの挑戦だった。

プログラミングに興味を持ったのは、小学三年生のとき。システムエンジニアの父がノートパソコンを買い換えた際、古いほうを要にくれた。ゲームが一つも入っていないじゃないかと文句を言うと、テトリスのようなゲームをささっと作ってくれたのだ。

それに感動した要は、自分も面白いゲームを作ってやろうと、ほとんど独学でプログラミングの勉強を始めた。そのうちに、ゲームなどよりも、エレガントなアルゴリズムを考えることに夢中になっていった。

コンピュータ準備室にこもり、情報オリンピックに向けて勉強しているときだけは、家のことを忘れられる。

そして、情報オリンピックで入賞しさえすれば、自分の本当の価値を証明できる。

あの部屋は、僕がやっと見つけたかけがえのない場所なのだ。

＊

登校すると、机の物入れにまた紙が一枚入っていた。

〈ハメるようなまねして悪かった。たのむから今日もう一回話をさせてくれ〉

そう書いてあったが、相手をする気などない。コンピュータ準備室に来られたら面倒なので、今日は授業が終わるとすぐ学校を出て、カフェに入った。

夜八時を回り、コーヒー一杯で粘るのにも限界を感じて帰り支度を始めたとき、目の前に誰かが立った。顔を上げ、金髪に目を留めて「え？」と思わず声を漏らす。岳人だった。

「なんで――」ここにいるとわかったのか。

「コンピュータ部の一年に聞いた。校内にいないなら、この店かもしれないって」

河本だ。彼には一度、このカフェに入るところを見られていて、最近毎日のように通っているのだと話したことがあった。

「俺さ、いいこと考えたんだ」岳人はそう言って、リュックの中からグレーの服を引っ張り出す。作業着らしい。「これ、貸してやっから」

「は？」

「藤竹先生から聞いた。あんたの家のパソコン、壊れてるんだろ？」

壊れているという表現は正確でない。三カ月前、バットを振り回して暴れた衛に壊されたのだ。要が学校にいる間の出来事で、帰宅したときには、パーツを買ってきて組み上げたデスクトップも、父親のお古のノートパソコンも、無惨な残骸になり果てていた。

「だから？」要は冷淡に言った。

「家でパソコンできねえから、学校でやりたいんだろ？　これ着てりゃあ、定時制の生徒に見える。適当に紛れ込んでたら、夜十時まで学校にいられるぜ」

　何言ってんだ、こいつは。まわりの客がじろじろ見てくるので、かばんを持って店を出た。明治通りを東新宿駅へと向かう要に、岳人がぴったりついてくる。

「昨日のことは謝る。悪かった」岳人は歩きながら頭を下げる。「でも、藤竹先生はマジで何も知らねーんだ。俺の独断」

　聞きたくもないのに聞かされたのは、大した話ではなかった。

　最初に要がグラフ用紙に〈ゴミを入れるなバカ〉と書き残したとき、岳人はそれが要の仕業だとは知らなかった。それは本当らしい。あの席を使っているのが誰か、二年二組の生徒から聞き出したのは、〈まともに解析できないならデータもゴミになる〉というメッセージを見たあとだ。

　丹羽要という名前を知った岳人は、まず藤竹のもとへ行った。メッセージの意味を訊きにいったのだ。書いたのが要だと伝えると、藤竹は『ああ、丹羽君ですか。だったら、直接本人に訊いてみればいい』と言ったそうだ。

　岳人はそのとき初めて藤竹から、先日のコンピュータ準備室での津久井を含めた三人のやり取りについて聞いた。そこで岳人は考えた。この文通を利用して、要に近づこう。クレーター実験の話には確実に持っていけるだろうし、うまくすれば物理準備室に連れてくることもできるかもしれない――。

「他の部員には事前に伝えたけど、藤竹先生には言ってない。だから、全部俺が悪いんだ」

岳人は嘘はついていないのだろう。けれど要は、「全部俺が悪い」という言葉を額面どおりには受け取れなかった。

藤竹の、すべてを見通したような目を思い出す。あの人は実のところ、岳人がこう動くであろうことを予見していたのではないのか。やっぱり、油断ならない男だ。

「事情はわかりましたから、もういいです」ちょうど駅の出入り口まで来ていた。「じゃあ、僕はここで」

「待ってくれ！」岳人が叫び、アスファルトに両ひざをつく。「あらためて、頼む！　今度はちゃんと正面から、頼む！」

「ちょっと、やめてください」

通行人が好奇の目を向けてくる。ホスト風の二人連れが「お、土下座？」などと言っているのも聞こえた。岳人は構わず大声を張る。

「俺たちがコンピュータ準備室で何をやりたいのか、なんであの部屋じゃなきゃダメなのか、話だけでも聞いてくれ。あんたが情報オリンピックってのに真剣だってことは、よくわかってる。でも、俺たちも真剣なんだ。生まれて初めて、真剣なんだよ」

ゆるやかな坂道を、岳人と並んで学校へ向かう。

土下座をやめさせるにはこうするしかなかった。なりふり構わぬ岳人のあの訴え方は、はっきり言って卑怯だ。卑怯なだけあって、良くも悪くも心は動く。

道すがら、岳人は自身のことを少しずつ話した。中学校にもろくに通わず、悪さばかりしてきたこと。昼間はリサイクル関係の会社でごみ処理の仕事をしていること。夕方四時から部活に出るために、職場に頼み込んで出勤を早出に変えてもらったことなどだ。

「一つ訊いていいですか」要は言った。「あの藤竹って先生は、何者なんですか」

「な、教師っぽくねーよな」岳人はこちらの言いたいことをすぐに察した。「教師を始めたのはわりと最近で、それまでは大学に勤めてたらしい。地球とか惑星の研究」

「研究者くずれってやつですか」

「くずれ？　どういう意味よ」

「まあ……元研究者、ぐらいのことですよ。もうちょい悪い意味で」

「あの人、元じゃないぜ。給料とかはもらってないらしいけど、今も大学に籍はあって、出勤の時間まで毎日そこで研究してっから」

「じゃあ、本当にやりたいのは研究で、定時制の教師は仕事として割り切ってやってるってことですか」

「割り切って？」岳人が首を横に振る。「あの人に一番ふさわしくねえ言葉だな。だって、部活やってるとき、俺たち以上に楽しそうなんだぜ？」

「――そうですか」やっぱり、よくわからない人だ。

「謎は多いけど、俺は信頼してる」

「信頼、できますかね」

「向こうはこっちを信頼してくれてるからな。ま、結局はエリートだし、ただの世間知らずって説もあるけど」岳人は一人で笑った。「最初はあのスカした態度にムカついて、ぶん殴ってやろうかと思ったけどな」

そのとき、けたたましい排気音とともに、坂の上から一台の原付バイクが走ってきた。ノーヘルの若い男たちが二人乗りをしている。通り過ぎるかと思ったら、こちらに気づいてスピードを落とす。

知り合いらしく、岳人が舌打ちをしてつぶやいた。「こんなときに、三浦かよ」

原付バイクは真横で止まった。ハンドルを握る男が、細く剃った眉を上げてにやける。

「誰かと思ったら、ガッくんじゃん。ちょー久々」

「アンニョン」坊主頭を赤く染めた後ろの男が、手を上げる。

「よう、朴」岳人もそれに応じた。

三浦という男が、視線をこちらに向けた。何を言われるのかと身構えていると、嘲るように口の端を歪める。

「しばらく見ないうちに、ツレも変わっちまったねえ。君、大丈夫？　このお兄さんに、カツアゲとかされてない？」

まともに答えていいものかもわからず、どぎまぎしながら「いや……」とかぶりを振った。

「いいから、さっさと行けよ」岳人がため息まじりに言う。「俺たち、時間ねーんだ」

「学校行くの？　今頃から授業出んのかよ」

「授業じゃねえ。実験だよ」

「実験？　前もそんなこと言ってたよな。どうしちゃったのよ、マジメっ子になっちゃって」へらへらしていた三浦が、急に目つきを変える。「いつまでもガラにもねえことやってんじゃねーよ」

「黙れ。お前にゃ関係ねえ」

「んだとコラ」

いきり立ってシートを降りようとした三浦の肩を、朴が後ろから押さえる。

「やめとけって」朴は真顔のまま、岳人のほうへ軽くあごをしゃくった。「ちげーんだよ、こいつはもう」

その言葉に、三浦の表情が醜く歪む。わずかに細めた暗い目に満ちているのは、憎悪にも苦痛にも見えた。

早く行け、と朴がこちらに目配せした。黙って歩き始めた岳人に、慌ててついていく。後ろで三浦が「ムカつくんだよ！」とわめく声が、どこか子どもっぽく聞こえた。

びくびくしながら振り向かずにしばらく行くと、原付がまた排気音を響かせ始めた。それが明治通りのほうへ遠ざかっていくのを聞いて、やっと胸の鼓動が静まってくる。

「悪かったな」何事もなかったかのように歩を進めていた岳人が、ぼそりと言った。「あいつら、うちの定時制にいたことあんだよ。半年ももたなかったけど」

「ああ、そうなんですか」

「ま、いろんなやつが入ってくるからな。定時制には」

この岳人は明らかに、自分よりいくつか年上だ。彼もまた、ほとんどの人が当たり前に進む道を一度は大きく外れながら、再び学校という場所に戻ってきたのだろう。そう思うと、ふと訊いてみたくなった。

「人を殴るって、どんな感じですか」

「え、殴ったことねーの？」

「あるわけないでしょ」ブレザーの袖をまくって細い腕を見せる。

「ああ……パソコンやるので精一杯だな、そりゃ」

「変なこと訊きますけど」思い切って言ってみる。「家族を殴ったこと、ありますか」

「ねーよ」岳人は即答した。「親父の胸ぐらをつかんだことは何回もあるけど、殴ってはない。その代わり、壁ぶん殴って穴あけて、ドアも蹴ってぶっ壊した」

「殴る代わりに、ですか」

「俺に限らず、親を殴るなんて、そう簡単にできるもんじゃないと思うぜ。そんなことしたらたぶん、相手だけじゃなく、自分まで壊れちまう。自分を守るためにも、代わりに物をぶっ壊すんだよ」

最後の言葉に、自分でもたじろぐほど胸を締めつけられた。

弟の衛も、母親に直接暴力を振るったことは一度もない。要にもだ。家の中をめちゃめちゃに壊すのは、誰かを傷つけたいからではなく、むしろその逆ということか。

衛はもともと要と正反対で、運動が得意で友だちの多いやつだった。それなのになぜか、鉄道とパソコンに詳しいだけの要を無条件に尊敬していた。「俺の兄ちゃん、ゲームが作れるんだぞ」と同級生たちによく自慢していた。兄ちゃんはカッコいい。そんなことを言ってくれたのは、この世で衛だけだ。

だから、弟のことは憎み切れなかった。あいつのせいで、高校受験に失敗した。あいつのせいで、平穏な生活も大事なパソコンも失った。そんな思いで頭も心もがんじがらめになり、息さえうまくできなくなることはもちろんある。けれど衛は、たった一人の弟だった。

衛は苦しんでいる。必死で自分の心を守ろうとしている。本当はそんなこと、初めから知っていたのだ。それなのに、もがき喘《あえ》ぐ弟から目を背《そむ》け続けていた。

僕が本当に憎んでいるのは——何もできない僕だ。

いつの間にか正門をくぐっていた。こんな時間に校内に入るのは初めてだ。

窓に明かりが灯《とも》っているのは、右手に見える校舎の三階だけ。定時制は今、四限目の授業中だそうだ。教師か守衛にもし見咎《みとが》められたら、忘れ物を取りにきたとでも言えばいい。

「せっかくだし、ちょっくら授業見てくか？」岳人が言った。

「は？　いや、それはさすがに……」

「廊下から一瞬のぞくだけだって。定時制の教師は、生徒がぶらついてても気にしねえから、これ着てりゃいける」

岳人が例の作業着をつかませてくる。仕方なくブレザーを脱いでかばんに突っ込み、作業着の上着だけ羽織った。ひどくたばこ臭い。

岳人に続いて足を踏み入れた校舎一階は、しんと静まり返っていた。扉に光が見えるのは、職員室と保健室だけ。階段で三階まで上がると、教室の明かりが廊下を照らし、教師の声がかすかに漏れ聞こえてくる。

定時制一年が使っている二年一組の教室の横をさりげなく通り過ぎ、二組の後ろの引き戸に二人で体をぴたりと寄せる。首をのばして窓から中をのぞいた。

季節はずれのアロハシャツを着た教師が、黒板に英文を書いている。英語の授業らしい。教卓のすぐ前で熱心にノートをとっている背中は、長嶺か。同じく最前列に座るアンジェラは、時どき後ろに首を回しては口を開き、楽しそうに笑っている。

教室の中ほどには要と同年代のおとなしそうな生徒たちがぱらぱらと座り、最後列にはネイルをいじる派手な女生徒の姿が見えた。

真面目に授業を聞いている者もいれば、ただぼんやり座っている者も、こっそりスマホを見ている者もいる。そこは自分たちと大して変わらない。教師は身振りをまじえて熱心に教え、冗談らしきものも飛ばす。生徒たちは全員でないにせよ、それにちゃんと反応する。

年齢や服装はまちまちだし、緊張感のようなものはない。それでも、要が思っていたよりもずっと教室らしい教室が、そこにはあった。
二、三分様子を観察したあと、こっそりその場を離れて隣の校舎の物理準備室へと向かう。暗い渡り廊下を進みながら、要は言った。
「今って、通信制の高校とかもいっぱいあるじゃないですか。なんでわざわざ定時制を選ぶんですかね」

「単純に、来てえからじゃね？　学校に」

「行きたくても行けなかった年配の人ならわかりますけど、僕らぐらいの歳の子は――」中学で不登校だったケースも多いはずだ。

「いい思い出なんか一個もなくても、引きこもってた時期があったとしてもさ、学校に行きたいって気持ちはきっと、なかなかゼロにはなんねーんだよ」岳人は前を見つめたまま言った。「不思議なところだよな、学校って」

衛の中にも、そんな気持ちがわずかでもまだ残っているだろうか。さっき見た教室の光景を思い出しながら、残っていてほしいと心から願った。

物理準備室は真っ暗で、誰もいなかった。

岳人が照明をつけると、天井の近くで自転車のホイールが蛍光灯の光を反射した。昨日も見た角材で組まれた櫓が、実験台の前に移動させられている。それを見上げて岳人が言う。

「この秘密兵器の説明を、どうしてもしたかったんだ」

「これって――滑車ですよね」そういえば以前、藤竹も滑車がどうのと言っていた。

「そ。秘密兵器の正体は、滑車。シンプルに滑車」

直方体の櫓本体は高さ二メートルほど。てっぺんに渡された二本の角材に軸受けがあり、タイヤのゴムを取り外したホイールが回転できるようになっている。ホイールには金属の細いワイヤーが掛けられていて、その両端にそれぞれ木製の箱が金具で取り付けてあった。片方は長辺が四十センチほどある箱で、床まで落ち切っている。もう片方は一辺十五センチほどの小箱で、より軽いためにホイールのすぐ下まで持ち上げられていた。

「こいつがここに、火星を作り出してくれんだよ」

火星を作る――それもあのとき藤竹が言っていたことだ。

「地球と火星の違いって、何だと思う?」岳人が訊いてくる。

「寒い。大気がほとんどない。赤っぽい地面ばっか」思いつくまま挙げていく。「あと、生物がいない」

「ほんのちょびっとある大気はほとんどが二酸化炭素で、地表の気圧は地球の〇・六パーセントしかない。生物に関しては、今のところいない、かな。休眠状態の微生物とか、地中で生きてる生命体とかが見つかる可能性は、まだあるらしい」

岳人はそう言って、人差し指を立てる。

「それから、大きさが違う。火星って意外とちっこくてさ。半径が地球の半分ぐらいなのよ。質量は地球の十分の一で、重力は〇・三八倍。佳純が言ってたけど、例の『火星の人』の主人公は、重い宇宙服着てスキップで火星の地面を移動してたらしい」

チャイムの音が遠くで聞こえた。四限目が終わったようだ。

「クレーター形成って基本、物理の現象だろ」岳人が続ける。「だから、ランパート・クレーターの再現実験も、できるだけ火星の物理的な環境に近づけてやってみたいって話になった。温度とか、気圧とか、重力とか」

「いや、さすがに難しくないですか」

「だよな。でも俺らは最初、それが難しいってことすら、よくわかってなかった。だから俺たちなりに勉強して、順番に検討していったわけよ。真っ先に無理ってなったのは、重力。地球上、どこでも重力は同じじゃん？　だいたい、重力なんて変えられんの？　ということになって、即除外」

岳人によれば、次に温度と圧力を検討して、やはり難しいという結論に達したらしい。一時的に温度をマイナス五十五度に下げたり、十ヘクトパスカル以下の低圧にしたりするのは可能かもしれないが、その状態を保ったままクレーター形成実験をおこなうためには、相当大がかりな装置が必要ということになったのだ。

「そもそも、俺たちの部には金がねーんだよ。学校が出してくれるのは年間一万円。長嶺のジイさんが金なら出すぞと言ったけど、他のみんなで却下した。部費は全員が同じ額を出さなきゃだめだろうって」

「だったら、どんな物理環境を火星に近づけるんです?」

「うん。検討した結果を藤竹先生のところへ持っていったらさ、あの人が不服そうに言うんだよ。重力を除外した理由がよくわからないって。でも重力は地球上どこでも同じだろって俺が言ったら、『それはそうですが、あなたたち自身は、いろんな重力をしょっちゅう体験しているはずですよ』って」

「僕たち自身——」

「『皆さんは、「ディズニーシー」に遊びに行ったことはありませんか?』って。何て乗り物だっけな。俺とジイさんだけ行ったことねーんだよ。タワーなんとか」

「あ——」

そうか。そういうことか。岳人たちがやろうとしていることが、やっとわかった。

「『タワー・オブ・テラー』ですね」櫓を見上げて言う。

「そう、それ。真下に落っこちる乗り物なんだろ? 乗ったことなくても、ケーブルの切れたエレベーターを想像すりゃいい。自由落下する箱の中では、無重力になる」

下行きのエレベーターに乗ると一瞬体がふわっと軽くなるように、鉛直下向きに加速度運動する箱の中では、重力が小さくなる。具体的には、地球の重力加速度から落下の加速度を引き算したものを重力として感じる。

つまり、箱が落下する加速度を調節してやれば、原理的には好きな大きさの重力をその中に作り出すことができる。そしてそれは、滑車の両側に吊り下げた木箱の重さのバランスを調節することで、簡単に可能になるのだ。

「なるほど。面白いアイデアですね」平静を装っていたが、内心は違った。すごい。言われてみれば何でもないことのようだが、簡単には思いつけない。正直、脱帽だった。

「さすがだな。もう説明要らねーか」岳人は櫓に手をかけて言った。「これ、重力可変装置なんだよ」

「重力可変装置――」名前負けしている感は多少あるが、機能としては確かにそのとおりだ。

「こいつを使って、落っこちる箱の中が火星重力になってる間に、そこにクレーターを作る。そうすりゃエジェクタの飛び散り方は、火星重力下と同じになるだろ」

「クレーターはどうやって作るんです？」

「どうにかして、だよ。箱に砂を入れておいて、落下中に金属球を打ち込む。具体的な方法は、これからだ」

「でも、この程度の規模の装置で、そんな実験が本当に可能なんですか」無重力や微小重力下での実験は宇宙ステーションや航空機の中でおこなわれると、何かで読んだことがある。

「こういう滑車タイプの装置は実際に海外の研究機関でも使われてるって、藤竹先生が教えてくれてさ。調べてみたら、確かにめっちゃデカいのよ。高さ十五メートルとか。でも、軽く計算してみたら、部屋に収まるぐらいの装置でも、〇・何秒かなら、火星の重力が作れそうだった」

〇・何秒――。やっぱり、そんなものか。そのわずかな間にクレーター実験をおこなうというのは、相当難易度が高いように思える。

「だったら、とりあえず作ってみるべってことになったわけ。本体はタダでできそうだったしな」

「タダ？」

そこへ、授業が終わった他の部員たちが入ってきた。アンジェラと長嶺のすぐあとに、一年生の佳純も姿を見せる。

「あ、丹羽君だ！」アンジェラが駆け寄ってくる。抱きつかれそうな勢いだったので、思わず後ずさった。「また来てくれたのネ。うれしいヨ」

「今、これがタダでできたって話をしてたところ」岳人が言う。

「そうそう、ほとんど廃材と不用品なんだよネ。長嶺さんが集めてくれたのヨ。自分の工場にない物は、工場やってる知り合いのところを回ってくれて」

「この手の材料なら、どうとでもなる」長嶺はまた無愛想に言った。

「部費で買ったのは、加速度計ぐらいだな」岳人が自慢げに付け加える。「それでも一万しなかった」

百聞は一見にしかずということで、一度装置を動かしてもらうことになった。

大きいほうの木箱が実験ボックスだ。つまり、そちらを落下させて中に小さな重力を作り出す。今は空っぽで、底に四センチ角ほどの小さな加速度計が取り付けてあるだけだ。小さい箱はおもりの役割を果たす。実験ボックスでちょうど火星の重力――地球の〇・三八倍――が発生するように、中に砂を入れて重量を調整してあるそうだ。

「おもりの重さを決めるのが、またひと苦労でさ。何回もテストして」岳人が言った。

「え、計算したらすぐわかるでしょ」

「と思うじゃん？　ところがまさに、自動的にはわからない」岳人は意味不明な台詞《せりふ》を吐いた。「物理の問題として解いた値のおもりだと、狙った加速度が出ねーのよ。最終的には、実際に手を動かして決めなきゃなんない」

滑車の回転軸で生じる摩擦《まさつ》や空気抵抗、ホイールの慣性モーメントなどがあるせいで、単純な理論値とは食い違ってくるという。

岳人が実験ボックスの加速度計と実験台のノートパソコンを長いケーブルで接続すると、佳純がパソコンのソフトを操作して画面にグラフを表示させた。加速度計の値がそこでモニターできるらしい。

「じゃあ、ママ、頼む」

岳人の指示でアンジェラが小さな脚立に上がり、おもりの小箱をつかんでゆっくり引き下ろす。それにともなって実験ボックスがホイールのすぐ下まで昇っていくと、長嶺がその真下の床にオレンジ色のクッションを置いた。アンジェラの娘が愛用していたビーズクッションで、実験ボックスの破損を防ぐための衝撃吸収材代わりだそうだ。

アンジェラはおもりの小箱を床面近くで支えている。岳人が実験ボックスの揺れを軽く手で抑え、「よし、いいぞ」と合図を出す。

「いくヨ。三、二、一！」

アンジェラが小箱から手を離すと、ホイールが回る小さな音とともに実験ボックスが落下し、ビーズクッションにボスッと受け止められた。自由落下よりは多少ゆっくりに見えたが、それでも一秒かかったか、かからないかだろう。

岳人が「取れたか？」と佳純の肩越しにパソコンに顔を寄せる。佳純は「いいと思います」と画面を示す。要も横からそのグラフをのぞき込んだ。

加速度計で測った実験ボックス内の重力の変化が、連続データとして記録されている。縦軸は〈G〉。一Gが地球上の重力だ。横軸は時間で、〇・一秒刻みの目盛りがついている。

ちょうど一Gのところで小刻みに震えていたグラフの線は、実験ボックスの落下が始まると同時にストンと落ちて大きく振れたあと、〇・四Gのラインの少し下で束の間ほぼ一定の値をとり、クッションに当たった時点でまた急激に跳ね上がっていた。

「な、ちゃんと〇・三八Gが作れてるだろ？」岳人がグラフの底を示して言った。

「確かに。でもやっぱ、一瞬ですね」

「そうなんだよ。今のセッティングだと、継続時間はせいぜい〇・四秒。その間にクレーターを作んなきゃなんないわけだから、これを〇・一秒でものばしたい」

「だから――」要は小さく息をついた。「ここより少しでも高いところに、滑車を取り付けたいってことですか」

「そういうこと」

深くうなずいた岳人の背後から、アンジェラ、長嶺、そして佳純も真っすぐこちらを見つめてくる。彼らがその眼差しに込めた願いは、もちろんよくわかっていた。

この重力可変装置を使って本当にクレーター形成実験が実現できれば、学会発表も夢ではないかもしれない。

定時制高校が、学会発表。たぶんだけれど、前例はないだろう。

高校生セッションとはいえ、研究成果を出してくる高校の大半は全国の有名進学校に違いない。そこは情報オリンピックと同じようなものだ。でも、この四人はそんな高校の名前など、ただの一つも知らないのではないか。

要が先日、東新宿高校のことを「カスですよ、ここは」と吐き捨てたときの、岳人の不思議そうな顔をふと思い出す。

最難関といわれる大学や医学部に毎年何十人も合格者を出すような高校が、この世には存在する。そんな世界があることさえ、この四人は知らないかもしれない。

学会に集まるのはそういう高校生たちですよと話したところで、四人はおそらく何の興味も抱かない。ただポカンとしているだけだ。

でも、もし今誰かが実験のヒントでも与えてくれようものなら、途端に目を輝かせるだろう。そこにはきっと、自分たちの優秀さを証明したいなどというくだらない欲求は、微塵《みじん》もない。

要はこの四人のことが、無性にうらやましくなった。

＊

ヘッドホンで音楽を流しながら、コードを打ち込んでいく。机に開いた参考書の例題は、あらかた解き終わった。

愛用の黒いデスクトップパソコンをこのコンピュータ室の片隅に移動させて、早一週間。ここで勉強することにも慣れ、かなり集中できるようになっている。

コンピュータ準備室をのぞいていた河本たち三人の一年生が、こちらに戻ってきた。何かくすくす笑い合っているようなので、ヘッドホンを外して耳を傾ける。「ガラクタ」という言葉が聞こえた。

「部長、いいんすか？」河本がにやにやしながらそばへ来た。

「何が」

「あいつら、部屋めっちゃ改造してますよ？」

準備室からは、岳人たちの声や電動ドリルの音が壁越しに響いてくる。

昨日から本格的に重力可変装置の移設作業が始まっていた。移設というより、ほとんど作り直しだ。天井パネルを二枚取りはずし、高さを一メートルほど増やした櫓を立てている。

「津久井先生がいいって言ってんだから、いいんだよ」

うすら笑いを浮かべて立ち去ろうとする河本を、「なあ」と呼び止める。

「定時制のやつらのことだけど」ヘッドホンをつけながら、真顔で言った。「お前らが嗤《わら》うな」

口をあんぐり開けて固まった河本を尻目に、要はまたキーボードを叩き始めた。

第六章　恐竜少年の仮説

強い空《から》っ風《かぜ》で、窓ががたんと鳴った。

遠くに見える奥多摩の稜線《りょうせん》は、雪をうっすらかぶって白い。二月に入って都心でも一度小雪が舞ったが、山のほうではかなり積もったようだ。

香ばしい匂いが漂ってくる中、藤竹はテーブルの上の小さな模型に手をのばした。小惑星探査機「はやぶさ2」の精巧なプラモデルだ。

コーヒーを淹《い》れてくれているこのオフィスの主、相澤《あいざわ》は、そのずんぐりした体と短い指に似合わず、昔から手先が器用だった。壁の棚には他にも、金星探査機「あかつき」や月周回衛星「かぐや」の模型が、月球儀や火星儀とともに飾られている。

相澤がマグカップを両手にやってきたので、テーブルの真ん中に積み上げられた書類の山を二つ、脇にどけてやる。整頓下手は相変わらずでも、山が崩れていないだけ今はましだ。学生時代の彼の机はいつも、そこだけ地震でも起きたのかというありさまだった。

「もっとげっそりしてるかと思ったけど、意外と元気そうじゃん」相澤がコーヒーにミルクと砂糖をたっぷり入れながら言った。

「なんでげっそりしてなきゃいけないんだよ」藤竹はブラックのままひと口すする。

「だって、定時制だろ？　どんな生徒がいるのか俺にはわからんが、厄介な職場だろうってことぐらいは想像がつく」

「厄介か。そうかもな。でも――」探査機の模型をテーブルに戻して言う。「厄介な実験ほど、やる価値がある」

「実験？」相澤が眉根を寄せる。「何のことよ？」

「そのうちわかるよ」

「お前さ、そのもったいぶった秘密主義、いい加減やめたほうがいいぞ」相澤は渋面《じゅうめん》を作った。「俺たちは慣れてるからいい。プロジェクトのアイデアをお前一人でこっそり温めて、それをいきなりセミナーでぶち上げるなんてことが何度もあったからな。さすが藤竹、またやりやがったなと思うだけだ。でも同じようなことを一般社会でやったら、端的に言って感じが悪い」

「そうだったのか」口もとをわずかに緩めて言った。「なら、ほどほどにするよ」

　相澤は小さく息をつき、〈ＪＡＸＡ〉のロゴが入ったマグカップに口をつけた。

　神奈川県相模原市にあるここ宇宙科学研究所は、ＪＡＸＡ――宇宙航空研究開発機構の研究部門の一つだ。相澤はその太陽系科学研究系の准教授で、惑星物質科学を専門としている。

　東都大学時代の同期なので、付き合いは長い。大学院では指導教員こそ違ったが、博士課程を修了するまでの五年間、同じ院生部屋で机を並べた。研究者になった大勢の同期の中で一番先に准教授になったのが、この相澤だ。

　今日、高校への出勤を遅らせて宇宙研までやって来たのは、さっきまで開かれていた研究集会に参加するためだったが、一年近く顔を見ていない相澤のオフィスも訪ねるつもりで、前もってメールで連絡を入れてあった。

「で、大学にはちゃんと行けてるのかよ」相澤が心配そうに問うてくる。

「行ってるさ。毎朝八時に研究室に入って、昼一時頃まで。五時間あればいろいろできる。それに、午後にセミナーがある木曜と、今日みたいにどこかの研究集会に出たいってときは、夕方からの出勤でいい」

東新宿高校定時制に異動した去年の四月から、母校である東都大学大学院理学研究科に無給の学術研究員として通っている。恩師はすでに定年退職していたので、知り合いの教授に受け入れ教員を頼んだ。

文京区にあるキャンパスから東新宿高校まで、地下鉄で一本だ。十三時少し前に大学を出れば、始業時刻の十三時三十分に間に合う。出勤が夕方になるときは、校長の裁量で大学での研究活動を校外研修という扱いにしてもらっている。

「でも、学校の仕事が終わるのは夜中近いんだろ？　ハード過ぎんか？」相澤が言った。

「定時制ってのはもともと、二足のわらじでやるところだよ。うちのクラスにも、昼間働いて夕方から学校に来る生徒が何人もいる」

「いや、そりゃ生徒はそうかもしれんが」

「教師が二足のわらじを履いたっていいじゃないか。俺はそのために定時制に移ったんだ」

それまでは二年間、全日制の都立高校に勤めていた。勤務時間は長く、大学へ行くとしても夜遅い時間帯だけになる。他の研究者と議論したり、セミナーや研究集会に参加したりするのは難しい。科学系の部活動もあるにはあったが、長年指導にあたっている顧問がおり、新任の藤竹に出る幕はなかった。

　そんなとき、東新宿高校定時制が理科の教員を求めていることを知り、手を挙げた。慢性的な教員不足に困り果てていた校長は大喜びして、藤竹が大学で研究を続けられるよう可能な限り便宜をはかると約束してくれた。

「今日の研究集会も、来た甲斐があったよ。興味深い話がたくさん聞けた」

「木星の氷衛星探査の集まりだよな」相澤が首をかしげる。「お前最近、そっちに興味あんの？　衝突実験はもういいのかよ？」

　藤竹が大学院時代から一貫して取り組んできた研究テーマは、「天体衝突と惑星の進化」というものだった。具体的には、火薬を使って弾丸を撃ち出す超高速衝突銃や高エネルギーレーザーを用いて、天体衝突時に起きる物理的、化学的な現象を実験室で再現し、惑星やその大気の初期進化について探ろうという研究だ。

　博士論文の一部として書いた論文は、世界的な学術誌「ネイチャー」に掲載された。相澤はどうかわからないが、この分野の同業者のほとんどは、研究者としての藤竹のピークはその頃だったと思っているだろう。

「今は、これから何をやるか模索中なんだ」コーヒーを飲み干して言った。「面白そうなことにはとりあえず首を突っ込んで、話を聞いてる。幸い、大学に机をもらってるだけの気楽な研究員だ。じっくり好きなようにやらせてもらうよ」

「臥薪嘗胆《がしんしょうたん》ってか」相澤が面白くもなさそうに唇の片端を上げる。「はっきり言わせてもらうと、お前らしくない」

「俺は別に、何かを耐え忍んでるわけじゃないよ」

「んなこと言ったって、いつかはアカデミアに戻りたいんだろ？　これ以上キャリアに穴を開けたら、お前終わりだぞ」相澤は顔をしかめてまくし立てる。「だいたい、わけわかんねえよ。せっかく助教に採用されたのに、とっとと辞めてアメリカ行って。いつの間にか帰国してたと思ったら、今は高校教師をやってるって。理解が追いつかん」

「大丈夫だよ。俺は俺を理解してる」

呆れて首を横に振るだけの相澤に笑みを返し、席を立った。「そろそろ行くよ。一限目に間に合わない」

「覚えといてくれよ。忠告はしたからな」相澤は短い人差し指をこちらに向けて言った。

部屋のドアを開けて振り返り、最後に訊ねる。

「そういえば、五月の幕張、行く予定あるか」三カ月後に幕張メッセで開かれる、日本地球惑星科学連合大会のことだ。

「セッションはともかく、会合やら打ち合わせやらここぞとばかりにセットされるだろうから、行かないと顰蹙《ひんしゅく》だろうな。クソ忙しいし、本音を言えば今年はパスしたいけど」

「来いよ」

「え？　お前、何か発表すんの？」相澤が目を瞬《またた》かせる。

「来いよ、絶対。お前のためだ」

「俺のため？」

呆気にとられている相澤をそのままにして廊下に出た。閉めたドアの隙間から、「だからその秘密主義――」とわめく声が聞こえた。

　夕日の差し込むＪＲ横浜線の各駅停車に揺られていると、コートのポケットでスマホが短く震え、メッセージの着信を告げた。

〈先生、どこいんの？〉岳人からだった。

〈研究集会に出ています。今学校へ向かう電車の中です〉とすぐに返信する。

〈何だよ、見せたいものがあったのに。じゃあ、放課後な〉

　口をとがらせる岳人の顔を思い浮かべながら、スマホをまたポケットにしまった。

　柳田岳人。

　彼との出会いがなければ、この実験は始まらなかった。部員たちが今取り組んでいるランパート・クレーター形成実験のことではない。定時制高校に科学部を作るという、藤竹自身の実験だ。

　東新宿高校定時制が理科教員をさがしていると聞いたとき、自分が求める実験場はそこだと直感した。大学に通う時間が取れるということももちろんあったが、定時制に移ろうと決めた最大の理由は、それだった。

　定時制の実状を知る者からは無謀に見える試みに違いない。事実、科学部の創設を職員会議に諮《はか》ったとき、あの物分かりのいい校長ですら、そんな部活動が続くとは思えないと難色を示した。

　他の教員たちの反応も芳《かんば》しくはなく、ただ一人英語の木内だけが、「とりあえず始めてみればいいじゃないですか。Let's see what happens」と言った。木内が込めた意味とは少し違うが、藤竹の意図もその最後の言葉に集約されていた。

定時制高校に科学部を作り、どんなことが起きるか、何が生み出されるかを観察する。生徒たちに科学の楽しさや素晴らしさを伝えたい。彼らに何かしらの成功体験を味わわせたい。そういう教育者らしい思いからの行動ではない。あくまで自らの探究心を満たしたいがためだけの企てだ。

部員たちをモルモット扱いしていると言われたら、首肯《しゅこう》せざるを得ない。場合によっては、そうでなくても挫折の多い彼らの人生に余計な傷をもう一つ負わせるだけに終わるかもしれない。そのことをよく知りながら実験を続けている自分は、冷酷な人間なのだろう。

実験を始めるにあたって、条件を二つだけ整えた。一つは、進んで科学部に入ってくることなど絶対にないような生徒にあえて声をかけるということ。常識の枠の外に埋もれているアイデアを掘り起こしてくれるとしたら、優等生よりもむしろ、そういう生徒たちではないかと考えたからだ。真に価値ある問いは、しばしば無知の中に生じる。

もう一つは、メンバーに多様性を与えること。均質な遺伝子をもつ生物集団が環境の変化や感染症の流行でたやすく全滅するように、メンバーが同じような能力しか持たないチームは、困難を突破する術《すべ》を見出せずに立ち往生することが多い。

まずさがしたのは、部の中心となってくれる生徒だ。

数学の授業だけは欠かさず出席し、計算能力の高さをうかがわせていた岳人には、最初から注目していた。定時制に来た理由こそ運転免許がほしいという意外なものだったが、「俺は、バカじゃねえ。怠けてたわけでもねえ」と嗚咽《おえつ》する姿を見たとき、彼の中に誰よりも激しい「知」への渇望を垣間見た気がした。そして同時に、確信したのだ。彼となら科学部が動き出すはずだ、と。

からからに乾いたスポンジを水中に投じたときのように、岳人は驚くほどのスピードで知識を吸収した。藤竹が貸し与えたタブレットで、フォントをディスレクシア用に変えた教科書を読み込み、数学と物理についてはわずか半年ほどで普通科高校の二年で扱う内容まで学び終えた。その二科目に限っていえば、学力は今や全日制のトップ層にも優る《まさ》だろう。

しかし、彼の本当の美点はおそらく、その学力や聡明さではない。外界のことを学び始めた幼児が抱く全能感にも似た感覚だ。できないと思う前に、できると感じる。あれこれ逡《しゅん》巡《じゅん》する前に、手を動かしてやってみる。

現に岳人は、藤竹がいくつか実験を例示して手を離すと、他の部員たちの先頭に立って勝手に進んでいった。彼の特質が遺憾《いかん》なく発揮されたのが、例の重力可変装置だ。

ランパート・クレーターを再現するにあたって、火星の物理環境を実験室に作れないか。そんな検討を彼らが重ねていたとき、重力を除外すべきではないと助言したのは確かに藤竹だ。だが、滑車《かっしゃ》を使った落下装置を実際に彼らだけで試作してしまうとは正直思っていなかった。しかも、あの程度の規模の装置が実用に耐えるものになるとは、藤竹にしてもまったくの想定外だったのだ。

岳人は今、研究に夢中だ。成果らしい成果を初めて生み出す興奮に酔った大学院生のように、研究のためなら他のすべてを犠牲にしてもいいというステージに至っている。

ただ最近はそのせいで、周囲のことがまるで目に入っていないようにも見える。藤竹には
そのことだけが心配だった。

＊

四限目終了のチャイムを聞き、職員室を出た。

渡り廊下で長嶺、アンジェラ、佳純の三人と一緒になったが、岳人の姿はない。

「柳田君は、先に行ったんですか」藤竹は訊いた。

「ずっとあっちにいるのヨ」アンジェラが言うのは、コンピュータ準備室のことだ。「今日は三限目から授業出てなかった」

「熱心なのはいいが、最近の彼は学生の本分を忘れとる」長嶺も困り顔で漏らす。「本人にもそう言ってるんだが、煙たがるばかりでね」

「そうですか……。何か見せたいものがあると言っていましたが」

「ああ。発射装置のほうがやっとうまく動いたんだよ」

コンピュータ準備室に入ると、岳人が床に座り込んで作業をしていた。実験ボックスにデジタルカメラを取り付けるための工作をしているらしい。

藤竹の姿を見て、勢い込んで立ち上がる。「おせーよ、先生」

「長嶺さんから聞きました。うまくいったそうですね」

「そうなんだよ。マジ苦労したぜ。な？」岳人は満面の笑みを浮かべ、長嶺に目配せする。

「仕掛けは単純なんだが、調整に手こずった」長嶺がうなずいた。

「素晴らしい。ぜひ見たいですね」

四人の部員は早速、重力可変装置を動かす準備を始めた。

部屋の隅に角材で組まれた櫓《やぐら》は、天井パネルを二枚取り外した四角い穴に、頭をわずかに突っ込む形で立っている。いかにも手製のその造りは、コンピュータ準備室におよそ似つかわしくない。しかも天井の穴からは、自転車のホイールが下半分だけのぞいているのだから、事情を知らない人の目には異様な光景に映るだろう。

櫓の高さを三メートルにしたことで、火星重力――〇・三八Gの持続時間は〇・六秒に増した。このわずかな違いが実験の成否に大きく関わってくるのは間違いない。

実験ボックスは以前の木箱から、中がよく見えるよう透明のアクリル製に変わっている。側面が扉のように開く長辺四十センチの箱で、標的の砂を入れたプラスチック容器を中に収める。それを滑車で落下させている間に、上から金属球の弾を撃ち込み、クレーターを作ろうというわけだ。

どこからどうやって弾を撃つか。アイデアはいくつか出た。例えば、手持ちで撃てるような簡易版パチンコ式発射装置――要するにほとんどただのパチンコだ――を作り、誰かが滑車の真上の天井裏か高い脚立の上で待ち構えて、落下する実験ボックスの砂を狙い撃つ。しかしこれは、標的の中心にちょうどいいタイミングで当てるのが難しすぎるということで、却下された。

結局採用されたのは、実験ボックスの上に発射装置を取り付けてしまうという案である。つまり、発射装置と実験ボックスが一体となって落下するわけだ。それなら少なくとも、的を外すことはない。

ただしこの場合、ゴム紐を人の手で引っ張るようなことはできないので、パチンコ式の装置は使えない。そこで長嶺が、スプリング式空気銃の仕組みを応用した発射装置を新たに製作した。

銃のように持ち手が付いているわけではなく、本体はシンプルなアルミ製の筒だ。長さは二十センチほどで、内部に強力なスプリングとピストンが仕込まれている。用いる弾は直径一・五センチの金属球。筒の側面の引き金を引くと、押し込んだスプリングが戻ってピストンを押し出し、圧縮された空気が弾を撃ち出す。

この発射装置が、実験ボックスの上ぶたに金具で取り付けられていた。横から見ると、アクリルの箱の上に、少し隙間をあけてアルミの筒が立っているような格好だ。筒の発射口の真下、実験ボックスの上ぶたの真ん中には当然ながら、弾をとおすための丸い穴が開けてある。

この発射装置や加速度計、デジタルカメラを含め、重力可変装置全体の製作費は三万円程度だという。長嶺と岳人が廃材や不用品、中古品をかき集めてきたおかげらしい。

職人らしい目つきで発射装置の具合を確かめながら、長嶺が慣れた手つきで引き金のあたりにスプレーの潤滑剤を差していく。

長嶺省造。

彼を科学部に巻き込むことができなければ、実験は早々に頓挫《とんざ》していたに違いない。藤竹は部員たちにそれぞれ何か特定の役割を与えたいと考えていたわけではないが、長嶺にだけは当然の期待があった。どんな実験アイデアが出てくるにせよ、それを形にするには彼の技術が必要になってくる。

　長嶺の働きぶりは、今も入院中の彼の妻が以前話してくれたとおりだった。こういうものが欲しいと部員が言うと、長嶺は厳しい顔でしばらく腕組みをし、おもむろにワイシャツの袖をまくってラフな図面を描き始める。それもしないうちに無理だとかできないだとか口にするところは、一度も見たことがなかった。

　今回の新型発射装置も工場で一人試作を重ね、去年のうちに精度の高い本体を完成させていたのだが、一つクリアしなければならない課題があった。狙ったタイミングでいかにして引き金を引くか、ということである。何せ、火星重力が維持できるわずか〇・六秒の間に弾丸を撃ち込み、クレーターを作らなければならないのだ。

　まず初めに長嶺が考えたのは、モーターを使って引き金を引くメカを作り、遠隔操作するという方法だ。しかし、機構がかなり複雑になる上に、発射のタイミングをうまく合わせることも至難の業に思えた。

　そこへまったく別のアイデアをもたらしたのは、岳人が滑車を見上げてつぶやいたひと言だったという。

「実験ボックスは、落っこちてくるわけだよな。その力を利用できねーかな」

　どういうことかと長嶺が問うと、岳人はこう続けたらしい。

「例えば、一・五メートル落ちたところで引き金を引きたいとするだろ。だったら、その長さの紐を用意するわけよ。紐の端っこを櫓のてっぺんに結んでおいて、もう片方の端を発射装置の引き金にくくりつける。実験ボックスが紐の長さ分だけ落っこちた瞬間、紐に引っ張られて引き金が引かれる。ああ、でもだめか。そこで落下が止まっちまうな」

岳人は自ら却下しようとしたが、長嶺の頭の片隅には一瞬かすかな光が灯った。

「――いや。それは存外、いい線かもしれん」

長嶺はそのアイデアの種を家に持ち帰ると、思いつきを片っ端から図にしながら、ついにある仕組みを考えついた。

まず、発射装置の引き金にばねを取り付け、何もしないとそのばねによって引き金が引かれるようにしておく。それとは別に、引き金にはめ込んで動かないよう留め押さえる小さな金物の留め具を作る。そして、櫓の最上部に固定した紐の端を、引き金にはめた留め具のほうにつなぐのだ。すると、実験ボックスが紐の長さ分落下した時点で留め具だけがはずれ、ばねが引き金を引く。実験ボックスと発射装置はもちろん落下を続ける。

長嶺はそれから一週間ほどかけ、その巧妙な仕掛けを発射装置に組み込んだ。紐の代わりに使われているのは、細く頑丈なチェーン。引き金にはめ込む留め具はアルミ製で、チェーンを引っ掛けられるようになっており、真上に引き抜くだけではずれる。引き金を引くタイミングは、チェーンの長さで調節できる。周到なことに、誤射を防ぐための安全装置も備えていた。

ただ、それを実装したからといって、すぐに思ったとおりに作動するほど甘くはなかった。最初は、留め具がはずれた勢いで実験ボックスが揺れ、落下の加速度が大きく乱れたらしい。それを解消するために、留め具がスムーズに抜けるよう調整を繰り返した。また、重力が

○・三八Gに達した瞬間に引き金が引かれるのが理想であるが、そのチェーンの長さを決めるために、何十回もボックスを落として実験したそうだ。
「じゃあ、弾込めるぜ」岳人が小さな金属球を掲げて言った。

実験ボックスはワイヤーにつながった状態で小さな作業台にのせてある。中にはすでに砂の入った容器がセットされていた。

発射装置の筒の先端から弾を装塡し、岳人が「よし、上げよう」と声を掛けた。滑車の反対側ですでに脚立にのっていたアンジェラが、上がっていたおもりの小箱をつかみ、慎重に引き下ろしていく。実験ボックスの総重量に合わせて、おもりの重さも調節してあるはずだ。

岳人も別の脚立を使い、上がっていく実験ボックスが揺れないよう手で支える。おもりの小箱が床に着き、実験ボックスはホイールのすぐ下の定位置まできた。佳純が落下位置にビーズクッションを置く。

岳人が、櫓最上部の角材から垂れるチェーンを、発射装置の引き金にはめ込んだ留め具につないだ。最後に安全装置を解除し、「OK、いいぞ」と親指を立てる。

「いくヨ。三、二、一！」とアンジェラが小箱から手を離す。

実験ボックスが落下を始めた次の瞬間、ドン、と発射音がした。「おし！」と岳人が声を上げたときには、ボックスはビーズクッションに埋もれていた。

「素晴らしい」藤竹は手を叩いた。「発射のタイミングもよさそうでしたね」

実験ボックスに近づいて中をのぞいてみると、落下の衝撃で形は崩れていたが、クレーターの名残のくぼみが確かにできている。

「まだちょっと不安定なところがあるんだわ」岳人が言った。「加速度のグラフ見たら、結構振動が激しいんだよ。とくに落ち始め。しかも、実験のたびにその程度が違う」

「たぶんだが、おもりの離し方にも関係してるんだろう」長嶺がおもりの小箱を見上げて付け加える。「手で離すんじゃなくて、何か別の方法を――」

「俺さ」と岳人が遮る。「一個アイデアあるんだ。ちょっと今日やってみねえ?」

「今日?」長嶺が眉間《みけん》にしわを寄せる。「そう慌てるな。焦《あせ》るとろくなことにならん」

「焦んなきゃダメだろ。予稿の締切まで、あと一カ月ちょいだぞ?」

日本地球惑星科学連合大会の高校生セッションは、もう発表申し込みが始まっている。申し込みをおこなったグループは、来月三月十五日までに研究の概要をまとめた予稿を提出しなければならない。

実はこの予稿の段階から、審査がおこなわれる。高校生セッションには例年八十件から百件ほどの申し込みがあるが、講演会場で口頭発表ができるのは、予稿の内容で選抜された十五件のみ。それ以外のグループは、展示会場でポスター発表をおこなうことになる。

「まあとにかく」藤竹は四人を見回して言った。「これで、ランパートの実験を始められる目処《めど》がついたじゃないですか」

「あたしたちのほうも結構いい感じになってきたヨ。ネ?」佳純に微笑みかけてから、アンジェラが言う。「先生、見にきてヨ」

二人はここひと月ほど、岳人らとは別に活動していた。重力可変装置を使っておこなう前

アンジェラと佳純のあとについて二階へ下り、物理準備室に向かう。

の予備実験として、地球重力下でランパート・クレーターを再現する研究をさらに先へと進めている。

　物理準備室の実験台は、雑多なもので散らかっていた。資料や画像のプリントアウトに『惑星地質学』の教科書、調理用のボウル、軍手、篩《ふるい》、かなづち、古新聞の束など。見慣れないものとしては、家庭用のかき氷器とハンドミキサーまである。

　大判のノートが開いたままになっているところをみると、彼女たちも一限目が始まる直前までここで作業をしていたのだろう。

　ノートには実験で作ったクレーターの詳細なスケッチが、佳純の丁寧な筆致で描かれている。それをのぞき込み、藤竹は言った。

「ほう、二重ローブのランパートもできましたか」

「はい」佳純が即座に答える。「標的の火山灰・水混合層をちょっとずつ厚くしていったら、こうなったんです」

　クレーターの孔《あな》のまわりに流れ出た泥のローブが、より大きく広がった下側の層とひと回り小さな上の層の、二層構造になっている。二重ローブ型、あるいは二層エジェクタ・クレーターと呼ばれるもので、実際に火星で多く見られる。

「最初は気づかなかったのヨ」アンジェラが横から言う。「でも佳純ちゃんが、『あれ？　これ二重になってない？』って。さすがよネ」

「厚さ二センチから三センチのときに、二重ローブができやすいみたいです」

「それは興味深い。考察しがいがありそうですよ」

藤竹の言葉に佳純は嬉しそうに微笑み、ノートパソコンを開いてその実験をしたときの写真を見せてくれた。

名取佳純。

その豊かな想像力に気づいたのは、保健室の「来室ノート」に残されていた『火星の人』風のログを見たときだ。佳純なら、SFマニアらしい発想で、教科書的でない奔放なアイデアをもたらしてくれる。そう考えて、保健室から出てきてくれることに賭け、科学部に誘った。彼女がランパート・クレーターと出会った経緯を考えると、それもあながち間違いではなかったのだろうが、特筆すべきはむしろ、その優れた観察眼のほうかもしれない。

クレーターの周囲に広がる奇妙な地形に目を留め、これは何だろうと感じる力。なぜこうなっているのか、不思議だと思う力。世界の細部に目を凝《こ》らす眼差しの熱さは、センス・オブ・ワンダー——自然の神秘に目をみはる感性と直結している。そしてそれは、科学にとって何より大切なものだ。

そして佳純にはもう一つ、素晴らしい資質があった。観察したことをつぶさに記録する能力だ。彼女が部を代表して日々書き続けている「科学部活動ノート」には、大げさでなく圧倒される。その日の活動内容はもちろんのこと、実験の詳細やスケッチ、データの表などが数色のボールペンを使い分けてびっしり記載されているのだ。

何でも記録しておくように。写真に頼らずスケッチをするように。藤竹が指導したのはそれぐらいで、あとは佳純が自ら考えて始めたことだ。他の三人が談笑しているときも、彼女は一人黙々とノートをとり続けていることがよくある。そこにすべてを書きつけながら、彼女は自分自身と、そして世界と対話しているのだろう。

「ねえ先生、こっちの実験も見てヨ。あたしたちの自信作」

アンジェラがそう言って、部屋の隅の冷凍庫から発泡スチロールの箱を取り出した。

実験台の上で開けたその中には、新聞紙で包まれた弁当箱大の物体が入っている。包みを解くと、白い塊が見えた。ドライアイスだ。

「ドライアイスを使った実験は、うまくいかなかったんじゃないんですか？」藤竹は訊いた。

ランパート・クレーターの成因の一つとして考えられているのが、火星の地表や地下に存在する二酸化炭素の氷――つまりドライアイスが衝突の熱で一気に気化し、飛び出したエジェクタを流動化させるというものだ。

二人はそれを模擬した実験にも取り組んでいた。砕いたドライアイスを火山灰に混ぜ込み、それを標的にして金属球を撃ち込むのだ。しかし、標的全体がすぐに冷え固まってしまい、クレーター自体ができないと聞かされていた。

「簡単に投げ出しちゃダメヨ」アンジェラが両手に軍手をはめながら、いたずらっぽくウインクする。「色々試してみて、スピードが大事だってことがわかったの。手早くやる。料理と一緒ネ」

アンジェラは厚手のポリ袋にドライアイスを入れ、段ボール紙を何枚も重ねて実験台に敷いた。ドライアイスをその上に置き、袋の上からかなづちで砕いていく。

「あと、できるだけドライアイスの粒を細かくする。どんどん溶けてほしいからネ」

「溶けるのではなく、昇華ですね」

「そう、それヨ。そのためのかき氷器ネ」

アンジェラはドライアイスの破片をかき氷器に入れて受け皿にボウルを置き、ハンドルを回して氷をかき始める。その間に阿吽《あうん》の呼吸で、佳純が火山灰の入ったコンテナとハンドミキサーを用意した。

ドライアイスの粉末がボウル一杯にたまると、それを佳純が受け取ってコンテナに投入し、ハンドミキサーで火山灰とかき混ぜる。

「考えましたね」感心して言った。「しかも、すべてが時短になっている」

「アンジェラさんのアイデアなんです」佳純が手を動かしながら言う。「わたし、ドライアイスなんてほとんど触ったことなかったから。砕くぐらいならまだいいけど、かき氷器で削ったりして大丈夫なのかなって、最初は心配で」

「だからあたし言ったのヨ。ドライアイスは飲食店でもケーキ屋さんでも普通に使ってるものなんだから、怖がらなくていいのヨって」

同じことを三回繰り返し、できた火山灰・ドライアイス粉末混合物を、床のたらいの珪砂《けいしゃ》の上に平らに敷きつめた。ドライアイスはその間にもどんどん昇華し、白い煙がゆらゆらと立ち上る。

そこへアンジェラが、パチンコ式発射装置をセットした。

「じゃあ、早速いくヨ！」

直径三センチの金属球を引っ掛けたゴムを引き絞り、たらいの標的に撃ち込む。ボスッという音とともに、クレーターができた。

「出来上がりヨ」アンジェラが発射装置をどかし、得意げに眉を動かす。「ほら、おいしそうでしょ?」

「本当だ」その出来栄えに、藤竹は思わず笑ってしまった。「いや驚きました。見事なパンケーキですね」

衝突孔のまわりに、直径十センチほどの丸く平べったい盛り上がりができている。つまり、真ん中にくぼみのあるパンケーキだ。このように、うねったローブではなく、円盤状の台地としてエジェクタが堆積するタイプのランパート・クレーターも実際に火星に存在し、パンケーキ型と称されることがある。

「たぶんですけど……」佳純がおずおずと言う。「ドライアイスが昇華して、火山灰の粒子の間に隙間がたくさんできて、エジェクタがフワッて感じで積もったんじゃないかと……」

「重要なのはエジェクタの間隙率《かんげき》だと私も思います」藤竹はうなずいた。「それにしても、感心しました。昇華量はできるだけ増やしたい。かといって、ドライアイスを入れすぎて火山灰が冷え固まっては困る。そこで、ドライアイスを粉末にし、手早く作業した。そういうことですね?」

「そう、そういうことヨ。佳純ちゃん、今先生が言ったこと、ちゃんとメモした?」

アンジェラはそう言って、声を立てて笑った。

越川アンジェラ。

彼女はこの科学部の中で、ある意味もっとも読めない人材だった。途中で興味を失って顔を見せなくなる可能性さえあると思っていたが、予想はポジティブなほうに裏切られた。要所要所で本当にいい働きをしてくれるのだ。

アンジェラは確かに、学力的には他の三人に劣っている。しかし彼女には、人生経験とそれに裏打ちされた知識がある。例えば、ドライアイスを使ったこの実験についても、最初に思いついたのは佳純だそうだが、アンジェラがそばにいなければ実践はできなかっただろう。ドライアイスをどこで入手し、どう保管し、どう扱えばいいのか。佳純が知らないことを、アンジェラは知っている。かき氷器やハンドミキサーを利用するという発想も、料理人の彼女ならではだ。

後片付けもそこそこに、アンジェラが言った。

「疲れちゃったネ。お茶にしない？　今日あたし、マハブランカ作ってきたから」

「え、ほんと？　あれ大好き」佳純も珍しく声を弾ませる。

「上に行って、二人も呼んできてヨ」

佳純が「わかった」と部屋を出ていくと、アンジェラは冷蔵庫からタッパーを取り出した。マハブランカというのはフィリピンの伝統的なデザートで、確かコーンとココナッツミルクで作るババロアのようなものだ。藤竹も以前一度だけご馳走になったことがある。

こういうところにもまた、アンジェラの世間知が発揮されている。複数の人間がまとまって仕事をしていくには何が必要か、頭ではなく心と体で理解しているのだ。差し入れはもちろん、彼女の大きな笑い声や能天気な発言、お節介や涙までもが、チームの潤滑油となっている。

彼女以外の三人しか部屋におらず、どこかぎこちない空気が流れているときでも、彼女が入ってきた途端にそれは一変する。何をしてくれるわけでなくとも、いつしか藤竹自身までもが彼女の存在を頼りにするようになっていることが、たまらなく不思議だった。

「お湯を沸かしましょう」電気ケトルに水を入れた。

「ああ、ありがとネ」と言ったアンジェラの言葉尻が、あくびと重なる。

「本当にお疲れのようですね」

「最近、夕方四時過ぎには学校に来て実験してるじゃない？　その分、お店の仕込みも早く始めなきゃなんないからネ。帰ったら帰ったで、お店の後片付けあるし。寝不足ヨ」

「無理しないでください」

「みんな一生懸命だし、あたしも頑張んなきゃと思うんだけど、佳純ちゃんや柳田君とは違って、もう歳だしネ」

アンジェラは最後に「くたくたヨ」と言って、明るく笑った。

＊

トラブルはその二日後、思わぬ方向からやってきた。

四限目のあとの職員会議を終え、部活の様子を見に行こうと職員室を出たとき、佳純が廊下を駆けてきた。

「先生――」息を切らしてまくしたてる。「物理準備室に、変な人たちが」

「変な人？」

とにかく早くと訴える佳純と一緒に、物理準備室へと走る。途中で聞いた話によると、それはガラの悪い三人組の若者たちで、佳純とアンジェラが二人で作業をしていたところへ突然、「柳田岳人はいるか?」と凄みながら入ってきたらしい。

ここにはいないとアンジェラが答えると、今すぐ呼んでこいと命じたそうだ。アンジェラは「佳純ちゃん、お願い」と言ってから、こっそり「先生呼んできて」と口の形だけで伝えた。岳人は長嶺とコンピュータ準備室にいるが、引き合わせたら揉めごとになると咄嗟《とっさ》に判断したのだろう。

物理準備室に飛び込むと、二人の若者が実験台に腰掛けていた。長髪の男は気だるそうにたばこをふかし、キャップの男の手首にはタトゥーが見える。どちらも見覚えのない顔だ。

彼らが荒らしたのか、床は砂だらけで篩やボウルが散乱し、パチンコ式発射装置が倒れている。アンジェラは青い顔をして部屋の隅で固まっていた。佳純は廊下から中に入ろうとせず、かすかに全身を震わせている。

「どういうことですか、これは」怒りを込めて質《ただ》すが、二人は何も答えない。「たばこを消しなさい。ここは今、我々の実験室です。喫煙など言語道断だ」

長髪の男は平然と二口ほど吸ってから、床に積もった砂の上にたばこを落とし、黒いブーツで踏み消した。

すると、奥の物品庫をのぞき込んでいたもう一人がこちらを振り向き、細い眉を上げる。

「あれ? あんた、会ったことあるよね」

「ああ、君は——」去年の春、原付バイクで乗り込んできた二人組の一人だ。そのときは確か赤い坊主頭の若者が相棒だったが、今日は一緒ではないようだ。

「なら話早えーわ。わかるっしょ？　友だちに会いに来ただけ。ガッくんどこよ？」

「私は知りません。彼に何の用ですか」

「あいつ、実験やってるっていうからさ」細い眉の男は物品庫の扉を開け放ったまま、こちらへ近づいてくる。「何の実験だか知んねーけど、とりあえずシンナーでも分けてもらおうかと思って」

「そんなの、ここにはないヨ」アンジェラが声を震わせて言う。「もしあっても、渡せるわけないじゃない」

「今すぐ出ていってください。守衛を呼びますよ」男の目を見据えて言った。

「固いこと言わないでよ、センセ。俺、ここのOBっすよ」

「君たちは部外者で、これは不法侵入です。警察を呼んだっていい」

細い眉の男は仲間に目配せし、三人で出入り口に向かう。廊下の佳純は怯《おび》え切った顔で壁まで後ずさる。男は部屋を一歩出て振り返り、にやにやしながら言った。

「また来るって、ガッくんに言っといてよ。あいつ、勘違いしてるみたいだから」

「勘違い？」

「てめえがどういう人間か。誰と一緒にいるのがいいのか。鏡でツラ見て考えろって、そう言っといて」

「なんですぐ呼ばねーんだ！」

三人が去ったあと、アンジェラから話を聞いて飛んできた岳人は、物理準備室に入ってくるなり怒鳴った。

「だって、呼んだらけんかになりそうだったから――」

アンジェラの言葉は耳に入らないようで、岳人は砂だらけの床を見回してうなる。

「何なんだよこれは。これもあいつらがやったのか」

一緒に四階から下りてきた長嶺が、倒れたままのパチンコ式発射装置の前でしゃがみ込む。

「ああ……筒が外れちまってるじゃないか」

「一人の子が、蹴飛ばしたのヨ」

「おい、三浦はどこ行った?」岳人が殺気立った目をして言う。「ぶち殺してやる」

「暴力でやり返したら、諍いが激しくなるだけですよ」藤竹は静かに告げた。

「そうヨ」アンジェラが声を高くして、椅子で縮こまっている佳純にちらりと目を向ける。

「佳純ちゃんまで巻き込まれたりしたら、どうするのヨ」

岳人は歯噛みして、「ったくよ!」と拳で力いっぱい実験台を叩いた。

「お前さん、まだそういう連中と切れてなかったのかね」長嶺が立ち上がって訊く。

「ああ?」岳人が長嶺をにらみつける。「あいつらとはもう付き合ってねーよ」

「向こうはそう思っていない。だからこんなことが起きるんだろうが」

「俺のせいだってのかよ、ジジイ」

長嶺に詰め寄ろうとする岳人を見て、アンジェラが叫んだ。

「やめて!　あたしたちがけんかして、どうするのヨ!」

＊

物音一つしない校舎の階段を上っていると、サンダル履きの足もとから伝わってくる冷気がことさら体に染みる。二月も半ばに差し掛かったというのに、この冬最大級の寒波が昨日から列島を覆っているらしい。

四限目が終わってすぐコンピュータ準備室に出向いたのは、部員たちの様子が心配だったからだ。

あの一件以来、部の歯車はすっかり狂ってしまった。岳人と長嶺の間はぎくしゃくしたままで、とくに岳人はここ数日、常にいら立っている。一日も無駄にできない状況の中、荒らされた物理準備室の片づけとパチンコ式発射装置の修理に時間を取られ、焦っているのだ。些細なことで怒り出すので困っていると、アンジェラがこぼしていた。

佳純は、また三浦たちが乱入してくるのではないかと怯えていて、物理準備室に行きたがらない。アンジェラだけではできることも限られているので、二人で進めていたクレーター形成実験のほうは中断しているようだ。

実際、二日前には再び三浦が現れた。校舎には入ってこなかったものの、夜十時前、キャップをかぶった男と原付バイクでグラウンドを走り回り、大声で何度も岳人の名前を呼んだ。岳人は出て行こうとしたらしいが、皆でどうにか押し止めたらしい。

暗い廊下を進む途中、コンピュータ室のドアの隙間から、二人の生徒の背中が見えた。ノートパソコンに向かっているセーターの女子は佳純。その横から画面をのぞき込んでいる制服の男子はコンピュータ部の部長、丹羽要だ。

佳純は三カ月ほど前から、パソコンを使ってデータを解析したり、画像を編集したりすることにも挑戦している。もともと学力のある生徒なので、飲み込みは早い。表計算ソフトの使い方やグラフの作り方はだいたい理解したようだ。

基本的なところを彼女に教えてくれたのは、要だという。なぜそういうことになったのか、詳しくは知らない。岳人らがコンピュータ準備室で作業をしている間、佳純だけ隣のコンピュータ室でパソコンを触っていることもよくあったらしいから、もたついている彼女を見かねて要から話しかけたのかもしれない。

微笑ましい雰囲気の二人を見て少し逡巡したが、声をかけることにした。要に会ったら伝えたいと思っていたことが一つあったからだ。

「まだいたんですね」中に足を踏み入れながら言った。

「あ、どうも」と振り向いた要に、悪びれる様子はない。「津久井先生からお許しが出てるんで。春合宿までの間、特別に八時半まで学校に残っていいって」

全日制の部活が大きな大会に出場する場合、試合前のみそうした特例が認められるようだから、日本情報オリンピックに参戦している要にも同じ措置が取られたのだろう。

「そのことで君にひと言伝えたかったんです。入賞おめでとう。本当に素晴らしい」

「どうも」要は照れ隠しのように首をひょこっと前に出した。「でも、まだ先があるんで」

十二月の二次予選を軽々と突破した要は、先週末おこなわれた本選でも上位三十名の中に入り、見事入賞を果たした。入賞者だけが参加する来月の春季トレーニング合宿で最終選考に通れば、日本代表だ。

佳純が何か言いたげに要を見上げている。彼女もお祝いを言いたいのかと思っていたら、違った。

「あの……八時半、までなんですよね？　もう、九時だいぶ過ぎてますけど……」

「え？」要が壁の時計に目をやる。「マジか。でもまあいいよ。いざとなったら、また柳田君に作業着借りて──」

とそのとき、「おい！」という怒声が壁越しに要の言葉をかき消した。同時に、ガシャン、と何かが激しくぶつかる音が響く。

三人で準備室のほうへ走り、藤竹がドアを開けると、思ったとおりのことが起きていた。実験ボックスが横倒しになって床に転がっている。そのまわりは砂だらけだ。滑車の上から誤って落下させ、床の作業台に激突したらしい。

「何やってんだ！　ボケ！」脚立にのったまま岳人が怒鳴った。

顔を歪めて自分の左腕を押さえるアンジェラに、長嶺が心配そうに「大丈夫かね」と声をかけている。藤竹はそちらに駆け寄った。

「もしかして、弾が当たりましたか？」

「うん、でも大丈夫ヨ」肘の内側をさすりながら言う。「お肉たっぷりの腕だからネ」

長嶺の説明によると、こういうことだった。

実験ボックスの落ち始めの振動を軽減するために、先日から、おもりの小箱を手で放つのをやめ、電磁石を導入していた。おもりを引き下げた状態で留め置くときは、小箱の底に貼り付けた鉄板を、床に設置した強力な電磁石にくっつける。実験ボックスを落下させるときは、電磁石のスイッチを切れば、おもりの小箱が床から離れる。

先ほど、実験ボックスを定位置まで吊り上げ、岳人が脚立にのって発射準備をしていたときのことだ。安全装置を解除し、さあ合図を出そうというときに、下で待機していたアンジェラの足が電磁石に当たってスイッチを切ってしまったという。

驚いた岳人が落下し始めた実験ボックスを止めようとしたが、つかみそこねた。弾みで大きく揺れたボックスの扉が開き、発射された金属球が飛び出してアンジェラの腕に当たったようだ。

岳人はこちらを見もせずに、床にひざをついて実験ボックスの状態を確かめている。

「くそ、ボックス壊れたぞ！　あ！　発射装置もここ折れてんじゃん！　マジで何やってくれてんだ！」

わめき散らしながら立ち上がり、血走った目でアンジェラをにらみつける。

「おい、どうすんだ！　どうしてくれんだよ！」

「ごめんネ」アンジェラが長いまつげを震わせる。「ほんとにごめんなさい」

「責める前に、少しは心配したらどうだ」長嶺が厳しい声で言った。「もし目にでも当たったら、大怪我になるところだぞ」

「たらればの話なんて知るかよ」

「いいのヨ、あたしなら大丈夫だから。あたしが悪いのヨ」

泣きそうな顔でなだめるアンジェラには構わず、長嶺が岳人に一歩近づく。

「何だその言い草は。だいたい、彼女だけが悪いわけじゃない。このところ連日長時間の作業で、皆疲れてる。集中力がなくなってるんだ。だから何度も言ったろ。焦るとろくなことにならんと」

「焦んなくてどーすんだ？　時間がねんだよ！」

「その一因は、自分にあるんだろうが」

「あ？　三浦たちのこと言ってんのか」

「因果は巡る糸車だ。過去はなかったことにはできん。大事なのは、それを人のせいにせず、己の力で乗り越えて――」

「うるせえ！」岳人が声を荒らげてさえぎった。長嶺の目の前に立ちはだかり、嚙みつかんばかりにまくしたてる。「説教たれてんじゃねーよ！　どいつもこいつも、やる気ねーなら、やめろ！」

「そんな態度では、誰も一緒に仕事をしてくれんぞ」

「なら一人でやるまでだよ。とっととやめちまえ！」

「そんなに学会が大事か」長嶺が挑むようにあごを上げる。「そういやお前さん、最近よく、いつか大学に入りたいと言ってるな」

「あ？　それがどうした」

「学会で賞でも獲れば、どこかの大学に推薦入学できるのか？」

「もっかい言ってみろよ、ジジイ」岳人の声が怒りに震えた。「そんなことのために、そんなチンケなことのために俺がこの実験やってるってのか？　ええ？」

「それとも、奨学金か何かもらえるのかね？」

まずい、と思った瞬間、岳人が長嶺につかみかかった。藤竹は「やめなさい！」と叫びながら、必死で二人の間に体をねじ込む。激しくもみ合うどちらかの肘か拳で、頭と顔を強く打たれた。

そのとき、コンピュータ室への出入り口のほうで、「え⁉ ちょ、どうしたの⁉」とうわずった声が響いた。

「先生！ やばいです！」要が緊迫した様子で訴える。「名取さんが！ 死にそう！」

最後のひと言で、岳人と長嶺の動きがぴたりと止まった。二人にはさまれたままそちらに目を向けると、佳純が苦しそうに床にへたり込み、片手を胸に当てて必死で息をしている。

すぐに佳純に駆け寄った。過呼吸だ。アンジェラも慌ててやってきて、声をかけながら佳純の背中をさする。

「丹羽君」おろおろしている要に言った。「保健室まで走って、佐久間先生――保健の先生を呼んできてください」

*

「あんた色が白いから、あざがよく目立つな。気の毒に」

長嶺はそう言ってコーヒーをひと口すすり、カップを実験台に置いた。まるで、いったい誰にやられたんだと言わんばかりの口ぶりだ。

「痛みは引いたんですが、生徒たちがうるさくて」肘鉄を食らってできた、目の周りの青あざをひと撫でする。「誰とタイマン張ったんだ、とか、彼女に殴られたのか、とか」

「そういう女性がいるのかね」

「いえ」頬を緩めて小さくかぶりを振る。「もう何年も、週末を気兼ねなく大学の研究室で過ごせる人生ですよ」

三日前のあの夜、佳純は佐久間の処置のおかげですぐに回復した。彼女の精神を圧迫するようなことがこのところ立て続けに起きていたところへ、岳人と長嶺のつかみ合いを目の当たりにして、ついに心が決壊したのだろう。けんかの当事者二人はかすり傷一つ負っておらず、藤竹がこのあざを作っただけで済んだ。

ただし、科学部は完全に空中分解してしまった。

長嶺、アンジェラ、佳純の三人は、あれから部活に出てこない。長嶺は淡々と授業だけ受けて、さっさと帰宅してしまう。アンジェラはすべて自分の責任だと思い込んでいるらしく、「あたしはもう、いないほうがいいヨ」とすっかり気弱になっている。

二日間学校を休んでいた佳純も今日は登校したが、結局ずっと保健室のベッドにいた。カーテン越しに少し言葉を交わしたときには、「もう部活に行くのが怖いです」と、すすり泣くように言っていた。

ただ一人岳人だけが、コンピュータ準備室にこもっている。実験ボックスの修理をしているようだが、一部破損した発射装置については彼ではどうしようもないだろう。

岳人は意固地になっていて、藤竹ともろくに口をきかない。せめて長嶺に今の心境を聞こうと、授業のあとに呼び出した。

「私はね、藤竹先生」

長嶺は意外なほど穏やかな声で言った。

「柳田のような若者が大学に進んで、もし研究者にまでなれたら、本当にいいと思ってるんだ。心の底から、そう思っている」

「研究者？　なりたいと本人が言ったんですか？」大学という言葉は彼の口から聞いたことがあるが、研究者については初耳だ。

「ああ、一度だけだが、ぽろっと言いおった。言って照れ臭くなったのか、『研究なんて途中でダルくなるかもしんねーけどな』などと悪たれてたが」

新鮮な驚きだった。彼の心で発火した炎の大きさを、見誤っていたようだ。

「だがね」と長嶺が息をつき、続ける。「私は、心配なんだよ」

「柳田君のことがですか」

「先生、あんた、いくつになった」

「三十五です」

「私はその倍以上生きてきて、それなりに世の中を知ってるつもりだ。やっぱりね、甘くはないよ。身の丈に合わないことをしようとしている人間に、世間は厳しい」

「身の丈とは、どういう意味でしょう」

「何といったかな。妻に教わったんだ。確か、ガチャ、ガチャガチャ……」長嶺があごに手をやって考える。「親ガチャか。あれが割合近いかもしれん。生まれとか境遇とか才能とか、そういうものをひっくるめてだよ。彼はなるほど、私なんかよりずっと頭の出来がいい。頑張れば大学入試を突破できるだろう。だが、金はどうする？　大学院にも何年も通う必要があるんだろう？」

「博士号まで取るとすれば、大学に入って九年ほどかかります」

「苦学に疲れて挫折した人間を、私はたくさん見てきた。たとえ勉強をやり遂げたところで、大学やなんかに研究者として勤められるのは一握りだと聞いている。音楽家やスポーツ選手と同じで、学者になるにも才能が要るってことだ」

「一概にそうとは言えませんよ。理論物理や数学の世界で創造的な仕事をしようと思えば、やはり天賦《てんぷ》の才が必要になってくると思います。でも我々のような分野では、特別明晰な頭脳は必須ではありません」

「一流大学を出てるあんただから、そんなことが言えるんだ」長嶺はどこか哀しげにかぶりを振る。「仮に、努力ですべてをカバーしたとしよう。最初は褒めてもらえるかもしれん。だが、エリートという連中は、真っ当なレールの上を歩んでこなかった人間が自分たちの足もとまでのし上がってきた途端、手のひらを返して蹴落としにかかるものだ。柳田を待ち受けているのは、そういう世界での競争だろう。定時制高校に通って高卒の資格を得るというのとは、わけが違う」

似たようなことは、もちろん考え続けている。それでもすぐには何も言い返せないほど、長嶺の言葉は重かった。おそらく彼自身が長きにわたって舐《な》めてきた辛酸《しんさん》から析出《せきしゅつ》した言葉だからだろう。

「柳田が夢をもったことは、本当なら私だって喜んでやりたい。だが、夢に向かって必死になればなるほど、それが破れたときの傷も深くなる。そうでなくても彼はもう十分傷だらけだ。次また大きな挫折を味わったりしたら、どこまで落ちていくかわからん。まったく、恐ろしいぐらいだよ」

岳人がこれまで歩いてきた道。そしてそのすぐ脇にのぞく闇の深さを思えば、それは確かに恐ろしいことかもしれない。それでも——。

「いいのかね?」長嶺が向けてくる真剣な眼差しに、すがるような思いを感じる。「科学部の活動は、柳田の夢を煽《あお》るばかりだ。学会に出ることもな。彼をこれ以上その気にさせて、期待を持たせて、本当にいいのかね?」

五年前のあの出来事が、頭をよぎる。

問いかけには答えられないまま、長嶺の目を見つめ返した。

十時ちょうど、戸締まりをするためにコンピュータ準備室へ出向いた。

岳人の姿が見えないと思ったら、両手を枕にして仰向けに寝そべっている。床に散らばった工具をよけてそばまでいくと、発射装置の折れた部品が頭の横に転がっていた。無理やり接着しようとしたらしく、接着剤を盛った無様な跡が見える。

岳人は天井を見つめたまま、「なあ先生」と言った。

「俺、たばこやめたんだよね」

「ええ、知っています」ひと月ほど前だったか、アンジェラから聞いていた。

「金、ちょっとでも貯めようと思ってさ。給料増えそうにないし、たばこぐらい、あきらめねーと」

「そうですか」

「先生は、何かあきらめたことある？」

「そりゃありますよ。人生において何かを選ぶということは、選ばなかったほうをあきらめるということですから。ただしそれは、その時点での話です。そのとき選ばなかったものを、あとで選ぶことはできる。命ある限りは」

「理屈っぽいな、相変わらず」岳人は鼻息を漏らした。「俺さ、あきらめることには慣れてると思ってたんだよね。学校でも仕事でも、うまくいったことなんて、今まで一個もなかったからさ。あきらめるなんて屁でもねえって思ってた。でも、思い出したわ」

「何を？」

「頑張ったことをあきらめるのは、つらいってこと。ガキの頃それを嫌ってほど味わって、そのうち何も頑張らなくなった。簡単にあきらめられるのは、マジじゃねえからだ。マジで真剣に頑張って、それをあきらめるのは、やっぱ……つれえよ」

　岳人の声が、最後かすれた。天井に向けたその目尻から、涙がひと筋、耳へと伝う。

「実験、あきらめるつもりですか」涙の跡を見つめて訊いた。

　岳人は何も答えない。

「今日はもう終わりにしましょう。ひと晩眠れば、また気分も変わりますよ」

　しかし、その翌日から、岳人は学校に姿を見せなくなった。

*

実験の失敗を、認めざるをえないのかもしれない。

自らにそう言い聞かせながら、藤竹は二年A組の教室へと向かった。

岳人と連絡がつかなくなって、今日で五日目。そのことは部員たちにも伝えてある。長嶺は「頭を冷やしてるんだろう」と言ったきりで、佳純は「え……」とただ固まっていた。アンジェラだけは毎日岳人に電話をかけているようだが、やはり出ないらしい。

「やけを起こしてなきゃいいけど」というアンジェラの言葉が、頭にずっと引っかかっている。今度のことが岳人にとって、これまで以上に深刻な転落のきっかけになる可能性も十分あるように思えたのだ。

学会の予稿提出期限まで、三週間を切っている。このまま静観しているだけでは、十中八九、発表を断念することになるだろう。そうなれば二度と部員たちの亀裂が埋まることはなく、科学部もそこで終わりだ。

それを避けるためには、当初の予定にはなかったことだが、彼らにすべてを打ち明ける他ない。当然ながら、それで事態が好転するかどうかはわからない。むしろ、この実験が意味を失ってしまうか、あるいは完全に放棄しなければならなくなる可能性も高い。

昨夜、岳人のスマホにメッセージを残した。吹き込んだ言葉は、こうだ。

「明日の夜、学校へ来てくれませんか。そして、みんなと一緒に、私の話を聞いてほしい。九時十五分に教室で待っています」

一拍置いて、付け加えた。

「こないだ、人生の選択の話をしましたよね。私がこれまでどんな選択をし、なぜこの実験を始めたのかという話をしたいんです。すべてが終わってしまう前に」

岳人が応じてくれるかどうかはわからない。もし彼が現れなくても、他の三人に話すつもりでいる。そのあと彼らがどんな決断を下し、どう動くかは、彼ら次第だ。

教室に入ると、長嶺がただ一人、教卓の真ん前に座っていた。すぐにアンジェラも佳純の腕を取ってやってくる。佳純はまだ保健室登校を続けているので、教室まで連れてきてくれるよう頼んであった。アンジェラは長嶺の隣の席につき、ずっと顔を伏せたままの佳純を自分のすぐ後ろに座らせる。

「柳田君は来ていませんか」藤竹が問うと、長嶺が黙ってかぶりを振った。

十分ほど待ってみたが、岳人は現れない。仕方がない、もう始めようと教壇に足を掛けたとき、後ろの扉が開いた。

入ってきた岳人を見て、アンジェラが驚きの声を上げる。

「その顔、どうしたのヨ⁉」

左のまぶたが目も開けられないほど腫れ上がり、青紫色に変色していた。口のまわりは赤黒く内出血し、額や鼻の付け根にも絆創膏を貼っている。その痛々しさは、藤竹の目の青あざの比ではない。

「ママ」岳人は動かしづらそうな口で言った。「こないだは、ひでえこと言って悪かった。佳純も、怖い目に遭わせてすまなかったな」

長嶺にだけは何も言わず、いつものように窓際の一番後ろにどっかと座る。

「けんかですか」藤竹はそばまで行って訊いた。

「気にすんな。こっちの話だ」唇の間から、前歯が欠けているのが見えた。

「三浦君たちとですか」

「ナシつけてきただけだよ。あいつらもう、ここには来ねえから」

「しかし――」

「心配すんなって。俺は手を出してねえ」

面倒くさそうに顔をしかめる岳人を見つめていると、長嶺が言った。

「かたをつけてきたというんだから、それでいいじゃないか。どのみち、我々にはわからん世界のことだ」

「そういうこと」岳人が珍しく同調する。「俺の話より、あんたの話だ」

二人の言うことが、おそらく正しいのだろう。

岳人は、再び新宿の夜の闇に堕ちていくこともなく、こうして顔を見せてくれた。それどころか、亡霊のようにまとわりつく過去をどうにか打破しようと一人もがいていたのだ。であるならばきっと、まだ希望はある。

何より、やっと四人が揃った今このときを、逃すべきではない。

「では、始めさせてもらいましょう」藤竹は教壇に立ち、全員の顔を見回した。「最初に、私は皆さんに謝らなければなりません」

「え、何を?」アンジェラが目を見開く。

「私の身勝手な企てをです。申しわけありません。私がこの学校に科学部を作ったのは、皆さんのためではありませんでした。私のためです」

岳人が訝《いぶか》しむような視線をこちらに向けた。佳純も驚いて顔を上げる。

「さっきから何を言っとるんだ、あんたは」長嶺が眉をひそめて言った。

「長嶺さんのように波瀾万丈の人生ではありませんが、私が経験した話を少しだけ聞いてください」

長嶺にうなずきかけ、教卓に軽く両手をつく。何から話すかは決めていた。

「皆さんの想像どおりかもしれませんが、私は比較的裕福な家庭で育ちました。小学生の頃は恐竜少年でしてね。家族旅行でどこへ行きたいか両親に訊《き》かれると、決まって恐竜の化石や標本で有名な博物館のある場所をリクエストする。そんな子どもでした」

生まれ育ったのは、世田谷の静かな住宅街。四年生のときから塾に通い、中高一貫の進学校に入った。父親は大手ゼネコンの研究所に勤めていたが、五年前に定年を迎え、今は母親と二人、山梨に居を移して念願の田舎暮らしを満喫している。

「両親が、よく言ってくれたんです。あなたほど恐竜に詳しい子はいない。いつかきっと、誰も見たことのない化石を発見するような立派な博士になれる。私はすっかりその気になりました」

「でも、恐竜の博士にはならなかったのネ」アンジェラが微笑む。

「恐竜が絶滅した原因が、隕石の衝突だという説を知っていますね？」

「ああ、聞いたことあるヨ」

「そのことを知って、天体衝突に興味を持ったんです。惑星そのものも、微惑星や原始惑星同士の衝突と破壊を通じて形成される。地球の大気や海も、太古の地球に大量に降り注いだ小天体が生み出した。そんな話を中学生の頃に本で読んで、感銘を受けましてね。で、だんだんと興味がそちらへ」

　大学は理学部の地球惑星科学科に進んだ。入学時から研究者を志していたが、小学校の教師をしていたことがある母親の勧めもあって、高校の教員免許だけは取っておいた。それがまさかこんな形で役立つ日が来るとは、当時は想像もしていなかったが。

　その後、大学院で博士課程を修了し、二十七歳で博士号を得た。そして同じ春、とある地方の国立大学に助教として採用される。一番下っ端の大学教員だ。五年の任期付きポストではあったが、若手研究者としては順調に歩んでいたといっていい。

　そんな話に、四人は神妙な面持ちでただじっと聞き入っている。

「助教として赴任した大学――仮にM大としますが、そこでの上司にあたる教授は、太陽系の惑星探査が専門でした。とくに、探査機に赤外線カメラを搭載して天体を撮像《さつぞう》する研究で知られた人です。最近よく、サーモグラフィで体温を測るでしょう？」

「カメラの前に立ったら、画面が赤くなったり青くなったりする、あれか」長嶺が言った。

「ええ。あれと同じような原理で、天体表面の温度分布や大気の動きを調べるわけです。うちの研究室では当時、新しいタイプの中間赤外カメラの開発に取り組んでいました。その共同研究者に、同じ県内の高専の准教授がいましてね。わかりますか、高等専門学校」

「中学を出てから入る、技術系の学校だろう」また長嶺が答える。「確か、五年制だったか」

人と知り合いました」

「そうです」と応じて続ける。「私がＭ大に来て二年目の春、その高専の学生でＫ君という

高等専門学校には研究機関としての側面があり、教授や准教授は研究室を持っている。学生も、最終学年の五年生になると卒業研究を課される場合が多い。共同研究者である准教授のもとで、Ｋは他の二人の学生とともに、卒業研究として中間赤外カメラの開発を一部担っていた。

Ｍ大の研究室にもよく出入りしていたＫは、決して勘がいいとも器用だともいえなかったが、とにかく熱意にあふれていた。自分が関わった観測装置がいずれ宇宙で活躍するという感動に衝き動かされていたのだろう。任されたレンズ系の試験に寝食を忘れて励み、ひたすら地道に正確なデータを出し続けた。

カメラの開発には直接携わっていなかった藤竹ともすぐ親しくなった。高専の学生の中には、卒業後、大学に三年次編入する者が一定数いる。ＫもＭ大への編入を目指していて、将来は研究者になりたいという夢も熱く語ってくれた。

カメラは完成に近づき、その性能を論文にまとめることになった。Ｋは藤竹の部屋へやってきて、「論文、僕の名前も載りますよね」と嬉しそうに言った。客観的に見て、彼の貢献は開発メンバーの中でも相当大きなものだったので、「当然載るよ」と答えた。

しかし、筆頭著者であるＭ大の教授が書いた論文の草稿を見て、啞然《あぜん》とした。十人の名前が並ぶ著者の中に、Ｋは入っていなかったのだ。彼が出したデータの表やグラフが大きく扱われていたにもかかわらず、である。

「私は教授に猛抗議しました。K君のデータがなければカメラは完成に至らなかった。彼はメンバーの誰より長い時間実験室にこもって仕事をした。それをまるでなかったことのようにするのは許されない不公正だ、と訴えたんです。すると教授は、耳を疑うようなことを言いました。『大学院生ならともかく、高専の学生の名前など入れたら、論文の格が下がるだろうが』」

「ひどいネ」アンジェラが漏らした。岳人も唇を結び、険しい目をこちらに向けている。

「私は、高専の准教授にも考えを質しました。彼はあきらめ顔で首を振って、M大の教授には逆らえないと言いました。毎年自分の学生が何人かM大に編入する。編入試験に合格させるためには、教授の後押しが必要だから、と。そして最後に付け足したんです。『藤竹さん、あんまりKをその気にさせないでください』」

　Kは学業の成績も芳しくなく、指示されたことを愚直にやることしか取り柄はない。研究者になりたいと言っているが、とてもそんな能力はない。論文に名前が載って、彼がますますその気になっては、本人のためにならないだろう。高専の准教授はそう言ったのだ。

「それは私にとって、一種のカルチャーショックでした。その気にさせてはいけないという理屈が、どうしても理解できなかった」

「私なんかには、わからん話でもないがね」長嶺が渋い顔で言う。

「それで、K君はどうなったの？」アンジェラが訊いた。

「自分の頑張りが完全に無視されて、研究の世界に失望したんでしょう。結局、M大の編入試験を受けることもなく、学校が斡旋《あっせん》した会社に就職しました」

長嶺が深く息をついた横で、アンジェラが「かわいそうネ」とつぶやく。

「私もまた、失望しました。それ以来、教授との関係は悪化の一途をたどりましてね。私のポストは一回まで任期の延長ができる規定だったのですが、教授から、延長させるつもりはないとはっきり申し渡されました。私も教授のもとにはいたくありませんでしたし、任期を二年残したまま退職して、アメリカへ渡ったんです」

「なんでアメリカ？」アンジェラが言った。

「日本とは違う空気を吸ってみたかったことが一つ。向こうにいる友人のアメリカ人研究者に誘われたことが一つです。アリゾナへ行きました」

アリゾナ大学は、アメリカにおける惑星科学研究の拠点の一つだ。大学附属の月惑星研究所という機関に、二年契約のポスドク研究員として赴いた。

「大学のあるツーソンという街は、砂漠に囲まれたところでしてね。空気が日本と大違いどころか、乾燥しているわほこりっぽいわで、最初は参りました。とにかくそこで研究生活をリスタートさせて半年ほど経った頃、また一人の学生と出会ったんです。ロビンという、ナバホ族の十八歳の若者でした」

「ナバホ族？」アンジェラが聞き返す。

「アメリカ先住民の部族です。アリゾナにはナバホの大きな居留地があるんですよ」

ある日藤竹が、同じフロアにある友人の研究者のオフィスを訪ねたときのことだ。部屋に入ると友人は、ガラクタにしか見えない珍妙な装置を前に、貧相な体つきの若者と熱心に議論していた。くたびれたTシャツにバンドの壊れたサンダルというでたちで、経済的に余裕がないことは明らかだ。ナバホ族の居留地に家族と暮らしているというロビンは、奨学金を得てアリゾナ大学に通い始めた一年生だった。

ガラクタ装置はロビンが作ったもので、太陽エネルギーを利用して部屋を暖めたり、湯を沸かしたりすることができるという。車の古いラジエーターのまわりに黒く塗った空き缶を何十個も取り付け、それを木箱に入れてプレキシガラスのふたをしてある。すべて廃品でできたシンプルな装置だが、アイデアは思わずうなってしまうほど素晴らしかった。

「ロビンは高校生のときにその装置を作り上げ、州の中高生科学フェアに出品して最優秀賞を獲ったとのことでした」

「へえ、すごい天才少年ネ」アンジェラが感心して言う。

「それが、そういうわけではないんですよ。彼はもともと勉強が嫌いで、科学にも興味なんてなかった。その暖房装置は、家族のために作ったんです」

母子家庭であるロビンの一家は、居留地に住む多くのナバホ族と同様、貧困にあえいでいた。自宅のトレーラーハウスは天井も壁も隙間だらけで、氷点下になる真冬も家にただ一つしかない石炭ストーブで寒さをしのぐという状態だったらしい。

そんな家に比べて、走る車の中のほうがずっと暖かいことに気づいたロビンは、それがエンジンとラジエーターのおかげだと知る。エンジンの代わりに太陽エネルギーを利用し、ラジエーターと組み合わせれば、暖房器具ができるのではないか。彼は廃車の山を漁《あさ》り、ごみ捨て場を歩き回って部品を集め、試行錯誤の末にそれを完成させたのだった。

「そのことを知った彼の高校の教師が、科学フェアへの出品を勧めたそうです。その教師は、賞を獲ったあともロビンを鼓舞し続け、その気にさせた。そして、以前の彼なら考えもしなかったはずの大学進学を実現させたんです」

さっきまでだらしなく脚を投げ出していた岳人は、両手を机の上で組み、身じろぎもせず話を聞いている。長嶺は軽く目を閉じ、何か考え込んでいるようだった。

「それだけではありません。私の友人がオフィスでロビンと話し合っていたのは、共同研究のことでした。友人は月面に有人基地を建設するプロジェクトに関わっていて、月の寒い夜を乗り切るための蓄熱技術を研究していました。たまたまロビンの装置のことを聞きつけ、月面での蓄熱に応用できないかと考えたんです。実際、友人がロビンを私に紹介してくれたときの第一声は、『彼はロビン。俺たちの同僚だよ』でした」

教壇を下り、机の間をぬってゆっくり歩き始める。

「M大で経験したこととの落差に、私は愕然としました。同時に、目の前の二人がたまらなくうらやましくなったんです。まだ何者でもないナバホの若者を同僚と呼び、彼に教えを請うている友人が。まわりの大人たちのおかげでその気になって、科学の道を歩み始めたロビンが。何より、そんな環境が当たり前にあることが、ただ純粋にうらやましかった」

すっかり冷え切った夜十時前の教室に、自分の声だけが響く。

「同じようなことは、日本では起きないのだろうか。この国ではいつまでも、科学はエリートと優等生だけのものなのだろうか。科学とは無縁に生きてきた人々から研究のインスピレーションを得るなど、無理な話なのだろうか。いったんそんなことを考え始めると、検証せずにはいられない。私の性分です。まずは実験として、優等生ではない高校生を集め、何か研究活動をやらせてみたいと考えました」

再び教壇に戻り、四人に向かって言う。

「その舞台に選んだのが、東新宿高校定時制です。この学校に科学部を作り、何が起きるかを観察する。そのために皆さんを利用したといわれても仕方がない。これはあなたたちのための活動ではなく、私のための実験だったんです」

藤竹が語るのをやめても、誰も口を開かなかった。岳人はじっとこちらをにらみつけている。腕組みをした長嶺は目を閉じたままだ。アンジェラは口を半開きにして、他の三人の様子をうかがっていた。

束の間の沈黙のあと、息を潜めるように座っていた佳純が、小さく右手を上げた。

「どうぞ、名取さん」

「あの……」佳純は震える声で言う。「もし……もしこの科学部が、先生の実験なんだとしたら……。先生の仮説は何ですか?」

「仮説――」

「何か仮説を検証したくて、実験したんじゃないんですか」

訴えるように問う佳純に、小さくうなずきかけた。ずっと胸の奥にあった形のないものを、初めて言葉に変換する。

「どんな人間も、その気にさえなれば、必ず何かを生み出せる。それが私の仮説です」

佳純は瞳を潤《うる》ませて、「だったら――」と言った。

「だったらそんなの、実験じゃないです。観察する相手のことを信じてやる実験なんて、ないです」

言葉を失った。

何も返せないまま、いつの間にか強張っていた肩の力が抜けていく。安堵と感嘆、そしてかすかな羞恥《しゅうち》が混ざり合った不思議な感覚に、自然と口角が上がる。

「まったく」眼鏡に手をやり、小さく息をついた。「あなたの言うとおりかもしれません」

後ろで椅子ががたんと鳴った。岳人が立ち上がっている。

「この科学部が、あんたの実験かどうかはどうでもいい」

感情の爆発を必死で抑えようとしているような声だった。それがかえって、強い意志を感じさせる。岳人は三人の部員たちを見回してから、こちらを真っすぐ見据えた。

「俺はただ、俺たちの実験を続けたい。俺たちの装置を使って、クレーターを作りたい。それだけだ」

＊

コンピュータ準備室から、賑《にぎ》やかな声が廊下にまで聞こえてくる。

ドアを開けると、やはり木内がいた。藤竹を見るなり色付き眼鏡の奥の目を見張り、「You're so late!」と声を張り上げる。

「何やってたんだ。みんな待ってたんだぞ」

「すみません。職員室で教務主任につかまってしまって」

木内は先日来、なぜか部員に負けないぐらい張り切っている。藤竹が学会のことを伝えたところ、「プレゼンなら私に任せなさい」と指導を買って出て、まだその段階でもないのに毎晩この部屋をのぞきにくるのだ。

奥の櫓の前で作業を続ける部員たちを見やり、木内に訊く。「なんで私を待ってたんですか」

「よくわからんが、面白い結果が出たらしい」

「そうなのヨ！」アンジェラが砂の容器に手を突っ込んだまま、声を弾ませた。「いいパンケーキができたの！」

長嶺と額を合わせて何か相談していた岳人も、まだかすかにあざが残る顔をこちらに向ける。

「動画撮れてっから、佳純に見せてもらってよ。その間に準備して、もう一回やるからさ」

予稿の提出期限まで、あと一週間。部員たちは特別に許可を得て週末も登校し、追い込みに入っている。

岳人と長嶺の和解がどのようにおこなわれたのか、藤竹は知らない。知っているのは、あの翌日には長嶺が壊れた発射装置を持ち帰り、二日で修理してきたということだけだ。アンジェラと佳純も部活に復帰して、実験が再開した。

重力可変装置を使って火星重力を再現し、実験ボックス内の砂の標的にランパート・クレーターを作る実験は、見事成功した。火山灰・水混合層にできるクレーターのデータはかなり取れたので、火山灰・ドライアイス混合層を標的にした実験に移っている。

隣のコンピュータ室へ行くと、佳純がノートパソコンで動画を編集していた。その横には要もいて、佳純の質問に答えている。

「面白いものができたそうですね」藤竹は言った。

「はい。今までに見たことない感じです。ちょっと待ってください」佳純は動画を巻き戻し、実験ボックスが落下し始める瞬間をさがす。

この動画は、実験ボックスの内側に取り付けたデジタルカメラで高速撮影したものだ。実験ボックスがビーズクッションの上に落ちると、できたクレーターはその衝撃で崩れてしまう。したがって、データは動画として撮る以外に方法がない。そのカメラも高価な機材ではもちろんなく、高速撮影の機能が付いたコンパクトな廉価モデルを中古で手に入れたらしい。

「じゃあ、再生しますね」と言った佳純の肩越しに、画面をのぞき込む。

映っているのは平らにならされた火山灰の標的だ。白く霞《かす》んだように見えるのは、そこに混ぜ込んだドライアイスの粉末が昇華しているせいだろう。

映像がスローモーションで動き出す。音は録れないので、画だけだ。一瞬全体が揺れたかと思うと、弾丸の金属球が上から現れ、標的に衝突する。と同時に、火山灰が同心円状に飛び出して、周囲に積もった。そこで佳純が動画を一時停止する。

「ほう、薄くて大きなパンケーキですね」画面に顔を近づけて言った。「以前見せてもらった、地球重力下のものよりも」

「そうなんです。アスペクト比がわかるといいんですけど」

「画像を解析したら、何とかならないかな」横から要が言った。

「そうですね。デジカメの位置をもっと下げて、横から撮ってみてもいいかも」佳純はそう言ってから、画面を指差す。「それと、パンケーキのふちの部分が、内側に比べてほんの少しだけ高くなってる気がするんです。ドライアイスで霞んでて、はっきりとはわからないんですけど」

こちらを振り向いた佳純の表情が、ずいぶん大人っぽく見えた。十代の生徒はときに、数カ月、数週間という短期間で見違えるほどの成長を見せると先輩教師たちは言う。今の彼女がそうかという感慨も込めて、「素晴らしい」と言葉を贈った。

コンピュータ準備室に戻り、岳人に声をかける。

「動画、見せてもらいました。いい調子じゃないですか」

「だろ？　でも、ドライアイスの煙が邪魔なんだよな。実験ボックスのサイドの扉は取っ払ったんだけど、まだダメだ」

「だから」と横から長嶺が言う。「ボックスの上に小さな扇風機をつけて、弱い風を送ろうかと話してる」

「でも、あんま時間ないぜ。間に合うかな」

「間に合わせるんだよ」長嶺が岳人の背中を叩いた。

作業に戻る二人を見つめていると、木内が何か頬張りながらそばへ来た。シュークリームが三つ残っている紙箱を突き出して、「ん」と勧めてくる。

「木内先生の差し入れですか」藤竹は訊いた。

もごもご言いながらかぶりを振る木内に代わって、アンジェラが答える。

「麻衣ちゃんヨ。さっきふらっとここへ来て、『はいこれ』って置いてってたの」

「――そうでしたか」あの正司麻衣が、科学部のことを気にかけていてくれたのか。

「一緒に食べヨって言ったんだけど、『これからお店だから』って。彼女、優しい子ネ」

岳人が大声で、「標的、作り始めていいぞ」と告げた。アンジェラが佳純を呼び、発泡スチロールの箱からドライアイスを取り出す。要もやって来て、二人がかき氷器でそれを粉末にするところを眺めている。

彼らを見つめているうちに、ふとあることを思い出した。大学院時代の恩師の言葉だ。

実験ではね、想定外の結果が出てからが本番だよ——。

今自分が目の当たりにしているのは、まさにその「想定外」なのかもしれない。

まず、部員たちの変化がそうだ。個々人がそれぞれに成長し、互いの関係性をあらゆる意味で濃く深くしていく。そしてそのことが、研究成果にも大きく影響してくる。その度合いは、藤竹の想像を遥かに超えていた。被験者にここまで大きく変わられては、結果を予測するのは困難だ。

そして、周囲の変化。要や木内、そして麻衣までもが科学部に関わってくるとは、予想だにしなかった。彼らが吹かせる風もまた、部と部員たちの進む方向を変えていく。そもそも、なぜ彼らはこの活動にコミットするのか。もしかしたら、極めて個人的なはずの「その気になる」という現象は、何らかの機序《きじょ》でまわりに伝播するのかもしれない。

佳純に「そんなの実験じゃない」と看破《かんぱ》されたにもかかわらず、まだ部員たちのことを被験者などと呼んでいる。自嘲《じちょう》を浮かべていると、岳人が脚立の上からこちらを見下ろして言った。

「何ニヤついてんだよ。やるよ」

いつの間にか、実験ボックスには再び標的と弾丸がセットされ、滑車の上まで吊り上げられていた。佳純はノートパソコンで加速度計のデータをモニタリングしている。

岳人がデジタルカメラの撮影ボタンを押し、櫓のてっぺんから伸びるチェーンと発射装置の留め具をつないだ。「よし、いいぞ！」

「いくヨ！　三、二、一！」

アンジェラが電磁石のスイッチを切ると、滑車が動き、ドン、という発射音。ビーズクッションの上に落ちた実験ボックスを皆で取り囲む。

「いいねえ。いいのが出来たっぽい」岳人が嬉しそうに言った。

「動画、確かめようヨ」

取り外したデジタルカメラのまわりに固まり、小さな液晶モニターをのぞき込む部員たちから一人離れて、長嶺が隣へ来た。

「これで、いいってことだな」長嶺は確かめるように言う。「その気にさせて、いいってことなんだろう？」

「人間は、その気にさせられてこそ、遠くまで行ける」眼鏡に手をやり、笑顔の部員たちを見つめて答えた。「私は、そう思います」

岳人の声が響いた。

「もう一回、ドライアイスの量増やしてやってみようぜ！」

その言葉に、小さくうなずく。

恩師の言うとおり、実験はこれからが本番だ。

第七章　教室は宇宙をわたる

ＪＲ京葉線海浜幕張駅の南口を出ると、いきなりわからなくなった。アーケードの先にはショッピングモールがあって、行く手をはばんでいる。

「おい、どうする？　どう行きゃいい？」岳人は焦《あせ》ってあたりを見回した。

「とにかく方角はこっちですから」要がスマホの地図を見ながら前方を指差す。「適当に進めば着きますよ」

こいつ、と舌打ちしたくなる。自分はただの応援だからって、余裕かましやがって。緊張しているせいか、要の冷静さが今日は癇《かん》に障《さわ》る。

制服を着た高校生のグループに追い越された。その背中を見て、佳純が「あ」と小さく声を上げる。「あの人が肩にかけてる黒い筒、ポスターの入れ物じゃないですか？　きっと会場へ行くんですよ」

「だったら、あの子たちについていこうヨ」くるくると巻いて輪ゴムで留めただけのポスターを胸に抱いて、アンジェラが言った。

前を歩く高校生グループは、岳人らがまさか自分たちと同じ目的でここへ来ているとは思わなかっただろう。「制服があれば制服でしょうが、好きな格好でいいですよ」と藤竹が言うので、ブレザーの要を含めて服装はまちまちだ。

アンジェラは化粧こそ濃い目だが、いつものジーパン姿。佳純も普段よく見るパーカーを着ている。岳人は、自分にとっての制服は何かと考えた末、作業着にした。ろくな私服を持っていないというのもある。ただ一人長嶺だけは、張り切って背広にネクタイを締めてきていた。

日曜の朝八時前なので、通勤や買い物の人々はほとんどいない。ショッピングモールの脇から階段を上って幅の広い歩道橋に出た。

視界が開けると同時に、かすかに潮の匂いをはらんだ風が吹き抜けていく。五月の朝の風はまだ冷んやりとして気持ちがいいが、午後は夏日になるだろうと天気予報で言っていた。

歩道橋の両側に背の高いビルがいくつも並んでいるのを見て、長嶺が目を丸くする。

「いつの間にこんな街ができたんだ？　この辺はこないだまで、何もない埋立地だったぞ」

「こないだっていつよ？」岳人は訊いた。

「三十年……いや、四十年ぐらい前か」

「は？　大昔じゃねーか」

歩道橋を端まで進んでエスカレーターを降りると、会場の正面に出た。

「おお、ここか……」五人でその建物を見上げる。

「わたし、急に緊張してきました」佳純が胸に手をやった。

幕張メッセ国際会議場。入り口の横には〈日本地球惑星科学連合大会〉と看板も出ている。

キャリーバッグを引いた男のあとに続いて、中に入った。

大会は六日間にわたって開かれ、今日はその初日だ。午前のセッションが始まるまでまだ少し時間があるが、エントランスにはそれなりに人がいた。高校生の姿もちらほら見える。受け付けを済ませると、まずはポスターを張るために、隣の展示ホールという建物へ向かう。口頭発表に選ばれたグループも、別途ポスターを作成して掲示してもいいことになっている。連絡通路を渡ってたどり着いたのは、巨大な体育館のような場所だった。

「わお！　すっごく広いネ！」アンジェラが歓声を上げる。

ホールの手前側には大学や各学会、企業などのブースがひしめき、それぞれのスタッフが慌ただしく展示物の準備をしていた。そこを通り抜けた奥が、ポスター会場だ。畳一枚分ほどのボードがずらっと並んだ列が、左右に十以上ある。今日はその一画が、高校生セッションのポスター掲示エリアに割り振られていた。

他校の生徒たちがあちこちでポスターの準備をする中、自分たちの発表番号が記されたボードをさがす。

「おい」隣を歩く要に小声で言った。「大丈夫かな」

「何がですか」

「だって、どの研究もすごそうだぞ。何の話なのか、全っ然わかんね」

大きく書かれたタイトルだけは読める。〈○○火山地域の火山ガス観測〉〈○○川流域のマイクロプラスチック〉〈○○流星群の分光観測〉〈アスペリティモデル実験による強振動予測〉〈有孔虫からさぐる○○地域の古環境〉など、どれもこれも本格的な研究に見えた。

「すごいかどうかはわかんないですけど、きっちり作法にのっとって研究してる感じはありますね。やっぱ、お勉強はできるんでしょ。有名な進学校が多いみたいですし」

「そうなのか」

「でも、こういう場所では、まわりが優秀に見えちゃうものなんですよ」要が訳知り顔で言う。「僕も春合宿の初日とか、めっちゃビビってたんです。でも、仲良くなっていろいろ話してみたら、意外とみんな普通の高校生でしたよ」

日本情報オリンピックの最終選考で、要は残念ながら、日本代表の四名には選ばれなかった。それでも春季トレーニング合宿は楽しかったらしく、帰ってきたときにはすがすがしい顔をしていた。三年生になった今は、プログラミングは息抜き程度にして、受験勉強に本腰を入れているらしい。

それにしても——。

そんな有名な高校ばかりが参加しているのなら、自分たちが口頭発表に選ばれたことがますます不思議に思えてくる。大会のプログラムによれば、今年の高校生セッションに投稿された研究は九十二件。そのうち口頭発表ができるのは十五件だから、約六倍という競争率の中を勝ち抜いたことになる。

四月の半ばに大会事務局からその連絡を受けたとき、岳人たちはもちろん飛び上がって喜んだ。アンジェラにいたっては、もう何か賞でも獲ったかのような感激ぶりで、佳純を抱き締めながら目に涙を浮かべていた。

ただ一人平然としていたのが、藤竹だ。いかにもあの人らしいけれど、いつものようにわずかに首をかたむけて、「まあ、順当でしょう」などと言っていた。

「あ、ここですね」佳純がそのボードの前で立ち止まった。

学校の大判プリンターで印刷したA０サイズのポスターを岳人と長嶺で広げ、四隅を佳純が画鋲《がびょう》で留めていく。

アンジェラはその間に、隣のボードの女子生徒二人組に、「よろしくネ」と声をかけていた。二人は「あ、こちらこそ」と返しながら、岳人と長嶺にもちらちら視線を向けてくる。奇妙な取り合わせのグループだと思ったのだろう。こちらの学校名をさりげなくポスターで確かめていたように見えた。

ポスターから少し離れ、傾いていないか確かめる。「よし、バッチリだな」

「うん、いい感じヨ」アンジェラがOKサインを作った。

ふと見れば佳純は、女子生徒二人組が立ち去った隣のボードの前で、彼女らのポスターをじっと見つめている。

「どうかした?」要が優しい声で佳純に訊く。

「この女子校……お姉ちゃんが行ってた学校なんです」

「――そうなんだ」何かを悟ったかのように、要はそっと言った。

互いに拳二つ分だけ空けて立つ二人の背中を見ていると、どうしても言いたくなる。

「やっぱお前ら、付き合ってんだろ」

二人は同時に勢いよく振り返り、「付き合ってません!」と声を合わせた。「何回言わせるんですか」と要がこちらをにらむ。

「だめヨ、柳田君」アンジェラが笑いながら岳人の腕をつかみ、自分のほうに引き寄せる。

「外野は静かに見守るのが、マナーってものヨ」

ポスター会場をあとにして、国際会議場に戻った。さっきとうって変わって、ロビーには人があふれている。研究者に混じってうろちょろしている二十代ぐらいの若者たちは、大学生か大学院生だろう。会場係のアルバイトスタッフもほとんどが学生だそうだ。

高校生セッションのスケジュールは、こうだ。

まず九時から十三時まで、十五件の口頭発表がおこなわれる。岳人たちは十二番目だ。一件に割り当てられた時間は、講演十二分、質疑応答三分の計十五分。昼休みのあと、ポスター発表のコアタイムが一時間半ある。その間はポスターの前にメンバーの誰かが常駐して質問を受け付ける。そして夕方五時からは、表彰式だ。優秀ポスター賞、奨励賞、優秀賞がそれぞれ数件、最優秀賞が一件選ばれて、表彰される。

口頭発表の会場は、この建物で二番目に大きなカンファレンス・ルームだった。重厚な両開き扉の出入り口からひとまず中をのぞいてみる。

「おお……結構でけーな」思わず足がすくんだ。
二、三百席はあるだろう。正面には見たこともないような巨大なスクリーンがあり、その左脇には立派な演台が据えてある。席はすでに半分ほど埋まっていて、その大半が制服姿の高校生だ。
「も、もう一回だけ、どこかで練習しませんか」佳純がうわずった声で言った。立派な会場を見て急に不安になったらしい。

「お、おお、そうだな」

発表者として演壇に立てるのは、各グループ二名まで。岳人と佳純が担当することになっている。もちろん部内で相談はしたが、長嶺もアンジェラも最初から、若い二人が出なくてどうするという意見だった。

　書籍や地質調査用具の物販がおこなわれているロビーに二人で戻り、人が溜まっていないスペースをさがしていると、佳純が「あ、先生」と前方を指さした。

　九時までには来ると言っていた藤竹が、見知らぬ男たちと親しげに話している。一人は立ったままノートパソコンを開き、何やら夢中で説明していた。藤竹も時おり画面を指差し、意見を述べている。学会の雰囲気がそうさせるのか、その姿はやはり、高校教師というより研究者に見えた。

　九時ぎりぎりまで佳純と原稿を読み合わせてから、会場に入った。ほぼ満席で、部活の顧問か研究者かはわからないが、大人の姿も増えている。前のほうに固まっているジャケットやスーツの背中は、審査員たちだろうか。

　中ほどの席からアンジェラが手を振っているのに気づいた。その横には藤竹と要、そして同じく応援の木内もいる。要の隣に佳純と並んで座ると、アロハシャツの木内が訊いてきた。

「How's it going, guys ?」

「大丈夫だと思います。たぶん」佳純がまだ硬い声で答える。

「練習どおりにやれば、何も問題はありませんよ」藤竹が淡々と言った。

　木内はこの一カ月余りの間、毎晩物理準備室にやってきて、スライドと原稿の作成、そして発表練習に根気よく付き合ってくれた。大勢の聴衆の前に立つのが初めての自分たちにとっては、とにかくありがたかった。

そもそも木内が英語を一生の仕事にしようと決めたのは、中学生のときに英語弁論大会で県で三位になったかららしい。それだけを根拠にプレゼンが得意だと自負しているせいか、彼の提案する表現や言い回しはいつもかなり大げさで、よく藤竹にブレーキをかけられていた。それでも、木内のおかげで素人にもわかりやすい原稿が完成したのは間違いない。

発表練習では、藤竹が毎回いろんな角度から質問攻めにしてくれた。それを佳純が書き留めたものが、そのまま学会本番での想定問答集になった。もちろん回答もばっちり用意してある。

「ところで、ジイさんは?」長嶺の姿が見えないことに、今気づいた。

「わかんないのヨ」アンジェラが肩をすくめる。「いつの間にかいなくなってて」

「迷子になったんじゃねーだろうな」と出入り口のほうを振り返ったとき、マイクの声が室内に響いた。

「えー、定刻になりましたので、高校生セッションを始めたいと思います」

一同が静まり返る中、セッションの世話役の大学教授が簡単に挨拶を述べ、進行役の座長にマイクを渡した。

「それでは、早速最初の講演をお願いしたいと思います。『火山灰編年法を用いた磐梯《ばんだい》火山の活動史解析』。福島県立——」

スクリーンに講演タイトルのスライドが映し出された。演台にはブレザーを着た二人の男子生徒がすでに立っている。

「私たち地学部地質班では、七年前から、磐梯火山の形成史の研究に取り組んできました」

生徒の一人がマイクを握って話し始める。「今回私たちは、山麓に堆積した火山灰、テフラ・ローム層に着目し、その層序を明らかにすることで――」

内容は専門的すぎてよくわからないが、さすがに発表はよく練られている。次々とスクリーンに映し出される調査地域の写真やカラフルな地質図、分析結果のグラフを見ているだけでも、この地学部が代々積み上げてきたのであろう膨大なデータの迫力に圧倒された。

「……すげえな」気持ちが言葉になって漏れる。

「ほんとに」横で佳純も小さくうなずく。「どれだけ大変だったんだろう」

信頼できるデータを集めることの苦労をよく知っている今だからこそ、素直に敬意を抱いた。

十二分の講演が終わると、座長が言った。「それでは質疑応答に入ります。どなたかご質問は――」

「はい」と最前列の真ん中で手が上がる。座長に指されて立ち上がり、会場係からマイクを受け取ったのは、なんと長嶺だ。

「あれ、ジイさんじゃねーか」

「あんなとこにいたのネ」アンジェラも目を点にしている。

長嶺はマイクの頭をぽんぽんと叩き、背筋をのばして言った。

「素人の質問で恐縮ですが――」

するとどういうわけか、会場がざわついた。すぐ前に座る男子生徒が、隣の仲間に「出たぞ、素人の質問」とささやいている。後ろの席からは「あの人、審査委員長か何かじゃない？」という声も聞こえてきた。

「実は私も、福島の生まれでしてね」長嶺がマイク越しの声を響かせると、聴衆の間に緊張が走る。「会津磐梯山といえば、歌があるでしょう？」

「え？」演台の発表者が目をぱちくりさせる。

「民謡ですよ。〽エイヤー　会津磐梯山は　宝の山よ〜」長嶺が突然こぶしを効かせて歌い出し、会場のどよめきが一段と大きくなる。

「何やってんだジジイ」岳人は小声で言って舌打ちした。

「その『宝の山』ってのが、いったい何のことか」長嶺は平然と続ける。「まあ諸説あるようですけれども、おたくらの考えをお聞かせ願えますか」

「いや、えっと……」演台の二人の生徒は互いに顔を見合わせ、困り果てている。

その様子を見て、要がついに吹き出した。「素人の質問が、斜め上いきましたね」

「何？　どういう意味だよ？」

「僕もネットで見ただけなんですけどね、『学会あるある』なんですよ。質疑応答で、見知らぬ年配の人物が『素人の質問で恐縮ですが』と前置きしたときは、気をつけなきゃならない。そういう場合、質問者はたいていある分野の有名な教授とかで、めちゃくちゃ鋭いことを訊いてくる」

「はあ、そういうことか」であれば、会場が混乱しているのもよくわかる。見かけは名誉教授クラスの長嶺が、まさか定時制の生徒だとは誰も思わない。

結局、座長が引きつった笑みを浮かべて助け舟を出し、「高校生ですから、民謡は守備範囲外かもしれませんね」と長嶺をなだめて座らせた。

「おいママ」アンジェラに言った。「ジイさんこっちに連れてこいよ。あの質問魔を最前列に置いとくと、また同じことやるぞ」

「えー、いやヨ、あたし。柳田君が行ってきてヨ」

そうこうしているうちに拍手が湧いて、最初の発表が終わった。


途中十五分の休憩をはさんで、セッションは後半戦に進んだ。

長嶺はあれから三回、素人から見ても明らかに的外れな「素人の質問」を繰り出し、発表者をパニックに陥れた。最後は彼がマイクを握るだけで小さな笑いが起きるようになったが、本人は気にしていないようだ。それ以降も何度か手は上げているものの、座長に警戒されているらしく、まったく指されない。

今、十一番目の発表がおこなわれている。出番はいよいよこの次だ。

スクリーンには、家庭用BSアンテナを利用した自作の電波望遠鏡の写真が映し出されている。これで太陽フレアという現象が検出できるそうだ。これもまたすごい研究なのだろうが、緊張のあまり説明がまったく耳に入ってこない。

こんなとき、たばこがあれば。朝から何度コンビニまで走りたくなったかわからない。落ち着け、落ち着け。自分にそう言い聞かせながら深呼吸を続けているうちに、講演が終わった。質疑応答が始まるタイミングで次の発表者は演壇脇へ行き、そこで控えていることになっている。

「おし、行くか」と佳純に声をかけ、プリントした原稿を握って席を立つ。

要が「がんばって」と佳純に微笑みかけた。その顔を今度は岳人に向け、てのひらを上にして右手を差し出してくる。岳人はそれを上からぱちんと打った。アンジェラ、木内と順にハイタッチして、最後に藤竹の手を強く叩く。

「やれることはすべてやりました」藤竹はいつものように、眼鏡の奥の目を細めて言った。

「胸張っていきましょう」

無言でうなずき返し、佳純と演壇脇へ向かう。ひざは震えなかったものの、足の裏が床に着いていないような感じがした。

事前に学会に送ったスライドのファイルは、会場のパソコンを使って再生する。ファイルが合っているかスタッフに確認を求められたが、半分うわの空で「大丈夫です」と答えた。

「それでは、次の講演に移ります」座長が告げた。「『火星重力下でランパート・クレーターを再現する』。東京都立東新宿高校定時制課程、柳田岳人さん、名取佳純さん、越川アンジェラさん、長嶺省造さんです」

定時制という言葉が出た途端、会場が一瞬凍りついた気がした。それがプログラムにあることを知らなかった聴衆も多いのかもしれない。

佳純と並んで演台につくと、今度は前席の生徒たちが耳打ちし合うのが目に入る。彼らが視線を向けてくるのは、岳人の作業着と金髪だ。

マジで定時制じゃん。

そんな声が聞こえた気がして、逆にふっと緊張が解けた。

やってやるよ。耳の穴かっぽじって聞いてろよ、お前ら。

前半の説明は岳人の担当だ。マイクを握り、第一声を放つ。

「東新宿高校定時制、科学部です。私たちは、実験室に火星を作ることに成功しました」

聴衆の視線が一斉にこちらに集まる。まずはぶちかましてギョッとさせろ、という木内のアイデアだった。

「滑車を用いた重力可変装置を製作し、火星重力を実現した上で、火星に特有のランパート・クレーターを再現する実験をおこないましたので、報告します。初めに、ランパート・クレーターについてです――」

右手に持ったレーザーポインターの動きと連動して、言葉が口から自動的に出てくる。練習は死ぬほどやった。演台に置いた原稿は必要ない。マイクを通して聞こえる声が、自分の声じゃないみたいだ。そんなことを思う余裕すらあった。

「そして、これが重力可変装置になります」

スクリーンに映した装置の画像に、佳純、アンジェラ、長嶺の姿が写り込んでいる。それを見た瞬間、夜の校舎の空気をふと感じて、鼻の奥がつんとした。

「櫓《やぐら》の高さは約三メートルで、滑車には自転車のホイールを使用しています――」

装置のやや込み入った説明を夢中で終え、最後に加速度データのグラフを示した。

「――このように、約〇・六秒間、火星の重力に相当する〇・三八Gが実験ボックス内に実現していることがわかります」

そこで突然、頭が真っ白になった。待て、次は何だ？　全身から汗がどっと噴き出したとき、佳純に肘で小突かれた。そうか、ここで交代だった。慌ててマイクを佳純に預ける。

「続いて、ランパート・クレーター形成実験についてです」佳純がはきはきと話し出す。

「今回は、二種類の標的を準備しました。一つは、細粒の火山灰に水を加えたもので――」

　佳純もまた、朝の不安げな様子が嘘のように、落ち着いていた。早口になることもなくスライドに説明を加えていく横顔には、頼もしさすら感じる。クレーターができる瞬間の動画をスクリーンでスロー再生したときは、会場から、おお、とどよめきが上がった。

「次に、火星重力下で作ったクレーターと、地球重力一Gのもとで作った同じ衝突エネルギーのクレーターとを比較します。この図から明らかなように、クレーターの直径は火星重力下のほうが大きくなり、先行研究の理論的な予測とも整合的です。また、火山灰・水混合層を標的にした場合、ローブの形状は――」

　実験結果の報告に続いて、考察、結論と順調に進み、締めの言葉に入る。

「今後はこの重力可変装置を利用して、太陽系の他の天体の重力も作り出し、様々な衝突実験をおこなってみたいと考えています。発表は以上です。ありがとうございました」

　佳純がぺこりと頭を下げると同時に、講演終了の時間を告げるベルが鳴った。あっという間の十二分間だった。

「はい、ありがとうございました」座長が会場に目を向ける。「それでは、質問を受け付けたいと思いますが、どなたか――」

　十人ほどの手が一斉に上がるのを見て、驚くと同時にほっとした。少なくとも興味は持ってもらえたらしい。

最初に指されたのは、あごひげを生やした四十代ぐらいの男だった。名前とともに所属する大学を告げたので、准教授か講師あたりだろう。

「あなた方の実験は、一気圧下でのものですよね」前置きなしに真剣な顔で訊いてくる。

「実際の火星では、気圧が極めて低いことがエジェクタの堆積過程にも効いてくるのではないかと思うんですが、そのあたりはどうお考えですか」

想定問答集の初めのほうにあった質問だ。担当の佳純が、そのままマイクを握って答える。

「はい、気圧は重要なファクターだと考えています。真空チャンバーを用いた先行研究によりますと、チャンバー内の気圧を変化させながら衝突実験をおこなった場合――」

佳純が淀みなく答えるのを聞きながら、不思議なほど誇らしい気持ちに包まれていた。質問に立ったあの人は、成果を褒《ほ》めるわけでも頑張りを讃えるわけでもなく、純粋に疑問をぶつけてきている。ただそれだけで、自分たちがまるで一人前の研究者として扱われているように感じたのだ。

「では、もうひと方。今度は高校生に――」と座長が聴衆を見回し、ひときわ高く手を上げている坊主頭の生徒を指した。白衣より野球部のユニフォームが似合いそうな男子だ。

「えーっと、あの……」男子生徒は両手でマイクを持ち、つかえながら言う。「ぶっちゃけ、すごいアイデアだなと思いました。驚いたっていうか。その、重力可変装置？　のことですけど。それって、どうやって思いついたんですか？」

こんな素朴な質問が来るとは思っていなかった。佳純が小さく微笑みながら、マイクを寄越してくる。

「ああ……そうですね」格好をつけず、ありのまま答えることにした。「最初は俺らも、重力なんて変えられるわけないと思ってたんです。そしたら顧問の先生に、『ディズニーシー』に行ったことはないのかと言われて。落っこちる乗り物の、タワー……タワー……」

佳純に助けを求める前に、坊主頭が言った。

「『タワー・オブ・テラー』ですか」

「そう、それ」と彼に人差し指を向けると、会場に小さな笑いが起き、和《なご》やかな雰囲気のまま十五分間の発表が終わった。

コアタイムが終わっても、ポスター会場はにぎわっている。せまい通路に高校生や研究者、高校教師とおぼしき人々がひしめき合い、どのボードの前でも生徒たちがポスターを指しながら熱を込めて説明している。

岳人は人ごみから離れ、一人壁にもたれて座り込んでいた。発表を無事に乗り切った興奮で、昼休みの間もアンジェラ手作りのサンドイッチを頬張りながら、夢中でしゃべり続けた。そこでアドレナリンが切れたのか、ポスター発表のコアタイムが始まってしばらくすると、気が抜けてしまったのだ。

そこへ、木内がふらっとやってきた。

「さすがに疲れたか」

「まあ、慣れないことしたもんで」

「うちのポスターもなかなかの人気だぞ。お客さんが途切れない」木内が可笑しそうに続ける。「ミスター長嶺なんて、すっかり有名人だよ。さっきもどこかの女子生徒に『民謡の人ですよね？』なんて声かけられて、一緒に写真まで撮ってたぞ」

「けっ。ジジイが調子に乗りやがって」

ポスターの説明は自分たちに任せろといって、長嶺とアンジェラがずっとそこにいてくれている。佳純は要と一緒に他校のポスターを見て回っているようだ。

藤竹は昼食のあとずっと行方不明だ。あちこちで昔の知り合いらしき研究者たちに声をかけられていたので、今もどこかで彼らと研究の話でもしているのだろう。

五時に近づくにつれ、人が減り始めた。地方から来ている高校の中には、もう帰路についたところもあるようだが、多くは表彰式の会場に移動を始めている。岳人たちもポスターを撤収し、展示ホールをあとにした。

「最優秀賞は一件として、他に何件ぐらい表彰されるんですか」連絡通路を歩きながら、要が誰にともなく訊いた。

「年によるみたいですけど、去年は奨励賞が四件、優秀賞が二件でした」佳純が返した。

「全部で七件か。口頭発表が十五件だから、真ん中より上なら入賞だね」

「簡単に言うなって」岳人は口の端を歪める。「口頭発表に選ばれただけでも、奇跡みたいなもんなのによ」

それは、自分に言い聞かせるための台詞《せりふ》だった。本当は、喉から手が出るほど賞が欲しい。奨励賞で十分だから、欲しかった。まだグレる前だった子どもの頃、それぞれいろんな習い事をしていた友人たちの部屋で見た、輝くようなトロフィーや盾が。自分の人生には無縁だと思っていた、立派な賞状が。

「私も同感だね」長嶺が言う。「ずっと最前列で聞いていたが、どの学校も玄人《くろうと》はだしだった。研究を始めて一年も経っていない我々とは、年季が違うという感じだったな」

「そうかなあ。奨励賞ならワンチャンでもあるヨ」アンジェラが怪しい若者言葉で反論する。

「オマケの奨励賞なら、わたし要らない」佳純が珍しく荒《すさ》んだ声を漏らした。

「オマケって？」アンジェラが聞き返す。

「わたしたちが定時制だから、そんな学校が学会に出てくるのが珍しいから賞をくれるんだったら、そんなの絶対要らない」

「オマケかどうかなんて、わかんねーじゃん」佳純の気持ちもわからないではないが、ここまできたらオマケでも何でもいいというのが本音だ。

「ところでさ」と木内が割って入る。「うちもポスター出したんだから、優秀ポスター賞の審査対象に入ってるんだろ？　審査員は見にきた？」

「どうだろネ」アンジェラが首をかしげる。「いっぱい人がいたから、よくわかんないヨ」

「ひょっとしたら、あれがそうだったんじゃないか？」長嶺が何か思い出した。「コアタイムの終わり際に、大急ぎで来た男性がいたろ」

「ああ、いたネ。早口で二つ三つ質問して、また慌ただしくどこか行っちゃった」

「どんな質問してきたの？」岳人は訊いた。

「確か——」と長嶺が答える。「重力可変装置でどれぐらい小さい重力まで作ったか、と訊かれたな。それしか思い出せんよ」

表彰式がおこなわれるのは、さっきのカンファレンス・ルームだ。出入り口で待っていた藤竹と合流し、空いていた後ろのほうの席に着いた。

準備が遅れているのか、予定時刻を過ぎても式が始まらない。どのセッションも五時には終わるので、各会場からロビーに出てきた参加者たちが何事かと中をのぞいていく。そのまま後ろで立ち見している人も多い。

「楽しみですね」隣の藤竹が眼鏡を持ち上げた。

「欲かくつもりはねーけどさ」強がって言う。「審査員にどう評価されたのかは、やっぱ気になる」

「私の中では、君たちが最優秀賞ですよ」

「いや、そういうのいらねーから」

そのとき、「えー」と世話役の教授がマイクを持って言った。

「お待たせいたしました。準備ができましたので、高校生セッションの表彰式をとりおこないたいと思います。発表の前に――」

審査委員長から全体の講評があり、各賞の発表に入る。

「初めに優秀ポスター賞ですが、五件ございます。呼ばれた学校、グループは、前の演壇まで出てきてください。何人でも構いませんよ」世話役の教授が手もとの紙を見ながら一校目の名を告げる。「富山県立――」

男女三人の生徒が立ち上がり、前へ進み出る。優秀ポスター賞ぐらいで大喜びはしないものなのか、笑顔は浮かべているものの声を上げたりはしない。

五つの高校が発表されたが、東新宿高校の名は呼ばれなかった。壇上で審査委員長が賞状を読み上げ、各校の代表者に順に授与していく。会場が拍手に包まれた。学校名を刻んだ記念の盾も後日送られてくるそうだ。

「続きまして、奨励賞。こちらは四件になります」

来た。心臓がばくばくと狂ったように打ち始める。両手をへその前で組み、強く握った。

「まずは、東京都、学校法人――」

違った。二件目、三件目にも名前は出ない。横では佳純とアンジェラが手を握り合っている。頼む――。

「最後に、神奈川県――」

「……ああ」止めていた息を吐き、低く漏らした。ダメか、やっぱり――。

賞状の授与が始まった。ここにいる七人は、誰も言葉を発しない。両手をほどき、隣の藤竹をうかがう。相変わらず、うっすら笑みを浮かべたまま、拍手を送っている。

「さて、優秀賞と最優秀賞は、一緒に表彰いたします。優秀賞は二件です。京都府――」

右手のほうで、女子生徒が小さく歓声を上げた。仲間と手を取り合いながら、急ぎ足で壇上へ向かう。

「優秀賞、もう一件です」教授が人差し指を立て、手にした紙を顔に近づけた。

「東京都立、東新宿高校定時制課程」

一瞬、何が起きたかわからなかった。

アンジェラの「オーマイガッ！」と木内の「カモーン！」が重なって、会場に響き渡る。

口を開いて固まった佳純を、アンジェラが何かわめきながら思い切り抱きしめた。それがスローモーションのように映るだけで、腰が抜けたように動けない。

「ほれ、行くぞ」と腕をつかんできた長嶺に引っ張り上げられて、よろけるように前へ進む。最優秀賞を発表する声は、耳に入ってこなかった。

他の二校にはさまれて、四人で演壇に立っても、どういうわけか嬉しいという感情が湧いてこない。まだ呆気《あっけ》にとられていて、気持ちが追いつかないのだ。

まずは京都の高校の代表が、うやうやしく賞状を受け取った。万雷の拍手を受けて聴衆のほうに向き直り、深々と一礼する。

アンジェラに「ほら部長、次ヨ」と背中を押され、前へ出た。

「優秀賞。東京都立東新宿高校定時制課程殿」審査委員長が賞状を読み上げる。「以下同文です」

それを受け取る手が、自分でも驚くほど震えていた。ぎこちなく委員長にお辞儀をして、そのまま会場を見渡す。

何百という人たちから、拍手を受けている。定時制の、この俺たちが。どうしようもない不良品だったはずの、この俺が。

不意に目頭が熱くなった。聴衆に頭を下げる代わりに、両手で持った賞状を掲げる。腕をまっすぐのばし、頭よりずっと高く。

あちこちで笑いが起きたのはわかったが、そんなことはどうでもいい。涙でぼやける視界の先にさがしているのは、会場の後ろにいる藤竹だ。

見えるか、先生。獲《と》ったぞ。

国際会議場を出ると、駅へと向かう人波からはずれて、イベントホールのほうへ向かった。ホールの手前から歩道橋を渡ると、噴水のある公園に出るらしい。そこのベンチでどうしても乾杯がしたいとアンジェラが言い出したのだ。

乾杯といっても、その辺の自販機で買った缶コーヒーやお茶だ。これでみんなの分を買え、と木内が偉そうな態度で千円札をくれたのだが、四十円足りなかった。

「もちろん、ちゃんとしたお祝いはうちの店でやろうネ。ご馳走作っちゃうヨ。何かリクエストある？」と佳純に訊ねたアンジェラが、驚いて足を止める。「どうした？　なんでそんな泣いてる？」

見れば、うつむいた佳純がぼろぼろ涙を流している。

「なんか、なんか急に――」佳純がむせびながら答えた。「悔しくなって」

「悔しい？」岳人は賞状が入った黒い筒を振る。「ほれ、奨励賞じゃなくて、優秀賞なんだぜ？　絶対オマケじゃないぜ？」

「わかってます。でも――」洟《はな》をすすって言った。「欲しかった。最優秀賞」

「ああ……」

「来年は狙っていきましょう。トップを」藤竹が佳純に微笑みかけた。

そうか――。浮かれていた自分が恥ずかしくなってくる。佳純の言うとおりだ。俺たちは、もっと上を目指せる。

「柳田君たちには、まだ来年があるんですね」要がぽつりと言った。

「四年制だからな。うらやましいか」

「いや、それはないすけど」

「来年の話もいいがね、部長さん」長嶺が眉間にしわを寄せている。「まずは新一年生の中から新入部員をさがしてくれ。少し仕事を減らしてもらわないと、こっちの体がもたんよ」

「いやいや」と木内がにんまりする。「ここ数カ月の追い込みの中で、結局一番タフだったのは、長嶺さんだった。さすが、鍛え方が違うと思いましたよ」

「鍛えたというわけでもないが、当時のヤマではね——」と長嶺が早速昔話を始めたので、そっと離れて藤竹の横へ行く。

「ところでさ、先生」少し気になっていたことがあった。「今日一日、消えてる時間が多かったけど、何してたんだよ」

「お世話になった先生に挨拶をしたり、昔の仲間から情報収集をしたり、ですよ。学会ほど人が集まる機会はありませんからね」

「情報収集って、自分の研究のか?」

「もちろん。衝突実験の強力なライバルも出てきましたし。私も負けてられない」

「ライバル？　なんかすごい発表でもあったの？」

「ええ」藤竹は真顔で言った。「あなたたちですよ」

「いや、だからそういうのいらねーって」

苦笑いを浮かべながら、やっぱり不安になった。

「なあ」とその横顔に訊く。「学校、辞めねえよな」

「わかりません」

「え？」

「人生こそ、自動的にはわからない」藤竹は正面を見つめて言った。「自分の将来を、一本道のように見通せる人はいません。誰しも、いるのはいつも窓のない部屋で、目の前には扉がいくつもある。とにかくそれを一つ選んで開けてみると、またそこは小さな部屋で、扉が並んでいる。人生はその連続でしかない」

「うん。まあ、わかる」

運転免許を取りたくて定時制という「部屋」に入ったはずが、そこで藤竹と出会った。この男に乗せられるようにして次の扉を開き、暗闇に一歩踏み出してみると、そこは無重力の宇宙空間だった。

一人孤独にトレーラーを駆り、日本中を巡る。そんな希望を抱いていた自分がいつしか、科学という舞台で仲間と星々の間を巡ることを夢見ている。藤竹の言うとおり、何の変哲もない扉が、思いもよらない世界へとつながっているのだ。

「正解の扉などというのは、たぶんありません。入った部屋で偶然に誰かと出会い、あれこれ手を動かしてみて、次の扉をえいやと選ぶだけです」藤竹がこちらを見て、微笑んだ。「私は、今いるこの場所で、もう少し皆さんと一緒に手を動かしてみたい気持ちですよ。それだけは確かです」

ほっとしたのを悟られないよう顔を伏せ、「なら、いいけど」とぶっきらぼうに言った。

階段を上り、イベントホール正面の広場を横切って歩道橋に出た。何車線もある大通りに架かる広々とした歩道橋だ。その先には公園の緑が見えている。

歩道橋を渡り始めたとき、藤竹がジャケットのポケットからスマホを取り出した。電話がかかってきたらしい。

「もしもし。ああ、まだ近くにいるよ」周囲を見回して、現在地を告げている。「わかった。じゃあ、ここで待ってる」

「誰か来んの？」

「ええ、学生時代の同期が」

「じゃあ、俺たち先行ってようか」

「いえ、君たちに用があるそうです」

「は？」

藤竹に言われるまま、歩道橋の中ほどで三分ほど待っていると、一人の男が小走りでやってきた。藤竹と同世代の、ずんぐりとした男だ。

「あ、あなた」と長嶺が言った。「ポスター審査員の——」

「審査員？　いや、違うんです」男は大汗をかきながら、名刺入れから太い指で一枚抜き出す。「私、ＪＡＸＡの相澤といいます」

「ＪＡＸＡ？」もらった名刺を見ると、〈太陽系科学研究系　准教授〉とある。

「高校生セッションであなた方の発表を聞いて、これは是非とも詳しい話をうかがいたいと思ってたんですが、なんせ会合、会合で一日中バタバタで」

「詳しい話ってのは？」岳人は訊いた。

「皆さん、『はやぶさ』はご存じですよね？」

「小惑星探査機の――」と佳純が小首をかしげた。

「そうです、そうです。実は私、『はやぶさ2』の後継となる小惑星探査計画で、サンプル採取チームのサブPIをつとめてまして」

「研究副責任者のことです」藤竹が横から補足する。

「小惑星の岩石サンプルをより確実にたくさん採取できないかと、頭を悩ませているところなんですよ。『はやぶさ』と『はやぶさ2』では、弾丸撃ち込み方式によるサンプル採取をおこなったんですが……わかりますか」

相澤があらためてその方法を説明してくれた。探査機底部の射出装置から、金属の弾丸を超高速で小惑星に撃ち出し、表面の岩石を破砕《はさい》する。衝突で飛び散った破片や粒子を、サンプラーホーンという装置で受け止め、探査機内部のサンプルキャッチャーに収めるという仕組みだったそうだ。

「今回も基本的には、同じ方式によるサンプル採取を考えています。ですが当然、まだまだ改良しなきゃなりません。弾丸のタイプ、サンプラーホーンの形状、サンプルキャッチャーへの回収方法、などなどです。今、そのための基礎実験をいろいろやっているわけなんですが――」

相澤は真剣な顔つきで皆を見回し、最後に岳人に視線を向けた。

「それを一緒にやっていただけませんか、というお願いです」

「え?」耳を疑った。「待って、え? 一緒にって、俺らとですか?」

「もちろん」相澤が忙《せわ》しなくうなずく。「小惑星というのは文字どおり非常に小さな天体ですから、重力も微小です。我々も海外の無重力落下塔やなんかで実験をしていますが、もっと手軽にいろんなことを試したいわけです。その点、あなた方の重力可変装置はとてもいい。あの発射装置も使えそうですし、標的の火山灰にドライアイスを混ぜ込むというアイデアも面白い。小惑星の表面はスカスカで間隙《かんげき》率が高いことも多いですから」

「マジか……」

俺たちが、JAXAの小惑星探査計画に——。

佳純、アンジェラ、長嶺と順に顔を見合わせる。三人とも、鳩が豆鉄砲を食らったような顔をしていた。藤竹はというと、いつもの表情で腕組みをし、首をわずかにかたむけている。

「どうでしょう?」相澤が額の汗を拭《ふ》きながら言った。

やりたい、もちろん。

三人の部員と目でうなずき合い、返事をしようとしたとき、相澤のスマホが鳴った。

「まずい」その画面を見て急に慌て出す。「これからもう一つ打ち合わせなんです。是非前向きにご検討ください。また連絡します!」

相澤は早口でそう言い置くと、電話に出ながら国際会議場のほうへと走り去っていった。

「慌ただしい人ネ」アンジェラがその後ろ姿を見てつぶやく。

「でも、すごい話じゃないですか」要が言った。

「ほんとに」佳純はまだ信じられないという顔だ。「賞よりすごい」

「藤竹先生はこの件、知ってたの？」木内が藤竹に確かめる。

「いいえ」藤竹はかぶりを振った。「私はただ前もって彼に、この大会には必ず来いと伝えておいただけです。お前のためだ、と」

「相変わらずだな」長嶺が苦笑する。「食えん男だ」

六人はそれぞれに声を弾ませながら、また公園に向かって歩き出す。

岳人はあえて、一人出遅れた。歩道橋には他に誰の姿もない。その上に大きく開けた空は、五月晴れのまま、静かに暮れようとしている。

藤竹の背中を見つめているうちに、あの夜のことを思い出していた。

藤竹が、たばこの煙を使って教室に青空を作った夜。

科学部を作りたいのだと言って、火星の青い夕焼けの話をしてくれた夜。

あれから一年が経ったなんて、とても信じられない。学ぶことを知り、本当の仲間というものを知り、自分の中にあるいろんな感情を知ったこの日々を、この先決して忘れることはないだろう。

足を止め、歩道橋の手すりにもたれる。イベントホールの屋根の向こうは、見事な夕焼けに染まっていた。そこに一つ、金星だろうか、明るい星が輝いている。

あの夜、藤竹は、「この学校には、何だってある」と言った。

だから岳人は心の中で、青空はねえよ、とつぶやいた。

そんな学校が、東新宿高校定時制が、今は無性に恋しい。

藤竹の言ったことは、正しかった。あそこには、何だってある。その気になりさえすれば、何だってできる。
俺の居場所は、しんとした校舎に窓明かりが灯《とも》る、あの教室だ。
窓から暗い夜の街しか見えない、あの教室だ。
そして、俺たちの教室は今、宇宙をわたる。

あとがき

「今年の連合大会、高校生セッションに抜群に面白い研究があったよ。定時制高校の科学部でさ、メンバーもいろいろで面白いんだ」

学生時代にお世話になった教授のそんな言葉をきっかけに、この小説は生まれました。

日本地球惑星科学連合二〇一七年大会「高校生によるポスター発表」で優秀賞を獲得したその研究は、大阪府立大手前高等学校定時制の課程と大阪府立春日丘高等学校定時制の課程の「重力可変装置で火星表層の水の流れを解析する」。滑車を使った手作りの装置による、独創的なアイデアにあふれた研究でした。

年齢も抱える事情もさまざまな生徒が集まる定時制高校で科学部を立ち上げ、限られた設備と予算の中で活動を続けてきたのは、久好圭治さん（現・大阪大学特任研究員）、谷口真基さん（現・今宮工科高等学校定時制教諭）、江菅純一さん（現・槻の木高等学校教諭）の三人の先生方です。

久好先生らが指導にあたってきた春日丘高校定時制・大手前高校定時制・今宮工科高校定時制の科学部は、この重力可変装置と微小重力発生装置を用いた物性科学や惑星科学の研究で高く評価され、数々の賞に輝いています（二〇一四年／二〇二三年日本物理学会Jr．セッション最優秀賞、二〇二二年高校生科学技術チャレンジ科学技術振興機構賞、二〇一九年同・科学技術政策担当大臣賞、二〇二〇年高校生・高専生科学技術チャレンジ文部科学大臣賞、二〇一三年／二〇一八年日本地球惑星科学連合大会「高校生によるポスター発表」最優秀賞など）。

二〇一一年には、彼らの微小重力発生装置に東京大学の橘省吾さん（現・東京大学宇宙惑星科学機構教授）が注目し、ＪＡＸＡ（宇宙航空研究開発機構）を中心とする「はやぶさ２」サンプラーチームが同様の装置で小惑星表面試料採取に向けた基礎実験に取り組みました。その結果が学会で発表された際には、春日丘高校定時制科学部が共著者として名を連ねています。生徒たちの研究は実際に、最先端の惑星科学に貢献しているのです。

この小説は、久好さんら三人の先生方の熱い思いと、それに応えた生徒たちの奮闘に感銘を受けて書いたものです。ですが当然ながら、物語は完全なフィクションであり、登場人物は実在の先生方、生徒の皆さん、学校等と一切関係ありません。

作中で東新宿高校定時制科学部が作り上げる「重力可変装置」については、前述の三校の科学部が開発し、改良を加えてきたシステムを参考にさせていただきました。また、久好圭治さんには貴重なお話をうかがうとともに、資料等をご提供いただきました。

本作で描かれるクレーター形成実験（色砂を使った実験、ランパート・クレーターの実験）については、宮城教育大学の高田淑子教授の研究グループが開発した方法を参考にさせていただきました。ただし、作中で科学部が得た実験結果は、筆者の想像をまじえたものです。

第六章に登場するナバホ族の若者、ロビンは、太陽エネルギーを利用した暖房装置を発明し、全米有数のサイエンスフェアで入賞したギャレット・ヤジー氏をモデルにしていますが（※参考文献『理系の子』参照）、作中で設定した経歴等は架空のものです。

この場を借りて皆様に厚く御礼申し上げます。どうもありがとうございました。

伊与原　新

主要参考文献

『13歳からのサイエンス　理系の時代に必要な力をどうつけるか』　緑慎也著　ポプラ社　（二〇二三）
『格差社会にゆれる定時制高校　教育の機会均等のゆくえ』　手島純著　彩流社　（二〇〇七）
『若者たち　夜間定時制高校から視えるニッポン』　瀬川正仁著　バジリコ　（二〇〇九）
『これが物理学だ！　マサチューセッツ工科大学「感動」講義』　ウォルター・ルーウィン著　東江一紀訳　文藝春秋　（二〇一二）
『火星の人（新版・上下）』　アンディ・ウィアー著　小野田和子訳　ハヤカワ文庫SF　（二〇一五）
『星を継ぐもの（新版）』　ジェイムズ・P・ホーガン著　池央耿訳　創元SF文庫　（二〇二三）
『集団就職　高度経済成長を支えた金の卵たち』　澤宮優著　弦書房　（二〇一七）
『惑星地質学』　宮本英昭、橘省吾、平田成、杉田精司編　東京大学出版会　（二〇〇八）
『高校生科学オリンピックの青春　理系の子』　ジュディ・ダットン著　横山啓明訳　文藝春秋　（二〇一二）
「寿司酢と重曹を用いた火山爆発模擬実験の実演」　竹内晋吾　地質ニュース　六二七号　（二〇〇六）
「火星の青い夕焼けを再現するための教材の開発」　寺嶋容明、中村夏海　物理教育　六八巻三号　（二〇二〇）
「惑星エアロゾル実験の教育的利用：火星の夕焼けは本当に青いのか?」　中串孝志、古川邦之、山本博基、大西将徳、飯澤功、酒井敏　エアロゾル研究　二二巻二号　（二〇〇七）
「教室で行う宇宙の実験―1：クレーター形成実験」　高田淑子、須田敏典、西川洋平　宮城教育大学紀要　三五巻　（二〇〇〇）
「天体・日常・微小スケールをつなぐクレーターの物理」　桂木洋光　日本物理学会誌　七〇巻一一号　（二〇一五）

「ゴム製弾丸加速装置を用いたクレーターの形成実験」　中野英之　地学教育　六一巻三号　（二〇〇八）

「火星衝突クレーターの特異なエジェクタ地形と劣化過程」　鈴木絢子、栗田敬　地学雑誌　一二五巻一号　（二〇一六）

「教室で行う宇宙の実験—6：火星の表層環境を理解しよう」　高田淑子、佐々木佳恵、松下真人他　宮城教育大学環境教育研究紀要　七巻　（二〇〇四）

「重力可変装置を用いた火星表層の水の流れ解析」　久好圭治、谷口真基、江菅純一　平成29年度東レ理科教育賞受賞作品集（第49回）　（二〇一七）

「重力可変装置で火星表層の水の流れを解析する」　大阪府立大手前高等学校定時制の課程、大阪府立春日丘高等学校定時制の課程　日本地球惑星科学連合二〇一七年大会　高校生によるポスター発表　（二〇一七）

「太陽系の星々を教室に　～重力可変装置の製作と改良～」　大阪府立今宮工科高等学校定時制の課程　科学部　第一三回坊っちゃん科学賞研究論文コンテスト　（二〇一二）

「はやぶさ2サンプラーホーンを用いた小惑星表面試料採取に向けた基礎実験」　橘省吾他　日本惑星科学会二〇一一年度秋季講演会　（二〇一一）

「クレーターの直径は重力に支配されるか？　～重力可変装置を用いた衝突クレーター重力スケーリング則の実験的検証～」

大阪府立大手前高等学校定時制の課程　橋本晃志　第一七回高校生科学技術チャレンジ　（二〇一九）

「キッチン地球科学・レシピー集」　キッチン地球科学研究会

http://zele.sakura.ne.jp/sblo_files/kitchenearth/image/E383ACE382B7E38394EFBDB0E99B86_Vol1_C.pdf

情報オリンピック日本委員会　https://www.ioi-jp.org

月探査情報ステーション　https://moonstation.jp

宇宙航空研究開発機構　https://www.jaxa.jp

伊与原新（いよはら・しん）

一九七二年、大阪府生まれ。神戸大学理学部卒業後、東京大学大学院理学系研究科で地球惑星科学を専攻。博士課程修了後、大学勤務を経て二〇一〇年、『お台場アイランドベイビー』で横溝正史ミステリ大賞を受賞し、デビュー。一九年『月まで三キロ』で新田次郎文学賞、静岡書店大賞、未来屋小説大賞を受賞。二〇年刊行の『八月の銀の雪』は直木賞候補、山本周五郎賞候補となり、二一年本屋大賞で六位に入賞する。近著に『オオルリ流星群』。

宙《そら》わたる教室《きょうしつ》

二〇二三年十月三十日　第一刷発行
二〇二四年十二月一日　第九刷発行

著　者　伊与原新《いよはらしん》
発行者　花田朋子
発行所　株式会社 文藝春秋
〒一〇二―八〇〇八
東京都千代田区紀尾井町三―二三
☎〇三―三二六五―一二一一（代表）

印刷所　精興社
製本所　大口製本
組　版　言語社

ISBN978-4-16-391765-8